LUKA E O FOGO DA VIDA

Obras de Salman Rushdie publicadas pela Companhia das Letras

O chão que ela pisa
Cruze esta linha
A feiticeira de Florença
Os filhos da meia-noite
Fúria
Haroun e o Mar de Histórias
Luka e o Fogo da Vida
Oriente, Ocidente
Shalimar, o equilibrista
O último suspiro do mouro
Os versos satânicos

FSC
www.fsc.org
MISTO
Papel produzido a partir de fontes responsáveis
FSC® C019498

A marca FSC é a garantia de que a madeira utilizada na fabricação do papel deste livro provém de florestas que foram gerenciadas de maneira ambientalmente correta, socialmente justa e economicamente viável, além de outras fontes de origem controlada.

SALMAN RUSHDIE

Luka e o Fogo da Vida

Tradução
José Rubens Siqueira

1ª reimpressão

COMPANHIA DAS LETRAS

Grafia atualizada segundo o Acordo Ortográfico da Língua Portuguesa de 1990, que entrou em vigor no Brasil em 2009.

A letra que Urso, o cão, canta para os deuses nas pp. 165-6 é uma adaptação de "*My sweet Lord*", de George Harrison.

Título original
Luka and the Fire of Life

Capa
Victor Burton

Preparação
Cacilda Guerra

Revisão
Huendel Viana
Ana Maria Barbosa

Dados Internacionais de Catalogação na Publicação (CIP)
(Câmara Brasileira do Livro, SP, Brasil)

Rushdie, Salman
Luka e o Fogo da Vida / Salman Rushdie ; tradução José Rubens Siqueira. — São Paulo : Companhia das Letras, 2010.

Título original: Luka and the Fire of Life.
ISBN 978-85-359-1716-1

1. Ficção indiana (inglês) I. Título.

10-06508 CDD-823

Índice para catálogo sistemático:
1. Ficção indiana em inglês 823

[2010]

EDITORA SCHWARCZ LTDA.
Rua Bandeira Paulista, 702, cj. 32
04532-002 — São Paulo — SP
Telefone: (11) 3707-3500
Fax: (11) 3707-3501
www.companhiadasletras.com.br

M ágicas terras em qualquer direção,
I nternas, externas, debaixo do chão.
L á, mundos de espelho sempre existirão.
A s suas histórias revelam esta verdade:
N ada, só amor faz da magia realidade.

1. A coisa horrível que aconteceu na linda noite estrelada

Era uma vez, na cidade de Kahani, na terra de Alefbay, um menino chamado Luka que tinha dois bichos de estimação, um urso chamado Cão e um cão chamado Urso, o que quer dizer que cada vez que ele chamava "Cão!" o urso se empinava bem amigo nas pernas traseiras, e quando ele gritava "Urso!" o cão ia ao encontro dele, balançando o rabo. Cão, o urso marrom, podia ser meio bruto e urso às vezes, mas era um bom dançarino, capaz de ficar em pé nas patas traseiras e dançar a valsa, a polca, a rumba, o *wah-watusi* e o tuíste, além de danças mais chegadas à sua terra, o ritmo da *bhangra*, os giros da *ghumar* (para a qual ele usava uma saia rodada cheia de espelhos), as danças guerreiras conhecidas como *spaw* e *thang-ta*, e a dança do pavão do sul. Urso, o cão, era um labrador cor de chocolate e um bom cachorro, amigo, embora às vezes um pouco nervoso e agitado; ele não sabia dançar nada, tinha, como diz o ditado, quatro pés esquerdos, mas para compensar esse desajeitamento tinha o dom da afinação perfeita, então era capaz de cantar mais alto que uma tempestade, de uivar as melodias das músicas mais populares do momento, e nunca desafinava. Urso, o cão, e Cão, o urso, depressa se transformaram em muito mais que bichos de estimação para Luka. Viraram seus aliados mais próximos e mais leais protetores, tão ferozes em sua defesa que ninguém nem sonhava em mexer com Luka quando eles estavam por perto, nem o seu horrendo colega de classe Merdarato, cujo comportamento geralmente era descontrolado.

Foi da seguinte maneira que Luka veio a ter companheiros tão especiais. Um belo dia, quando tinha doze anos, o circo veio à cidade — e não um circo qualquer, mas o próprio GRIF, ou Grandes Ringues de Fogo; o circo mais famoso de toda Alefbay, "apresentando a Famosa e Incrível Ilusão do Fogo". De modo que Luka logo ficou amargamente decepcionado quando seu pai, o contador de histórias Rashid Khalifa, lhe disse que não iriam ao espetáculo. "Maus-tratos de animais", Rashid explicou. "O GRIF pode ter tido os seus dias de glória, mas hoje em dia caiu em desgraça." Rashid contou a Luka que a Leoa tinha dentes cariados, que a Tigresa era cega, que os Elefantes morriam de fome e que o resto da trupe do circo era simplesmente miserável. O Mestre de Cerimônias dos Grandes Ringues de Fogo era o terrível e enorme Capitão Aag, conhecido como o Grão-Mestre Flama. Os animais tinham tanto medo do estalo do seu chicote que a Leoa com dor de dente e a Tigresa cega continuavam a saltar pelos aros e a se fingir de mortas e os Elefantes magrelos ainda faziam Pirâmides Paquidermes só por medo da raiva dele, porque Aag era um homem de raiva fácil e riso difícil. E mesmo quando punha sua cabeça de fumante de charuto na boca aberta da Leoa, ela morria de medo de morder porque ele podia resolver matá-la por dentro da sua barriga.

Rashid estava levando Luka para casa depois da escola, usando como sempre uma de suas vistosas camisas coloridas (essa era vermelhona) e seu querido e surrado chapéu-panamá, ouvindo a história que Luka tinha para contar sobre aquele dia. Luka havia esquecido o nome da ponta da América do Sul e escrevera "Havaí" na prova de geografia. Mas lembrara o nome do primeiro presidente do seu país e havia escrito o seu nome direitinho na prova de história. Na hora dos jogos, Merdarato tinha lhe dado uma porrada na cabeça com o taco de hóquei. Mas Luka havia marcado dois gols na partida e derrotado o time do seu inimigo. Tinha também, finalmente, pegado o jeito de estalar os dedos direito, e agora conseguia um barulho bem satisfatório. De forma que havia ganhos e perdas. Um dia nada mau, no fim das contas; mas estava para se transformar num dia muito importante mesmo, porque foi o dia em que viram o desfile do circo a caminho de erguer sua Grande Lona à margem do poderoso Silsila. O Silsila era o rio largo, lerdo, feio, com água cor de lama que atravessava a cidade, não longe da casa deles. A visão das cacatuas cabisbaixas e dos camelos mal-humorados passando pela rua tocou o jovem coração generoso de Luka. Mas o mais triste de tudo, ele achou, era a jaula com o cachorro tristonho e o urso melancólico que olhavam aflitos para todo lado. Encerrando a cavalgada, vinha o Capitão Aag com seus duros olhos pretos de pirata e sua arrepiada barba de bárbaro. De repente, Luka ficou com muita raiva (e ele era um menino de riso fácil e raiva difícil). Quando o Grão-Mestre Flama estava bem na frente dele, Luka gritou a plenos pulmões: "Que as suas feras parem de obedecer às suas ordens e que os seus ringues de fogo engulam sua tenda idiota".

Ora, acontece que o momento em que Luka gritou sua raiva foi um daqueles raros instantes em que, por algum inexplicável acidente, todos os ruídos do universo silenciam ao mesmo tempo, os carros param de buzinar, as motonetas param de pipocar, os pássaros param de cantar nas árvores e todo mundo para de falar ao mesmo tempo, e nesse mágico silêncio a voz de Luka soou tão clara como um tiro e suas palavras se expandiram até encher todo o céu e talvez tenham encontrado seu rumo à morada invisível dos Fados, que, segundo algumas pessoas, governam o mundo. O Capitão Aag se encolheu como se alguém tivesse lhe dado uma bofetada e ficou olhando bem nos olhos de Luka, fuzilando-o com um olhar de tamanho ódio que o menino quase caiu no chão. Depois o mundo começou a fazer sua barulheira outra vez, o desfile do circo continuou e Luka e Rashid foram para casa jantar. Mas as palavras de Luka ainda estavam lá no ar, trabalhando em segredo.

Nessa noite, o noticiário da TV disse que, numa virada surpreendente, os animais do circo GRIF tinham todos se recusado a trabalhar. Num circo lotado e para surpresa, tanto dos palhaços vestidos a caráter como dos espectadores de roupas comuns, eles se rebelaram contra seu domador num desafio sem precedentes. O Grão-Mestre Flama se pôs no ringue central dos três Grandes Ringues de Fogo, berrando ordens e estalando o chicote, mas quando viu que os animais começavam a andar devagar e com toda a calma na sua direção, no mesmo passo, como se fossem um exército, fechando-se em cima dele de todos os lados até formarem um círculo animal de raiva, seus nervos não aguentaram e ele caiu de joelhos, chorando, gemendo, implorando pela vida. O público começou a vaiar, atirava frutas e almofadas, e depois objetos mais duros, pedras, por exemplo, e nozes e listas telefônicas. Aag virou e fugiu. Os animais abriram alas, e ele foi embora correndo, chorando como um bebê.

Essa foi a primeira coisa incrível. A segunda aconteceu mais tarde, nessa mesma noite. Por volta da meia-noite começou um barulho, um barulho como o crepitar e estalar de um bilhão de folhas de outono, ou talvez até mesmo um bilhão de bilhões, um barulho que se espalhou desde a Grande Lona na margem do Silsila até o quarto de Luka e o acordou. Quando ele olhou pela janela do quarto, viu que a grande tenda estava pegando fogo, brilhando ao queimar no campo à margem do rio. Os Grandes Ringues de Fogo estavam incendiados, e não era uma ilusão.

A maldição de Luka tinha funcionado.

A terceira coisa incrível aconteceu na manhã seguinte. Um cachorro com uma etiqueta na coleira que dizia URSO e um urso com uma etiqueta na coleira que dizia CÃO apareceram na porta de Luka — e depois Luka se perguntaria como exatamente eles tinham conseguido chegar até lá —, e Cão, o urso, começou a girar e a dançar entusiasmado enquanto Urso, o cão, uivava uma melodia para sapateado. Luka e seu pai, Rashid Khalifa, a mãe dele, Soraya, e seu irmão mais velho, Haroun, foram para a porta da casa, assistir, enquanto a vizinha, srta. Onita, gritava da varanda: "Tomem cuidado! Quando bichos começam a cantar e dançar, é sinal de que alguma bruxaria está a caminho!". Mas Soraya Khalifa deu risada. "Os bichos estão comemorando a liberdade", ela disse. Então Rashid fez uma cara séria e contou para sua mulher sobre a maldição de Luka. "Me parece", ele opinou, "que se alguém fez alguma bruxaria foi o nosso jovem Luka, e essas boas criaturas vieram agradecer a ele."

Os outros animais do circo escaparam para a Selva e nunca mais foram vistos, mas estava claro que o cachorro e o urso tinham vindo para ficar. Eles até trouxeram os seus próprios lanches. O urso com um balde de peixes e o cão com um casaquinho com o bolso cheio de ossos. "Por que não, afinal?", Rashid disse alegremente. "Será uma boa ajuda para quando eu contar minhas histórias. Nada como um número de canto e dança com um cão e um urso para chamar a atenção do público." Assim ficou resolvido, e mais tarde, no mesmo dia, foi o irmão de Luka, Haroun, quem deu a última palavra. "Eu sabia que logo ia acontecer", ele disse. "Você chegou a uma idade em que as pessoas desta família atravessam uma fronteira e entram no mundo mágico. É a sua vez de ter uma aventura — é, sim, chegou a hora afinal! — e parece que você já começou alguma coisa. Mas cuidado. Amaldiçoar é um poder perigoso. Eu nunca consegui fazer nada assim, tipo, tão *dark*."

"Uma aventura só minha", Luka pensou, deslumbrado, e seu irmão mais velho sorriu, porque sabia perfeitamente bem do Ciúme Secreto de Luka, que na verdade Não Era Segredo Nenhum. Quando Haroun estava com a idade de Luka, tinha viajado para a segunda Lua da Terra, ficado amigo de peixes que falavam em rima e de um jardineiro feito de raízes de lótus, e ajudado a depor o pérfido Mestre do Culto Khattam-Shud, que estava tentando destruir o próprio Mar de Histórias. Comparando, as maiores aventuras de Luka até agora tinham acontecido durante a Grande Guerra do Playground na escola, na qual ele havia liderado seu bando, o Time dos Pinguins Intergalácticos, a uma famosa vitória contra o Exército da Alteza Imperial liderado por seu odiado rival Adi Merdarato, também conhecido como Gostosão, ganhando o dia com um ousado ataque aéreo composto por aviões de papel carregados com pó de mico. Tinha sido extremamente satisfatório ver Merdarato pular no tanque do playground para acalmar a coceira que se espalhara por todo o seu corpo; mas Luka sabia que, comparado com o que Haroun tinha feito, isso não era lá grande coisa. Haroun, por sua vez, sabia do desejo de Luka de uma aventura real, de preferência que tivesse criaturas improváveis, viagens a outros planetas (ou pelo menos satélites) e PCD+P/EXs, ou Processos Complicados Demais para Explicar. Mas até então tinha sempre tentado desencorajar os desejos de Luka. "Cuidado com o que você deseja", ele disse para Luka, que respondeu: "Para falar a verdade, essa foi de longe a coisa mais chata que você já disse".

No geral, porém, os irmãos Haroun e Luka raras vezes brigavam e, de fato, se davam excepcionalmente bem. A diferença de dezoito anos acabara sendo um bom lugar para enterrar todos os problemas que de vez em quando aparecem entre irmãos, todas aquelas pequenas irritações que fazem o irmão mais velho bater sem querer a cabeça do irmão mais novo numa parede de pedra ou colocar por engano um travesseiro em cima do rosto dele dormindo; ou convencê-lo de que é uma boa ideia encher os sapatos do cara grandão com conserva de manga doce e pegajosa, ou chamar a nova namorada do grandão pelo nome de outra namorada e fingir que foi na verdade só um engano infeliz. De forma que nada disso aconteceu. Em vez disso, Haroun ensinou muitas coisas úteis a seu irmão mais novo, *kickboxing*, por exemplo, e as regras do críquete, e qual música era legal e qual não era; e Luka adorava o irmão mais velho sem nenhum problema e achava que ele parecia um urso grande — um pouco como Cão, o urso, na verdade — ou talvez uma confortável montanha com a barba por fazer e um largo sorriso no alto.

Luka assombrou as pessoas pela primeira vez ao nascer, porque seu irmão, Haroun, já estava com dezoito anos quando sua mãe, Soraya, aos quarenta e um anos de idade, deu à luz um segundo belo menino. Seu marido, Rashid, ficou até sem fala, e assim, como sempre, encontrou palavras demais. Na ala do hospital em que estava Soraya, ele carregou o filho recém-nascido, aninhou-o delicadamente nos braços e o bombardeou com perguntas sem sentido. "Quem diria, hein? De onde você veio, malandro? Como chegou aqui? O que tem a dizer? Qual é o seu nome? O que vai ser quando crescer? O que você quer?" Tinha uma pergunta para Soraya também. "Na sua idade", ele se deslumbrou, sacudindo a cabeça, que estava ficando careca. "O que significa uma maravilha destas?" Rashid tinha cinquenta anos quando Luka apareceu, mas naquele momento falava como qualquer pai jovem, inexperiente, perplexo com a chegada da responsabilidade e até um pouco assustado.

Soraya pegou o bebê de volta e acalmou o pai. "O nome dele é Luka", ela disse, "e esta maravilha significa que parece que nós trouxemos ao mundo um sujeito capaz de fazer o próprio Tempo voltar atrás, de fazer o Tempo correr para o lado errado e nos deixar moços de novo."

Soraya sabia do que estava falando. À medida que Luka crescia, seus pais pareciam ficar mais moços. Quando o bebê Luka sentou sozinho pela primeira vez, por exemplo, seus pais não conseguiam ficar sentados quietos. Quando ele começou a engatinhar, eles saltavam para cima e para baixo como coelhos assanhados. Quando ele andou, os dois deram pulos de alegria. E quando falou pela primeira vez, bom, a impressão que se tinha era de que toda a legendária Torrente de Palavras tinha começado a jorrar da boca de Rashid e que ele não ia parar nunca mais de elogiar o grande feito do filho.

A Torrente de Palavras, por sinal, jorra do Mar de Histórias para o Lago da Sabedoria, cujas águas são iluminadas pela Aurora dos Dias, e do qual flui o Rio do Tempo. O Lago da Sabedoria, como é bem sabido, fica à sombra da Montanha do Conhecimento, em cujo pico brilha o Fogo da Vida. Essa importante informação relativa ao mapa — e, de fato, à própria existência do Mundo Mágico — foi mantida em segredo por milhares de anos, guardada por misteriosos desmancha-prazeres de capa que se chamavam de Aalim, ou Eruditos. Porém, o segredo agora é conhecido. Foi posto à disposição do público em geral por Rashid Khalifa em muitas histórias famosas. De forma que todo mundo em Kahani está plenamente consciente de que existe um Mundo de Magia paralelo ao nosso próprio mundo não mágico, e dessa Realidade vêm a magia branca, a magia negra, os sonhos, os pesadelos, as histórias, as mentiras, os dragões, as fadas, os gênios de barba azul, os pássaros mecânicos que leem pensamentos, os tesouros enterrados, a música, a ficção, a esperança, o medo, o dom da vida eterna, o anjo da morte, o anjo do amor, as interrupções, as piadas, as boas ideias, as péssimas ideias, os finais felizes, na verdade quase tudo que tem algum interesse. Os Aalim, que achavam que o Conhecimento pertencia a eles e era precioso demais para ser repartido com os outros, provavelmente odiaram Rashid Khalifa por ter deixado o "gato" escapar do saco.

Mas ainda não é hora de falar — como acabaremos tendo de falar — de Gatos. É preciso, em primeiro lugar, falar da coisa incrível que aconteceu na linda noite estrelada.

Luka era canhoto e sempre lhe pareceu que o resto do mundo é que funcionava do lado errado, não ele. Maçanetas de porta giravam do lado errado, parafusos insistiam em ser parafusados em sentido horário, violões soavam de cima para baixo, e as letras em que a maioria das línguas era escrita corriam estranhamente da esquerda para a direita, a não ser uma, que ele bizarramente não dominava. Os tornos dos oleiros giravam perversamente, dervixes rodariam melhor se rodassem para o lado oposto, e o mundo inteiro seria muito melhor e mais sensato, Luka pensava, se o sol nascesse no oeste e se pusesse no leste. Quando ele sonhava com a vida naquela Dimensão Anti-Horária, o alternativo e canhoto Planeta Ladoerrado no qual ele seria o normal em vez do excepcional, Luka às vezes ficava triste. Seu irmão, Haroun, era destro como todo mundo, e consequentemente tudo parecia mais fácil para ele, o que não era justo. Soraya dissera para Luka não ficar triste. "Você é uma criança de muitos dotes", disse ela, "e talvez tenha razão em achar que o lado esquerdo é o lado direito, e que todos nós não fazemos nada direito, estamos sempre errados. Deixe suas mãos levarem você onde elas quiserem. Só fique sempre com as mãos ocupadas, só isso. Vá para a esquerda, claro, só não fique sem fazer nada; não seja passado para trás."

Depois que a maldição de Luka contra os Grandes Ringues de Fogo funcionou tão espetacularmente, Haroun sempre o alertava com uma voz apavorada que canhotismo podia ser sinal de poderes da sombra borbulhando dentro dele. "Tome cuidado", dissera Haroun, "para não pegar a Senda da Mão Esquerda." A Senda da Mão Esquerda parecia ser o caminho da "Magia Negra", mas, como Luka não tinha a menor ideia de como tomar essa senda, nem sabia se queria fazê-lo, não ligou para o alerta do irmão, achando que era o tipo de coisa que Haroun às vezes dizia para provocá-lo, sem entender que Luka não gostava de ser provocado.

Talvez por ter sonhado em emigrar para uma Dimensão Canhota, ou talvez porque seu pai fosse um contador de histórias profissional, ou talvez por causa da grande aventura de Haroun, seu irmão, ou talvez por razão nenhuma a não ser que esse era o seu jeito de ser, Luka cresceu com um forte interesse e aptidão para outras realidades. Na escola, ele se tornou um ator tão convincente que, quando representava um corcunda, um imperador, uma mulher ou um deus, todo mundo que assistia à sua performance saía convencido de que o rapaz tinha de alguma forma criado uma corcunda provisória, subido a um trono, mudado de sexo ou se tornado divino. E quando ele desenhava e pintava as histórias de seu pai sobre, por exemplo, as Aves da Memória com cabeça de elefante que se lembravam de absolutamente tudo o que tinha acontecido, ou o Peixenfermo que nadava no Rio do Tempo, ou a Terra da Infância Perdida, ou o Lugar Onde Ninguém Vivia, tudo isso ganhava uma maravilhosa, fantasmagórica vida, ricamente colorida. Em matemática e química, infelizmente, ele não era tão bom. Sua mãe ficava triste com isso porque, mesmo cantando como um anjo, ela sempre fora do tipo prático, sensato; mas aquilo deliciava secretamente seu pai, porque a matemática para Rashid Khalifa era tão misteriosa como a matemática chinesa e duas vezes mais desinteressante; e, quando menino, Rashid tinha sido reprovado no exame de química porque derramara ácido sulfúrico concentrado em cima do papel da prova, que havia entregado cheio de furos.

Felizmente para Luka, ele vivia numa época em que uma variedade quase infinita de realidades paralelas começara a ser vendida sob a forma de brinquedos. Igual a todo mundo que ele conhecia, tinha crescido destruindo frotas de foguetes invasores, e trabalhando como um pequeno encanador numa jornada por muitos níveis palpitantes, ferventes, tortuosos, borbulhantes para salvar uma princesa inocente do castelo de um monstro, e se metamorfoseado em um porco-espinho veloz e num brigão de rua e num astro de rock, e resistido intrepidamente com seu manto de capuz enquanto uma figura demoníaca de chifres curtos e cara preta e vermelha saltava à sua volta brandindo um duplo sabre de luz sobre sua cabeça. Igual a todo mundo que ele conhecia, tinha se filiado a comunidades imaginárias no ciberespaço, a eletroclubes em que adotava a identidade de, por exemplo, um Pinguim Intergaláctico com o nome de um dos membros dos Beatles, ou, mais tarde, um ser voador inteiramente inventado, cuja estatura, cor de cabelo e mesmo sexo eram de livre escolha e ele podia alterar como quisesse. Igual a todo mundo que ele conhecia, Luka possuía um vasto sortimento de caixas de bolso de realidade alternativa e passava boa parte do seu tempo livre deixando seu próprio mundo para entrar nos ricos, coloridos, musicais e desafiadores universos que havia nessas caixas, universos em que a morte era temporária (até você cometer erros demais e aí ela ficava permanente) e uma vida era uma coisa que se podia ganhar, ou conquistar, ou apenas receber miraculosamente porque você de repente batera a cabeça no tijolo certo, ou comera o cogumelo certo, ou passara pela cachoeira mágica certa, e podia armazenar tantas vidas quantas sua habilidade ou sorte permitissem. No quarto de Luka, perto de um aparelho de televisão pequeno, ficava seu objeto mais precioso, a caixa mais mágica de todas, a que oferecia as jornadas mais ricas e complexas a outro espaço e outro tempo, à zona de multivida e morte temporária: seu novo Muu. E assim como no playground da escola Luka havia se transformado no poderoso General Luka, vencedor do Exército da Alteza Imperial, comandante da temida FAL ou Força Aérea Luka de aviões de papel que lançavam bombas de coceira, assim também Luka, quando saía do mundo da matemática e da química para a Zona de Muu, sentia-se *em casa* de um jeito completamente diferente do jeito que se sentia *em casa* em sua casa, mas em casa mesmo assim; e se transformava, ao menos em sua cabeça, em Super Luka, Grão-Mestre dos Jogos.

Mais uma vez, foi seu pai, Rashid Khalifa, quem encorajou Luka e quem tentou, com cômica imperícia, juntar-se a ele em suas aventuras. Soraya fungou sem se impressionar e, sendo uma mulher de bom senso que desconfiava da tecnologia, preocupava-se com as várias caixas mágicas que emitiam raios e feixes de luz invisíveis que iam estragar a mente de seu filho amado. Rashid tirava o peso dessas preocupações, o que preocupava Soraya ainda mais. "Raios, nada! Feixes de luz, nada!", Rashid exclamava. "Veja como ele está desenvolvendo bem a coordenação mão-olho, e resolvendo problemas também, decifrando charadas, superando obstáculos, escalando níveis de dificuldade para adquirir habilidades excepcionais."

"São habilidades inúteis", Soraya retrucou. "O mundo real não tem níveis, só dificuldades. Se ele cometer um erro por descuido no jogo, tem outra chance. Se cometer um erro por descuido numa prova de química, tem nota abaixo da média. A vida é mais dura que videogames. É isso que ele precisa aprender e, por sinal, você também."

Rashid não cedeu. "Olhe como a mão dele mexe nos controles", disse a ela. "Nesses mundos, ser canhoto não é impedimento para ele. Incrível como ele é quase ambidestro." Soraya fungou, aborrecida. "Já viu a letra dele?", perguntou ela. "Porco-espinho e encanador podem ajudar nisso? Será que esses *pisps* e *wees* vão ajudar na escola? Esses nomes! Parece som de quem vai ao banheiro, sei lá." Rashid começou a sorrir, apaziguando. "O termo é *console*", começou a dizer, mas Soraya virou-se e afastou-se, acenando com a mão acima da cabeça. "Não me fale dessas coisas", ela disse por cima do ombro, com sua voz mais grandiosa. "Eu estou in-console-ável."

Não é de surpreender que Rashid Khalifa fosse inábil no Muu. Durante quase toda a sua vida fora bem conhecido por sua língua fluente, mas suas mãos sempre haviam sido, para falar a verdade, deficientes. Eram desajeitadas, inábeis, as coisas escorregavam de seus dedos. Eram, diziam as pessoas, só polegares. Ao longo de seus sessenta e dois anos elas haviam derrubado inúmeras coisas, quebrado incontáveis coisas mais, se atrapalhado com todas as coisas que não conseguiam derrubar ou quebrar, e borrado tudo o que escreviam. No geral, faziam qualquer coisa, menos dar uma mão. Se Rashid tentava pregar um prego na parede, um dos seus dedos invariavelmente ficava na frente e ele sempre fora igual a um bebê para a dor. Então, sempre que Rashid se oferecia para dar uma mão a Soraya, ela pedia a ele — um tanto rudemente — que não metesse a mão.

Mas — na contramão disso tudo — Luka conseguia lembrar de um momento em que as mãos de seu pai realmente haviam ganhado vida.

Era verdade. Quando Luka tinha apenas poucos anos de vida, as mãos de seu pai adquiriram vida e até mentalidade próprias. Tinham nomes também: havia Ninguém (a mão direita) e Nada (a esquerda), e eram muito obedientes, faziam tudo o que

Rashid queria que fizessem, como gesticular no ar quando ele queria reforçar uma coisa (porque ele gostava de falar muito), ou pôr comida em sua boca a intervalos regulares (porque ele gostava de comer muito). Estavam dispostas até a lavar a parte de Rashid que ele chamava de *bê ene dê*, o que era na verdade extremamente gentil da parte delas. Mas, como Luka depressa descobriu, elas também tinham uma vontade toda própria de fazer cócegas, principalmente quando ele estava ao alcance. Às vezes, quando a mão direita começava a fazer cócegas em Luka e ele implorava "pare, por favor", o pai respondia: "Não sou eu. Na verdade, Ninguém está fazendo cócegas em você", e quando a mão esquerda começava também e Luka, chorando de rir, protestava: "Você, você está fazendo cócegas em mim", o pai respondia: "É Nada. Você sabe muito bem".

Depois, porém, as mãos de Rashid sossegaram e pareciam ter voltado a ser apenas mãos. Na verdade, o resto de Rashid também sossegou. Ele andava mais devagar que antes (embora nunca tivesse andado depressa), comia mais devagar (embora não muito mais) e, o mais preocupante, falava mais devagar (e ele sempre falara muito, muito depressa). Ele era mais lento para sorrir do que tinha sido antes, e, às vezes, Luka imaginava, parecia que os próprios pensamentos estavam mais lentos na cabeça de seu pai. Até as histórias que ele contava pareciam avançar mais devagar do que antes, e isso era ruim para os negócios. "Se ele continuar diminuindo o ritmo", Luka disse a si mesmo, alarmado, "muito em breve vai parar de uma vez." A imagem de um pai completamente parado, empacado no meio de uma frase, no meio de um gesto, no meio de um passo, simplesmente congelado no lugar para sempre, era muito assustadora; mas esse, ao que parecia, era o rumo que as coisas estavam tomando, a menos que algo pudesse ser feito para Rashid Khalifa voltar a ser rápido. Então Luka começou a pensar num jeito de fazer o pai acelerar; onde estava o pedal a pisar para restaurar a velocidade que se apagava? Mas antes que ele conseguisse resolver o problema, uma coisa incrível aconteceu na linda noite estrelada.

Um mês e um dia depois da chegada de Cão, o urso, e Urso, o cão, à casa dos Khalifa, o arco do céu sobre a cidade de Kahani, sobre o rio Silsila e sobre o mar além, ficou miraculosamente cheio de estrelas, tão brilhante de estrelas, na verdade, que até mesmo o tristonho peixoso das profundezas subiu com um ar surpreso e começou, contra sua vontade, a sorrir (e se você algum dia já viu um peixoso sorrindo e parecendo surpreso, você há de saber que não é nada bonito). Como por mágica a larga faixa da galáxia em si brilhava num claro céu noturno, lembrando a todos como as coisas tinham sido antes de os seres humanos sujarem o ar e esconderem a visão do céu. Por causa do smog, havia ficado tão raro ver a Via Láctea na cidade que as pessoas foram de casa em casa dizendo aos vizinhos para saírem à rua e olhar. Todo mundo saiu de suas casas e parou com o queixo no ar, como se todo o bairro estivesse pedindo cócegas, e por um instante Luka chegou a considerar ser o cocegueiro-mor, mas achou melhor mudar de ideia.

As estrelas pareciam estar dançando lá em cima, pareciam girar num grandioso e complicado desenho, como mulheres num casamento, enfeitadas com belas roupas, mulheres brilhando brancas, verdes, vermelhas, com diamantes, esmeraldas e rubis, mulheres brilhantes dançando no céu, gotejantes de joias incendiadas. E a dança das estrelas se espelhava nas ruas da cidade; as pessoas saíram com tamborins e tambores e festejaram como se fosse o aniversário de alguém. Urso e Cão festejaram também, uivando e dançando, e Haroun, Luka, Soraya e sua vizinha, a srta. Onita, todos dançaram também. Só Rashid não se juntou à festa. Ficou sentado na varanda assistindo, e ninguém, nem mesmo Luka, conseguiu fazer com que se levantasse. "Estou me sentindo pesado", ele disse. "Minhas pernas parecem sacos de carvão e meus braços estão feito troncos. A gravidade deve ter aumentado de alguma forma à minha volta, porque estou sendo puxado para o chão." Soraya disse que ele estava só agindo como uma batata preguiçosa e depois de algum tempo Luka também deixou o pai sentado comendo uma banana de uma penca que havia comprado de um vendedor ambulante enquanto ele, Luka, corria em pleno carnaval das estrelas.

O grande espetáculo do céu continuou até tarde da noite e enquanto durou pareceu um presságio de alguma coisa boa, do começo de uma inesperada boa época. Mas Luka logo se deu conta de que não era nada disso. Talvez fosse, na verdade, uma espécie de despedida, um último hurra, porque essa foi a noite em que Rashid Khalifa, o lendário contador de histórias de Kahani, adormeceu com um sorriso no rosto, uma banana na mão e um brilho na testa e não acordou na manhã seguinte. Em vez disso, ficou dormindo, roncando baixinho, com um sorriso nos lábios. Dormiu a manhã inteira e depois a tarde inteira, e depois a noite inteira outra vez, e assim continuou, manhã após manhã, tarde após tarde, noite após noite.

Ninguém conseguia acordá-lo.

No início, Soraya, achando que ele estava apenas cansado demais, ficava pedindo silêncio a todo mundo e dizendo a todo mundo para não incomodá-lo. Mas ela logo começou a ficar preocupada e tentou acordá-lo ela mesma. Primeiro falou com ele baixinho, murmurando palavras de amor. Depois alisou sua testa, beijou suas faces e cantou uma curta canção. Por fim, impaciente, fez cócegas nas solas de seus pés, sacudiu-o violentamente pelos ombros e, como último recurso, gritou no pico da voz no ouvido dele. Ele soltou um "mmm" de aprovação e seu sorriso ficou um pouco mais largo, mas não acordou.

Soraya sentou-se no chão ao lado da cama dele e enterrou a

cabeça nas mãos. "O que eu vou fazer?", gemeu. "Ele sempre foi um sonhador e agora resolveu que prefere os sonhos a mim."

Bem depressa os jornais ficaram sabendo do estado de Rashid, e jornalistas vieram como cobras, xereteando pelo bairro, tentando descobrir qual era a história. Soraya espantou os fotógrafos, mas a notícia acabou sendo publicada mesmo assim. NÃO FALA MAIS O XÁ DO BLÁ-BLÁ-BLÁ, gritava a manchete, um tanto cruelmente. ELE AGORA É A BELA ADORMECIDA, SÓ QUE NÃO TÃO BELA.

Quando Luka viu a mãe chorando e o pai nas garras do Grande Sono, sentiu que o mundo, ou uma grande parte do mundo ao menos, estava chegando ao fim. Toda a sua vida havia tentando se esgueirar para o quarto dos pais de manhã cedinho e surpreendê-los antes que acordassem, e todas as vezes eles já tinham acordado quando ele chegava à beira da cama. Mas agora Rashid não acordava e Soraya estava realmente inconsolável, uma palavra que, como Luka sabia, na realidade não tinha nada a ver com jogos, muito embora nesse exato momento ele quisesse estar dentro de alguma outra versão fictícia da realidade para apertar o botão de *exit* e voltar à sua própria vida. Mas não havia botão de *exit*. Ele estava em casa, embora "casa" de repente soasse com um lugar muito estranho e assustador, sem riso e, mais horrível que tudo, sem Rashid. Era como se uma coisa impossível tivesse se tornado possível, uma coisa impensável tivesse se tornado pensável, e Luka não queria dar um nome a essa coisa apavorante.

Vieram médicos, e Soraya os levou ao quarto onde Rashid estava dormindo e fechou a porta. Deixaram Haroun entrar, mas Luka teve de ficar com a srta. Onita, que ele detestava, porque ela lhe dava doces demais para comer e puxava seu rosto para ela de um jeito que ele se perdia entre seus seios como um viajante num vale desconhecido com cheiro de perfume barato. Depois de algum tempo, Haroun veio vê-lo. "Dizem que não sabem qual é o problema dele", contou a Luka. "Está simplesmente dormindo e não sabem dizer por quê. Puseram um tubo no braço dele porque não está comendo nem bebendo e precisa de alimento. Mas se ele não acordar..."

"Ele vai acordar!", Luka exclamou. "Ele vai acordar a qualquer momento agora!"

"Se ele não acordar", prosseguiu Haroun, e Luka notou que as mãos do irmão estavam cerradas e havia também uma espécie de tensão agressiva em sua voz, "os músculos dele vão se deteriorar e o corpo inteiro também e daí..."

"Daí, nada", Luka interrompeu ferozmente. "Ele está descansando, só isso. Ele estava mais lento e se sentindo pesado e precisava descansar. Ele cuidou da gente a vida inteira, para falar a verdade, e agora merece uma folga, não está certo, tia Onita?"

"Está, Luka", disse a srta. Onita. "Está certo, meu querido, tenho certeza quase absoluta." E uma lágrima rolou por seu rosto.

Então, as coisas pioraram.

Luka ficou acordado na cama essa noite, muito chocado e infeliz para dormir. Urso, o cão, estava na cama também, bufando, resmungando, perdido num sonho canino, e Cão, o urso, imóvel numa esteira de palha no chão. Mas Luka estava bem acordado. O céu da noite lá fora da janela não estava mais claro, e sim nublado e baixo, como se estivesse com a testa franzida, e o trovão resmungava a distância, como a voz de um gigante zangado. Então Luka ouviu o som de asas batendo perto, deu um pulo da cama e correu à janela, botou a cabeça para fora e girou o pescoço para olhar o céu.

Havia sete abutres voando em sua direção, com golas franzidas no pescoço, como nobres europeus das pinturas antigas, ou como palhaços de circo. Eram feios, fedidos e malvados. O abutre maior, o mais feio, mais fedido e mais malvado de todos, pousou no peitoril da janela de Luka, bem ao lado dele, como se fossem velhos amigos, enquanto os outros seis pairavam fora de alcance. Urso, o cão, acordou e veio depressa à janela, rosnando e mostrando os dentes; Cão, o urso, deu um pulo um minuto depois e pairou em cima de Luka, como se quisesse despedaçar o abutre ali mesmo. "Espere", Luka disse a eles, porque tinha visto uma coisa que precisava ser investigada. Pendurada na gola do pescoço do Abutre Chefe havia uma bolsinha. Luka estendeu a mão para pegá-la; o abutre não se mexeu. Dentro da bolsa havia um rolo de papel, e no rolo de papel uma mensagem do Capitão Aag:

> Horrenda criança de língua negra. Nojento menino bruxo, pensou que eu não fosse revidar o que você me fez? Pensou, vil infantil feiticeiro, que eu não podia lhe dar prejuízo mais grave do que deu a mim? É tão vaidoso, tão tolo, pífio meio litro de maldição, que pensou que era o único bruxo da cidade? Lance uma praga que não pode controlar, ó incompetente mago pigmeu, e ela voltará para bater direto na sua cara. Ou, nesta ocasião, num ato de vingança talvez mais satisfatório, se abate sobre alguém que você ama.

Luka começou a tremer, embora a noite estivesse quente. Era verdade? Sua praga ardente contra o chefe do circo tinha sido respondida com uma praga de sono sobre seu pai? Nesse caso, Luka pensou, horrorizado, o Grande Sono era culpa sua. Nem mesmo o fato de Cão, o urso, e Urso, o cão, terem entrado em sua vida podia compensar a perda de seu pai. Mas ele notara a lentidão do pai muito antes da noite das estrelas dançarinas, de maneira que essa mensagem talvez fosse apenas uma hedionda mentira. De qualquer forma, estava decidido a não deixar que o Abutre Chefe visse que estava abalado, então, com voz forte e firme, como a que usava nas peças da escola, ele disse: "Para ser franco, eu detesto abutres, e não é surpresa nenhuma vocês serem as únicas criaturas que continuaram leais àquele horrível Capitão Aag. Que ideia, também, fazer um número de abutres num circo! Mostra bem que tipo de sujeito ele é. E isto aqui", acrescentou, rasgando o recado em pedacinhos bem debaixo do bico cínico do abutre, "é a carta de um homem mau, tentando me enganar dizendo que consegue fazer meu pai ficar doente. Ele não consegue fazer ninguém passar mal, claro, mas me deixa enojado". Então, juntando toda a sua coragem, enxotou a grande ave para longe do peitoril e fechou a janela.

Os abutres voaram atrapalhados e Luka caiu em sua cama, tremendo. Seu cão e seu urso o agradaram com o focinho, mas ele não se consolou. Rashid estava dormindo, e ele, Luka, não conseguia se livrar da ideia de que ele próprio — e apenas ele — é que tinha provocado essa maldição para sua família.

Depois de uma noite sem dormir, Luka se levantou antes do amanhecer e entrou furtivamente no quarto dos pais, como tinha feito tantas vezes em tempos mais felizes. Lá estava seu pai, deitado. Dormindo, com um tubo espetado no braço para alimentá-lo e um monitor que mostrava as batidas de seu coração numa linha verde irregular. Para dizer a verdade, Rashid não parecia amaldiçoado, nem triste. Parecia... *feliz*, como se estivesse sonhando com as estrelas, dançando com elas enquanto dormia, vivendo com elas no céu, e sorrindo. Mas a aparência não é tudo, Luka sabia disso. O mundo nem sempre era o que parecia ser. Soraya estava dormindo no chão, sentada com as costas contra a parede. Nenhum dos dois acordou, como sempre faziam quando Luka ia chegando perto deles. Aquilo era deprimente. Arrastando os pés, Luka voltou para o quarto. Pela janela, podia ver o céu começando a clarear. A manhã deveria alegrar as pessoas, mas Luka não conseguia pensar em nada que o alegrasse. Foi à janela para fechar a cortina e poder afinal deitar no escuro e descansar um pouco, e foi então que viu a coisa excepcional.

Havia um homem parado na alameda diante da residência Khalifa, usando uma conhecida camisa estilo safári vermelhona e um chapéu-panamá bem gasto e conhecido, e observava abertamente a casa. Luka estava a ponto de gritar, ou talvez mesmo de mandar Urso e Cão espantar o estranho, quando o homem levantou a cabeça e olhou direto nos olhos dele.

Era Rashid Khalifa! Era seu pai, parado lá fora, sem dizer nada, e parecendo bem acordado!

Mas se Rashid estava lá fora na alameda, então quem é que estava dormindo em sua cama? E se Rashid estava dormindo na cama, então quem poderia estar lá fora? A cabeça de Luka estava girando e seu cérebro não fazia ideia do que pensar; seus pés, porém, começaram a correr. Seguido por seu urso e seu cão, Luka correu o mais depressa possível até onde estava o pai, à sua espera. Desceu correndo a escada, descalço, tropeçando um pouco, deu um passo à direita, ficou estranhamente tonto um momento, recuperou o equilíbrio e saiu ventando pela porta da rua. Que maravilha, Luka pensou. Rashid Khalifa tinha acordado e de alguma forma escapulido para um passeio. Ia ficar tudo bem outra vez.

2. Ninguémpai

Quando correu para fora da porta com Cão e Urso, Luka teve a sensação mais estranha: como se tivessem atravessado uma fronteira invisível. Como se um nível secreto tivesse sido destravado e eles todos passado por um portal que permitia que o explorassem. Estremeceu um pouco, e o urso e o cão tremeram também, embora não fosse uma manhã fria. As cores do mundo estavam estranhas, o céu muito azul, a terra muito marrom, a casa mais rosa e mais verde que o normal... *e seu pai não era seu pai*, a menos que Rashid Khalifa tivesse ficado parcialmente transparente. Esse Rashid Khalifa era igualzinho ao famoso Xá do Blá-blá-blá; usava seu chapéu-panamá e a camisa safári vermelhona e quando andava e falava ficava óbvio que sua voz era a voz de Rashid, e o jeito como se mexia era uma cópia exata do original também; mas dava para enxergar através desse Rashid Khalifa, não com clareza, turvamente, como se ele fosse metade real, metade um efeito de luz. Quando os primeiros sussurros do amanhecer murmuraram no céu, a transparência da figura pareceu ainda mais evidente. Luka começou a sentir a cabeça girar.

Tinha acontecido alguma coisa com seu pai? Esse pai transparente era alguma espécie de... alguma espécie de...

"Você é alguma espécie de fantasma?", ele perguntou com voz fraca. "Porque é, no mínimo, bem esquisito e inesperado."

"Estou vestido com lençol branco? Estou sacudindo correntes? Acha que eu pareço diabólico?", perguntou o fantasma, desdenhoso. "Eu assusto? Tudo bem, não responda essa. A verdade é que não existe nem fantasma nem espectro e, portanto, eu não sou nada disso. E posso observar que neste momento estou tão surpreso como você?"

Urso estava com os pelos arrepiados e Cão sacudia a cabeça de um jeito intrigado, como se tivessem começado a se lembrar de alguma coisa.

"Por que *você* está tão surpreso?", Luka perguntou, tentando parecer confiante. "Não sou eu que estou transparente, afinal." O Rashid Khalifa transparente chegou mais perto e Luka teve de fazer um esforço para não sair correndo. "Não estou aqui por sua causa", ele disse. "Então é um tanto, hum, estranho você ter cruzado comigo quando está gozando de perfeita saúde. E seu cachorro e seu urso também, por falar nisso. A coisa toda é extremamente irregular. A Fronteira não pode ser ignorada com tanta facilidade."

"Do que você está falando?", Luka perguntou. "Que Fronteira? Por causa de quem você está aqui?" No momento em que fez a segunda pergunta, já sabia a resposta e tirou da cabeça a primeira pergunta. "Ah", disse. "Ah. Então é pelo meu pai..."

"Não, ainda", disse o Rashid transparente. "Mas eu sou do tipo paciente."

"Vá embora", disse Luka. "Não é bem-vindo aqui, senhor... como é seu nome, afinal?"

O Rashid transparente deu um sorriso bem amigo que de alguma forma não era lá muito amigo. "Eu", começou a explicar, numa voz delicada que de alguma forma não era lá muito delicada, "sou a mor..."

"Não diga essa palavra!", Luka exclamou.

"...de seu pai. O que estou querendo dizer, se me permite continuar", insistiu o fantasma, "é que cada um tem uma mor..."

"Não *diga* isso!", Luka gritou.

"...diferente", disse o fantasma. "Não há duas iguais. Cada ser vivo é um indivíduo diferente de todos os outros; cada vida tem um começo único e pessoal, um meio único e pessoal e, consequentemente, conclui-se que no fim todo mundo tem a sua mor..."

"Não!", gritou Luka.

"...única e pessoal e eu sou a do seu pai, ou serei logo mais, e então você não vai mais poder ver através de mim, porque então eu vou ser a coisa de verdade e ele, sinto dizer, não vai ser mais nada."

"Ninguém vai levar meu pai embora", Luka gritou. "Nem você, senhor... seja lá qual for o seu nome... com essas histórias de terror."

"Ninguém", disse o Rashid transparente. "É, pode me chamar assim. É isso que eu sou. Ninguém vai levar o seu pai embora: está certíssimo e eu sou esse Ninguém em questão. Você poderia dizer que eu sou o seu Ninguémpai."

"Vai, nada", Luka falou.

"Não, não", o Rashid transparente corrigiu. "Acho que Nada não está envolvido nesta questão. Você vai descobrir que Nada é brincadeira para mim."

Luka sentou no degrau da porta de casa e apoiou a cabeça nas mãos. *Ninguémpai*. Ele entendeu o que o Rashid transparente estava lhe dizendo. À medida que seu pai ia desaparecendo, o Rashid fantasma ia ficando mais forte, e no fim haveria apenas aquele Ninguémpai e nenhum pai mais. Mas ele tinha muita certeza de uma coisa: não estava pronto para ficar sem pai. Nunca estaria pronto para isso. A certeza dessa ideia cresceu dentro dele e lhe deu forças. Só havia uma coisa a fazer, disse a si mesmo. Esse, esse Ninguémpai tinha de ser detido e ele tinha de pensar num meio de detê-lo.

"Para falar a verdade", disse Ninguémpai, "e num espírito de total franqueza, devo repetir que você já conseguiu uma coisa excepcional — atravessando a linha, eu quero dizer —, de modo que talvez seja capaz de outras coisas excepcionais. Talvez você até seja capaz de produzir essa coisa que está sonhando agora; talvez — ha! ha! — você consiga provocar a minha destruição. Um adversário! Que divertido! Decididamente... *delicioso*. Estou tão animado."

Luka levantou a cabeça para ele. "O que quer dizer exatamente com *atravessou a linha*?", ele perguntou.

"Aqui, onde você está, não é lá, onde você estava", explicou Ninguémpai, atencioso. "Isto, tudo isto que você está vendo, não é aquilo que você viu antes. Esta rua não é aquela rua, esta casa não é aquela casa, e este papai, como eu já expliquei, não é aquele. Se o seu mundo inteiro desse meio passo para a direita, ia colidir com este mundo. Se desse meio passo para a esquerda..., bom, não vamos falar disso agora. Não está vendo como tudo é muito mais colorido aqui do que no seu lugar? Aqui, sabe... realmente eu nem devia dizer isso... é o Mundo da Magia."

Luka lembrou de seu tropeção na porta e da breve mas intensa sensação de tontura. Teria sido quando atravessara a linha? E ele tinha tropeçado para a direita ou para a esquerda? Devia ter sido para a direita, não? Então essa devia ser a Senda da Direita, não é mesmo? Mas seria o melhor caminho para ele? Será que, como pessoa canhota, ele não devia ter tropeçado para a esquerda?... Ele se deu conta de que não fazia a menor ideia do que queria dizer. Por que estava em algum tipo de senda e não simplesmente na rua diante de sua casa? Onde essa tal senda poderia levar, e será que devia pensar em seguir por ela? Será que devia pensar em simplesmente escapar desse alarmante Ninguémpai e voltar para a segurança de seu quarto? Toda essa conversa de Magia era muito demais para ele.

Claro que Luka sabia tudo sobre o Mundo da Magia. Crescera ouvindo seu pai falar disso todo dia e acreditara nisso, tinha até feito mapas e pintado quadros sobre esse mundo — a Torrente de Palavras que jorrava para o Lago da Sabedoria, a Montanha do Conhecimento e o Fogo da Vida, essa coisa toda; mas não tinha acreditado nisso do jeito que acreditava em mesas de jantar, em ruas, em estômago embrulhado. Não era real do jeito que amor era real, ou infelicidade, ou medo. Era real apenas do jeito que as histórias são reais enquanto você está lendo, ou miragens de calor antes de você chegar muito perto, ou sonhos enquanto você está sonhando.

"Isto é um sonho, então?", perguntou a si mesmo, e o Rashid transparente que se chamava de Ninguémpai assentiu com a cabeça, com ar pensativo. "Isso certamente explicaria a situação", respondeu, agradável. "Por que não fazer um teste? Se isto for mesmo um sonho, então seu cachorro e seu urso não seriam mais animais mudos. Eu sei da sua fantasia secreta, sabe? Você gostaria que eles pudessem falar, não é? Para falar com você na própria língua deles e contar suas histórias. Tenho certeza de que devem ter histórias extremamente interessantes para contar."

"Como sabe disso?", Luka perguntou, chocado, e mais uma vez a resposta chegou em seu coração assim que a pergunta saiu. "Ah. Você sabe porque meu pai sabe. Falei disso com meu pai uma vez e ele disse que ia inventar uma história sobre um cachorro e um urso falantes."

"Isso mesmo", disse Ninguémpai, calmamente. "Tudo o que seu pai foi, e soube, e disse, e fez, está devagarinho passando para mim. Mas não devo monopolizar a conversa", ele prosseguiu. "Acredito que seus amigos estão querendo sua atenção."

Luka olhou em torno e, para sua perplexidade, viu que Urso, o cão, tinha se posto sobre as patas traseiras e estava pigarreando como um tenor na ópera. Então, ele começou a cantar — não aos latidos, uivos e ganidos de cachorro dessa vez, mas com palavras perfeitamente compreensíveis. Cantava com um ligeiro sotaque estrangeiro, Luka notou, como se fosse um visitante de outro país, mas as palavras eram bem claras, embora a história que contassem fosse intrigante.

Oh, eu sou Barak dos It-Barak,
Imortais Homens Cães da Antiguidade.
Nascidos do ovo de um mágico falcão,
Cantar, lutar, amar e falar eram nossa função
E não morríamos nunca pela mão de ninguém.

Sim, eu sou Barak dos It-Barak,
Mil anos, mais até, é a minha idade.
Comi pérolas negras, com humanas me casei.
O meu mundo como um conde governei,
E cantei com angélico desdém.

E esta é a canção dos It-Barak,
De mais de mil anos atrás,
Mas uma praga chinesa sobre nós caiu,
Viramos cachorro, vira-lata, cão vadio,
E o Reino dos Cães virou charco, areal.
Já ninguém cantava, só latia, au-au,
E quatro patas tínhamos, não duas mais.
Agora quatro patas temos, não duas mais.

Aí, foi a vez de Cão, o urso, que também se levantou nas patas traseiras e cruzou as dianteiras na frente do corpo como um colegial num concurso de discursos em público. E falou em clara, humana língua e sua voz soava incrivelmente parecida com a de Haroun, irmão de Luka, e Luka quase caiu no chão ao ouvir. Ninguémpai o salvou estendendo um braço protetor, exatamente como se fosse o Rashid Khalifa de verdade. "Ó poderoso meio litro de liberador", começou o urso, pomposo, mas também, Luka achou, um pouco inseguro. "Ó criança incomparavelmente praguejante, saiba que nem sempre fui como você me vê agora, mas sim um monarca numa, hã, terra do norte de densas florestas e neve brilhante, escondida atrás do círculo da cadeia de montanhas. Meu nome não era 'Cão', mas, hã... Artha-Shastra, Príncipe de Qâf. Naquele lugar frio e adorável, dançávamos para nos manter aquecidos, e nossas danças viraram matéria de lendas, pois quando batíamos os pés e saltávamos o brilho dos nossos giros enchia o ar à nossa volta de fios de prata e de ouro, e isso se tornou nosso tesouro e nossa glória. Sim! Rodar e rodopiar era a nossa alegria, e rodando e rodopiando nos dávamos bem, e nossa terra dourada era um local de maravilha e nossas roupas brilhavam como o sol."

A voz dele ficou mais forte, como se tivesse mais segurança da história que estava contando. "Então prosperamos", prosseguiu, "mas também despertamos a inveja de nossos vizinhos, e um deles, um gigantesco príncipe fada com cabeça de pássaro chamado" — e aqui Cão, o urso, titubeou de novo — "hum, hã, ah, é, Bulbul Dev, o Rei Ogro do Leste, que cantava como um rouxinol, mas dançava como um parvo, era o mais invejoso de todos. Ele nos atacou com sua legião de gigantes, os... os... *Trinta Aves*, monstros bicudos com corpos manchados, e nós, um povo dourado e dançarino, éramos inocentes e bondosos demais para resistir. Mas éramos teimosos também e não entregamos os segredos da nossa dança. Sim, sim!", ele exclamou, excitado, e correu para o fim da história. "Quando os Aves Ogros perceberam que não íamos ensinar como se fia ouro do ar, que íamos defender aquele grande mistério com as nossas vidas, eles se puseram a esvoaçar, a bater as asas, a guinchar, a crocitar tão horrivelmente que ficou bem claro que Magia Negra estava a caminho. Momentos depois o povo de Qâf, abalado pelos guinchos dos ogros, começou a despencar, a perder a forma humana e se transformar em animais mudos — macacos, saguis, papa-formigas e, sim, ursos — enquanto Bulbul Dev gritava: 'Tentem dançar sua dança do ouro agora, idiotas! Tentem bailar seus bailes de prata! O que não quiseram repartir, perderam para sempre, junto com sua humanidade. Animais inferiores, batalhadores permanecerão, a menos que — ha! ha! — roubem o próprio Fogo da Vida para se libertar!'. Com isso ele queria dizer, claro, que íamos ficar prisioneiros para sempre, porque o Fogo da Vida é só uma história, e mesmo em histórias é impossível roubar. Então eu virei um urso — um urso dançarino, sim, mas não mais um dançarino de ouro! —, e como urso vaguei pelo mundo até o Capitão Aag me capturar para seu circo, e então, meu jovem amo, encontrei você."

Era bem o tipo de história que Haroun teria contado, Luka pensou, uma lorota saída direto do Mar de Histórias. Mas quando ela finalmente acabou Luka estava tomado por um forte sentimento de decepção. "Então, vocês dois são gente?", perguntou, lamentando. "Não são na verdade meu urso e meu cachorro, mas príncipes encantados em forma de cachorro e de urso? Não devo mais chamar vocês de Cão e Urso, mas de Artha-não-sei-o-quê e Barak? E aqui estou eu, doente de preocupação por meu pai, e agora tenho de me preocupar também com um jeito de fazer vocês voltarem à sua forma original? Acho que não sabem que tenho só doze anos."

O urso se pôs de novo sobre as quatro patas. "Tudo bem", disse ele. "Enquanto eu estiver em forma de urso pode continuar me chamando de Cão."

"E enquanto eu for um cachorro", disse o cachorro, "pode continuar me chamando de Urso. Mas a verdade é que, já que estamos aqui no Mundo da Magia, gostaríamos de procurar um jeito de quebrar o encanto que nos prende."

Ninguémpai bateu palmas. "Ah, ótimo!", exclamou. "Uma busca! Adoro uma busca. E aqui estamos numa três-em-uma! Porque você também está numa busca, não está, rapazinho? Claro que está", prosseguiu antes que Luka pudesse dizer uma palavra. "Quer salvar seu pai, claro que quer. Quer que eu, seu detestado Ninguémpai, desapareça, enquanto seu pai volta a ser ele mesmo. Quer me destruir, não é, moleque? Quer me matar e não sabe como. Só que, na verdade, você sabe como. Sabe o nome da única coisa em qualquer mundo, Real ou Mágico, que pode realizar o que você deseja. E mesmo que tivesse esquecido o que era, acaba de ser lembrado por seu amigo, o urso falante."

"Você está falando do Fogo da Vida", disse Luka. "É disso que está falando, não é? O Fogo da Vida que brilha no alto da Montanha do Conhecimento."

"Bingo! Bem na mosca! No alvo!", gritou Ninguémpai. "O Inferno na Torre, a Queimadura de Terceiro Grau, a Combustão Espontânea. A Chama das Chamas. Ah, sim." Chegou a dar cambalhotas de alegria, arrastando os pés de sapatos macios e fazendo malabarismos com o chapéu-panamá. Luka teve de admitir que essa dancinha era exatamente o tipo de coisa que Rashid Khalifa fazia quando estava um pouco satisfeito demais consigo mesmo. Mas era mais estranho quando dava para enxergar através do dançarino.

"Mas isso é só uma história", Luka disse, sem força.

"*Só uma história*?", Ninguémpai repetiu de um jeito que

soou como genuíno horror. "*Só uma lenda?* Meus ouvidos estão me enganando. Sem dúvida, moleque pretensioso, você não pode ter feito uma observação tão boba. Afinal de contas, você próprio é uma Gota do Oceano de Conceitos, uma Palavra Impensada do Xá do Blá-blá-blá. Você, mais que todos os meninos, devia saber que o Homem é o Animal Contador de Histórias e que nas histórias estão sua identidade, seu sentido e seu sangue vital. Ratos contam histórias? Tartarugas têm propósitos narrativos? Elefantes elefantasiam? Você sabe tão bem como eu que não. Só o homem brilha com livros."

"Só que o Fogo da Vida... *é* mero conto de fadas", insistiram juntos Cão, o urso, e Urso, o cão. Ninguémpai recuou, indignado. "Você acha", perguntou, "que eu pareço uma fada? Pareço, quem sabe, um elfo? Tenho asas transparentes nos ombros? Você vê um *traço* sequer de poeira encantada? Pois eu digo que o Fogo da Vida é tão real como eu e que só aquele Fogo Inextinguível fará tudo o que vocês querem que seja feito. Transformará o urso em Homem e o cachorro em Homem-Cão, e será também o Fim de Mim. Luka! Seu assassino! O que vocês estão esperando, então? Vamos partir agora? Em frente! Tique, taque! Não há tempo a perder!"

Nesse momento, Luka começou a sentir como se alguém estivesse delicadamente lhe fazendo cócegas nas solas dos pés. Então o sol de prata subiu no horizonte e uma coisa absolutamente sem precedentes começou a acontecer no bairro, o bairro que não era o bairro de Luka de verdade, não inteiramente. Para começar, por que o sol estava prateado? E por que estava tudo tão colorido, tão perfumado, tão barulhento? Os doces do carrinho do vendedor da esquina davam a impressão de ter um gosto estranho também. O fato de Luka poder ver o carrinho de doces do vendedor de rua era parte de uma situação já bem estranha, porque o carrinho geralmente ficava no cruzamento, fora do campo de visão de sua casa, e, no entanto, ali estava ele, bem na sua frente, cheio daqueles doces de cores estranhas, de gosto estranho, e todas aquelas moscas de cor estranha e zumbido estranho zumbindo em torno. Como era possível?, Luka se perguntava. Afinal, ele não tinha dado nem um passo e lá estava o vendedor de doces dormindo debaixo do carrinho, de modo que o carrinho também não tinha saído do lugar; e como o cruzamento tinha chegado também, hum, quer dizer, como ele havia chegado ao cruzamento?

Precisava pensar. Lembrou da regra de ouro que um dos seus professores, o mestre de ciências, senhor Sherlock, um homem com cachimbo e lupa que sempre vestia roupas quentes demais para o clima, tinha lhe ensinado: *Elimine o impossível; o que resta, por mais improvável que seja, é a verdade.* "Mas", Luka pensou, "o que eu faço quando o impossível é o que resta, quando o impossível é a única explicação?" Ele respondeu a própria pergunta com a regra de ouro do sr. Sherlock. "Então o impossível deve ser a verdade." E a explicação impossível, nesse caso, era que, *se ele não estava se deslocando pelo mundo, então o mundo devia estar se deslocando diante dele.* Olhou para os pés com cócegas. Era verdade! O chão estava deslizando debaixo de seus pés descalços, fazendo suaves cócegas ao passar. Luka já tinha deixado o vendedor de doces lá para trás.

Olhou para Cão e Urso, que tinham começado a se comportar como se estivessem numa pista de patinação no gelo sem patins, deslizando e escorregando pela estrada em movimento, fazendo ruídos de protesto altos e surpresos. Luka virou-se para Ninguémpai. "É você que está fazendo isso, não é?", acusou, e Ninguémpai arregalou os olhos, abriu os braços e respondeu, com toda inocência: "Por quê? Desculpe. Alguma dificuldade? Achei que nós estávamos com pressa".

O pior, ou talvez o melhor, de Ninguémpai era que ele sempre se comportava exatamente como Rashid Khalifa. Tinha os movimentos faciais de Rashid e o gestos de mão e o riso, e até se fazia de inocente quando sabia perfeitamente bem que não era, do jeitinho que Rashid fazia quando se revelava desajeitado ou equivocado ou planejava alguma surpresa especial. Sua voz era a voz de Rashid, a barriga que ele balançava era a barriga de Rashid, e ele estava até começando a tratar Luka com a afeição e os mimos que eram totalmente Rashid. A vida toda Luka sempre soubera que sua mãe era a que impunha a lei e tinha de ser tratada com cuidado, enquanto Rashid era, bem francamente, um tanto frouxo. Seria possível que a personalidade de Rashid tivesse penetrado em sua nêmesis, Ninguémpai? Seria por isso que esse assustador anti-Rashid parecia na verdade estar tentando ajudar Luka?

"Tudo bem, pare o mundo", Luka ordenou a Ninguémpai. "Precisamos deixar algumas coisas absolutamente claras antes de qualquer um ir a qualquer lugar com você."

Ele acreditou ouvir, lá no alto e ao longe, o barulho de máquinas parando de funcionar com o ruído de um guincho distante, e pararam as cócegas em seus pés, e Cão e Urso pararam de deslizar. Já estavam a alguma distância de casa e parados, por acaso (ou não por acaso) no ponto exato em que Luka estivera naquele dia em que havia gritado com o Capitão Aag quando ele e Rashid assistiam ao triste desfile dos animais do circo em suas jaulas. A cidade estava despertando. Das cantinas da beira da rua subia a fumaça do forte chá com leite sendo preparado. Alguns comerciantes madrugadores estavam tirando os tapumes e revelando lonas e estreitas cavernas cheias de tecidos, alimentos e comprimidos. Um policial com um cassetete comprido e de bermuda azul-escura bocejou ao passar. As vacas ainda dormiam na calçada, assim como as pessoas, mas as bicicletas e motonetas já estavam apinhando a rua. Um ônibus lotado passou levando gente para a zona industrial, onde antes ficavam as fábricas de tristeza. As coisas tinham mudado em Kahani, e a tristeza não era mais o principal produto de exportação da cidade, como tinha sido quando Haroun, o irmão de Luka, era menino. A demanda por peixosos tinha caído, e as pessoas preferiam comer produtos mais saborosos de lugares mais distantes, as enguias risonhas do sul, a carne do cervo *hope* do norte, e cada vez mais as comidas vegetarianas e não vegetarianas oferecidas nas lojas Cheery Orchard que estavam abrindo onde quer que se olhasse. As pessoas queriam se sentir bem mesmo não havendo tanta razão para se sentir bem, então as fábricas de tristeza tinham fechado e se transformado em Esquecimentos, imensas galerias onde todo mundo ia dançar, fazer compras, fingir e esquecer. Luka, porém, não estava a fim de se enganar. Ele queria respostas.

"Basta de mistificação", disse com firmeza. "Respostas diretas para perguntas diretas, por favor." Teve de lutar para manter a voz controlada, mas conseguiu e combateu as horríveis sensações que estavam tomando conta de todo o seu corpo. "Número um", exclamou, "quem mandou você? De onde você veio? Onde...", e aqui Luka fez uma pausa, porque a pergunta era aterrorizante, "...quando seu... trabalho... estiver terminado, quer dizer... coisa que não vai acontecer... mas se ele for terminado... para onde pretende ir?"

"Isso é número um, dois e três, para ser exato", disse Ninguémpai enquanto, para horrorizada perplexidade de Luka, uma vaca passava *através dele* e continuava seu caminho, "mas não vamos perder tempo." Então ficou pensando por um longo e silencioso momento. "Já ouviu falar", perguntou, afinal, "do Bang?"

"O *Big* Bang?", Luka perguntou. "Ou algum outro Bang de que eu nunca ouvi falar?"

"Só houve um Bang", disse Ninguémpai, "então o adjetivo *Grande* é redundante e sem sentido. O Bang só seria Big se houvesse pelo menos um outro Pequeno ou Médio, ou mesmo um Bang Maior para se comparar e diferenciar."

Luka não queria perder tempo discutindo. "É, já ouvi falar", disse.

"Então me diga", prosseguiu Ninguémpai, "o que existia antes do Bang?"

Agora, essa era uma daquelas Perguntas Enormes a que Luka tinha tentado tantas vezes responder, sem verdadeiro sucesso. "O que foi que fez Bang afinal?", ele perguntava a si mesmo. "E como podia tudo explodir num Bang se não existia nada para começar?" Ficava com a cabeça doendo de pensar no Bang e então, claro, não pensava muito a respeito.

"Eu sei qual deve ser a resposta", ele disse. "A resposta deve ser 'Nada', mas isso eu não entendo, para falar a verdade. E de qualquer jeito", acrescentou, o mais sério que conseguiu, "isso não tem nada a ver com o assunto que estamos discutindo."

Ninguémpai balançou o dedo debaixo do nariz dele. "Ao contrário, jovem pretendente a assassino", ele disse, "tem tudo a ver. Porque, se o universo inteiro pode explodir a partir do Nada e então simplesmente Ser, você não entende que o contrário também pode ser verdade? Que é possível *im*plodir e *des*-Ser, assim como *ex*plodir e *Ser*? Que todos os seres humanos, Napoleão Bonaparte, por exemplo, ou o imperador Akbar, ou Angelina Jolie, ou seu pai, podem simplesmente voltar ao nada quando eles... forem embora? Numa espécie de Pequeno Bang, com o que quero dizer um Des-Bang 'pessoal'?"

"Des-Bang?", Luka repetiu, um pouco confuso.

"Exatamente", disse Ninguémpai. "Não se expandindo, mas se encolhendo."

"Está me dizendo", disse Luka, sentindo crescer a raiva dentro dele, "que meu pai vai implodir para o Nada? É isso que está querendo dizer?"

Ninguémpai não respondeu.

"Então, o que você me diz da vida após a mor...", começou Luka, mas se calou, deu um tapa na própria cabeça e reformulou a pergunta: "O que me diz do Paraíso?".

Ninguémpai não disse nada.

"Está querendo dizer que não existe?", Luka perguntou. "Porque, se é isso que está querendo dizer, conheço um monte de gente nesta cidade que vai armar a maior discussão com você por causa disso."

Nem uma palavra de Ninguémpai.

"De repente, você ficou muito quieto", Luka disse, irritado. "Talvez não tenha tantas respostas como diz que tem. Talvez você não seja tão importante como acha que é."

"Ignore esse aí", disse Cão, o urso, num tom estranho de irmão mais velho. "Você devia voltar para casa agora."

"Sua mãe deve estar preocupada", disse Urso, o cão.

Luka ainda não estava acostumado com o dom da fala dos animais. "Quero uma resposta antes de ir", disse, teimoso.

Ninguémpai assentiu com a cabeça devagar, como se a conversa que estava tendo com alguém invisível tivesse terminado. "Posso dizer o seguinte", começou. "Que quando meu trabalho estiver terminado, quando eu tiver absorvido de seu pai a... bem, não importa o que vou absorver", acrescentou depressa, vendo a expressão do rosto de Luka, "então eu — sim, eu, eu próprio — vou implodir. Vou entrar para dentro de mim mesmo e simplesmente cessar de Ser."

Luka estava assombrado. "Você? Você é que vai morrer?"

"Des-Ser", Ninguémpai corrigiu. "O termo técnico é esse. E como eu respondi primeiro à terceira pergunta, devo acrescentar que, número um, ninguém me mandou para cá, mas alguém *me* chamou, sim, para cá; e, número dois, eu não venho exatamente de algum lugar, mas venho, sim, de alguém. E, se você pensar um pouquinho, vai descobrir quem são este alguém e aquele alguém, principalmente porque os dois são um só e o mesmo, e eu sou a imagem escrita e escarrada dos Dois, que são Um só."

O sol de prata brilhava no leste. Cão e Urso pareciam agitados. Definitivamente, era hora de Luka estar em casa se aprontando para a escola. Soraya devia estar louca de preocupação. Talvez tivesse mandado Haroun procurá-lo pelas ruas do bairro. Quando Luka chegasse em casa para o café da manhã ia se ver em dezenove tipos de confusão. Mas Luka não estava pensando no café da manhã, nem na escola. Não era hora de cereal, de Merdarato, nem de geografia. Ele estava pensando em coisas que dificilmente havia pensado em sua vida. Estava pensando na Vida e na Mor... — bem, na Des-Vida. Não suportava aquela outra palavra incompleta.

"E o Fogo da Vida pode salvar meu pai", ele disse.

"Se você conseguir roubar o Fogo para ele", Ninguémpai prosseguiu, "então, sim, sem dúvida."

"E devolve a vida real para Cão e Urso também?"

"Devolve."

"E o que acontece com você, então? Se a gente conseguir?"

Ninguémpai não respondeu.

"Você não vai ter de implodir, vai? Não vai Des-Ser?"

"Isso mesmo", disse Ninguémpai. "Não será a minha hora."

"Então você vai embora."

"Vou", disse Ninguémpai.

"Vai embora e não volta nunca mais."

"Nunca é uma palavra muito comprida", disse Ninguémpai.

"Tudo bem... mas você não volta por um longo tempo."

Ninguémpai inclinou a cabeça, fazendo que sim.

"Um longo, longo tempo", Luka insistiu.

Ninguémpai franziu os lábios e abriu os braços numa espécie de rendição.

"Um longo, longo, longo..."

"Não force demais a sorte", Ninguémpai disse, firme.

"E é por isso que está ajudando a gente, não é?", Luka concluiu. "Você não quer implodir. Está tentando salvar a própria pele."

"Eu não tenho pele", disse Ninguémpai.

"Eu não confio nele", disse Urso, o cão.

"Eu não gosto dele", disse Cão, o urso.

"Não acredito em uma palavra do que ele diz", falou Urso, o cão.

"Não acho nem por um segundo que ele simplesmente vai embora", disse Cão, o urso.

"É um truque", disse Urso, o cão.

"É uma cilada", disse Cão, o urso.

"Tem alguma coisa aí", disse Urso, o cão.

"Tem de ter alguma coisa", disse Cão, o urso.

"Pergunte para ele", disse Urso, o cão.

Ninguémpai tirou o chapéu-panamá, coçou a cabeça careca, baixou os olhos e suspirou.

"É", disse ele. "Tem uma coisa."

Na verdade, eram duas coisas. A primeira, segundo Ninguémpai, era que *ninguém em toda a história conhecida do Mundo da Magia jamais conseguira roubar o Fogo da Vida*, que era protegido de tantas formas que, segundo Ninguémpai, não havia tempo para enumerar nem um décimo delas. Os perigos eram quase infinitos, os riscos enlouquecedores e só mesmo o mais tolo dos aventureiros pensaria em tentar tal feito.

"*Nunca* conseguiram?", Luka perguntou.

"Nunca tiveram sucesso", Ninguémpai replicou.

"O que aconteceu com as pessoas que tentaram?", Luka perguntou.

Ninguémpai pareceu sombrio. "Você não quer saber", ele disse.

"Tudo bem", Luka falou, "e qual é a segunda coisa?"

Baixou a escuridão — não em toda parte, mas apenas em torno de Luka, Cão, Urso e seu estranho acompanhante. Era como se uma nuvem tivesse coberto o sol, só que ainda se podia vê-lo brilhando no céu do leste. Ninguémpai parecia ter escurecido também. A temperatura caiu. Os ruídos do dia desapareceram. Por fim, Ninguémpai declarou, com voz baixa, pesada: "Alguém tem de morrer".

Luka ficou bravo, confuso e assustado, tudo ao mesmo tempo. "Como assim?", gritou. "Que tipo de coisa é essa?"

"Quando alguém como eu é chamado", disse Ninguémpai, "alguém vivo tem de pagar com a vida pelo chamado. Desculpe, mas essa é a lei."

"É uma lei idiota, para falar a verdade", disse Luka com toda a força que conseguia, mesmo sentindo o estômago se retorcer. "Quem inventou uma lei idiota dessas?"

"Quem inventou as Leis da Gravidade, do Movimento, da Termodinâmica?", Ninguémpai perguntou. "Talvez você saiba quem descobriu isso tudo, mas não é a mesma coisa, é? Quem inventou o Tempo, o Amor, a Música? Algumas coisas simplesmente São, de acordo com seus próprios Princípios, e você não pode fazer nada a respeito, nem eu."

Devagar, devagar, a escuridão que cercava os quatro desapareceu e o sol prateado tocou seus rostos. Luka se deu conta, horrorizado, de que Ninguémpai não estava mais tão transparente como antes: o que só podia significar que Rashid Khalifa havia ficado mais fraco em seu Sono. Isso decidia as coisas. Não tinham tempo a perder com bobagens. "Pode me mostrar o caminho para a Montanha?", Luka perguntou a Ninguémpai, que sorriu um sorriso sem nenhum humor e depois fez que sim com a cabeça. "Tudo bem", disse Luka. "Então, vamos."

3. A margem esquerda do Rio do Tempo

O rio Silsila não era um rio bonito, na opinião de Luka. Talvez até começasse bonito nas montanhas de algum lugar, como uma torrente brilhante, inquieta, correndo sobre pedras lisas, mas ali nas planícies costeiras tinha ficado um rio gordo, preguiçoso e sujo. Descia de um lado para outro em grandes curvas serpenteantes e no geral era de uma cor marrom-clara, a não ser nos pontos onde era verde e viscoso, com manchas roxas de óleo na superfície aqui e ali, e uma ou outra vaca morta flutuando tristemente para o mar. Era um rio perigoso também, porque corria com diferentes velocidades; podia acelerar sem aviso e levar embora seu barco, ou podia reter a pessoa num lento redemoinho e ali se ficava horas, gritando inutilmente por socorro. Havia pedaços rasos onde era perigoso atolar num banco de areia ou onde um barco grande, uma balsa, uma barcaça podiam afundar, se batessem numa pedra submersa. Havia escuras profundidades nas quais Luka imaginava que podia viver quase qualquer tipo de coisa feia, suja e viscosa, e com toda certeza não havia, em nenhum lugar daquela imunda corrente, nada que valesse a pena pescar para comer. Se alguém caísse no Silsila, teria de ir para o hospital para ser limpo e receberia injeções contra tétano também.

A única coisa boa a respeito do rio era que ao longo de milhares de anos ele havia acumulado altas barragens de terra, chamadas Diques, em ambas as margens, de modo que ele ficava escondido, a menos que a pessoa subisse em cima desses diques e olhasse, lá embaixo, aquela serpente líquida que corria e fedia o seu horrendo fedor. E graças aos Diques o rio nunca transbordava, nem mesmo na estação chuvosa, quando o nível subia e subia, e assim a cidade era poupada do pesadelo de ver suas ruas serem invadidas por aquela água marrom, verde e roxa cheia de monstros viscosos sem nome e de gado morto.

O Silsila era um rio ocupado: por ele se transportava grãos, algodão, madeira e combustível do campo através da cidade até o mar, mas os barqueiros que manejavam a carga nas barcaças longas, de fundo chato, eram famosos por seu mau humor; falavam rudemente com a gente, empurravam as pessoas para fora de seu caminho nas calçadas, e Rashid Khalifa gostava de dizer que o Velho do Rio os amaldiçoara e os tornara perigosos e maus, como o próprio rio. Os cidadãos de Kahani tentavam ignorar o rio o máximo possível, mas agora Luka se viu parado bem ao lado do Dique esquerdo, ou seja, do lado sul, se perguntando como tinha chegado ali sem mover um músculo. Cão, o urso, e Urso, o cão, estavam bem ao seu lado, parecendo tão intrigados como ele, e, claro, Ninguémpai também estava ali, com seu sorriso misterioso, que parecia igual ao sorriso de Rashid Khalifa, mas não era.

"O que estamos fazendo aqui?", Luka perguntou.

"Seu desejo é uma ordem", disse Ninguémpai, cruzando os braços no peito. "'Vamos', você disse, então nós viemos. Shazam!"

"Como se ele fosse um tipo de gênio da lâmpada", roncou

Cão, o urso, com a voz forte de Haroun. "Como se a gente não soubesse que a verdadeira Lâmpada Maravilhosa pertence ao Príncipe Aladim e a sua princesa, Badr-al-Budur, e, portanto, não está aqui."

"Hum", fez Urso, o cão, que era do tipo prático, de fala mansa, "quantos desejos exatamente ele está oferecendo? E qualquer um pode desejar?"

"Ele não é gênio nenhum", disse Cão, o urso, rude como um urso. "Ninguém esfregou nada."

Luka ainda estava intrigado. "E para que vir até o Rio Fedido?", perguntou. "Ele só vai para o mar, então, para falar a verdade, não serviria para a gente de jeito nenhum, mesmo que não fosse o Fedido, que é."

"Tem certeza disso?", Ninguémpai perguntou. "Não quer subir até o alto do Dique para dar uma olhada?"

Então, Luka subiu, e Cão e Urso subiram com ele, e Ninguémpai estava, de alguma forma, esperando lá no alto quando eles chegaram, parecendo tão fresco como refrigerante com gelo. Mas nessa hora Luka não estava interessado em saber como Ninguémpai tinha chegado ao alto do Dique porque estava procurando alguma coisa que, literalmente, não era deste mundo. *O rio que corria onde deveria correr o fétido Silsila era um rio completamente diferente.*

O novo rio brilhava ao sol prateado, brilhava, como um milhão de espelhos virados para o céu, como uma nova esperança. E enquanto Luka olhava a água e via ali os mil milhares de milhares e milhares e uns fluxos diferentes de líquido, fluindo juntos, se enrolando e desenrolando uns nos outros, fluindo para dentro e para fora uns dos outros, e se transformando e mil milhares de milhares e milhares e um fluxos de líquido, ele de repente entendeu o que estava vendo. Era a mesma água encantada que seu irmão, Haroun, tinha visto no Oceano dos Fios de História dezoito anos antes, e tinha se despejado numa Torrente de Palavras do Mar de Histórias para o Lago da Sabedoria e corrido dele para vir ao seu encontro. De maneira que esse era — tinha de ser — o que Rashid Khalifa havia chamado: o próprio Rio do Tempo, e toda a história de tudo fluía bem diante dos seus olhos, transformada em fios de histórias brilhantes, multicoloridos, se misturando. Ele tinha dado acidentalmente um passo à direita e entrara num Mundo que não era o seu, e nesse Mundo não havia Rio Fedido, mas essa água miraculosa em seu lugar.

Ele olhou na direção para onde o rio corria, mas uma névoa surgiu perto do horizonte e obscureceu sua visão. "Não consigo ver o futuro, e isso parece certo", pensou, e virou-se para olhar para o outro lado, onde a visibilidade era boa até certa distância, quase até onde sua vista podia alcançar, mas a névoa estava lá atrás também, ele sabia disso; tinha esquecido parte de seu passado e não sabia lá muita coisa sobre o universo. À sua frente, fluía o Presente, brilhante, fascinante, e Luka estava tão ocupado olhando para ele que não viu o Velho do Rio, até o sujeito barbudo parar bem na frente dele, apontando um Exterminador, um enorme dinamitador tipo ficção científica, e atirar bem na cara dele.

BLLLAAARRRTT!

Enquanto voava em um milhão de fragmentos brilhantes, Luka pensou que era interessante ele ainda conseguir pensar. Achava que pensar não seria uma coisa de que a gente fosse capaz quando era desintegrada por um dinamitador gigante tipo ficção científica. E agora o milhão de fragmentos brilhantes tinha, de algum jeito, virado um montinho, com Urso, o cão, e Cão, o urso, chorando de angústia ao lado, e então os fragmentos aos milhões começaram a se juntar de novo, fazendo uns barulhos brilhantes de sucção ao se juntarem, e, de repente, pop!, ali estava ele, de volta inteiro, ele próprio outra vez, parado no Dique ao lado de Ninguémpai, que tinha um ar divertido, e o Velho do Rio não estava em parte alguma.

"Sua sorte", disse Ninguémpai, pensativo, "foi que eu lhe dei algumas vidas de cortesia para começar. Melhor você conquistar mais algumas antes que ele volte, e melhor você descobrir também o que tem de fazer com ele. É um velho mal-humorado, mas há um jeito de contornar isso. Você sabe como são essas coisas."

E Luka descobriu que sabia mesmo. Olhou em torno. Cão, o urso, e Urso, o cão, já tinham começado a trabalhar. Urso estava cavando à volta toda e com certeza havia ossos para encontrar por toda parte, ossinhos crocantes, que valiam uma vida, que Urso era capaz de moer e engolir num segundo, e ossos maiores que exigiam algum esforço para desenterrar e muita roedura, que valiam entre dez e cem vidas cada um. Enquanto isso, Cão, o urso, estava lá nas árvores que rodeavam o Dique, procurando entre os galhos as colmeias que valiam cem vidas e, no caminho, ia abatendo e engolindo quantas abelhas douradas de uma vida encontrasse pela frente. Havia vidas por toda parte, em tudo, disfarçadas de pedras, de vegetais, arbustos, insetos, flores, ou barras de chocolate e garrafas de refrigerante; um coelho correndo na sua frente podia ser uma vida, assim como uma pena voando ao vento bem na frente do seu nariz. Vidas fáceis de achar, fáceis de recolher, eram a moeda corrente desse mundo, e se a pessoa perdia algumas não tinha importância; sempre havia mais.

Luka começou a caçar. Usou seus truques favoritos. Chutar tocos de árvores e arbustos farfalhantes era sempre bom. Pular e aterrissar duro com os dois pés sacudia para o chão as vidas que estavam nas árvores e até fazia as vidas caírem como se fossem chuva do vazio do ar. O melhor de tudo, Luka descobriu, era socar umas criaturas esquisitas, redondas por baixo, parecidas com pinos de boliche, que pulavam a torto e a direito pelo alto Passeio, a elegante calçada sombreada por árvores em cima do Dique. Essas criaturas não caíam quando a gente chutava, mas ficavam sacudindo violentamente de um lado para o outro, rindo e dando gritinhos de prazer, pedindo numa espécie de êxtase: "Mais, mais!", enquanto as vidas que Luka estava procurando voavam para fora delas como insetos brilhantes. (Quando acabavam as vidas-insetos dos Batepinos, eles diziam, tristes, "Não tem mais, não tem mais", baixavam as cabecinhas e iam pulando embora, envergonhados.)

Quando as vidas que Luka encontrava pousavam no Dique, assumiam a forma de rodinhas douradas e imediatamente começavam a ir embora correndo, e Luka tinha de ir atrás delas, com cuidado para não cair do Passeio nas Águas do Tempo. Ele pegava vidas em grandes punhados e enfiava nos bolsos, onde, com um pequeno *ting*, elas se dissolviam, tornavam-se parte dele mesmo; e foi então que Luka notou uma mudança em sua visão. Um pequeno contador de três dígitos havia, de alguma forma, se instalado no canto superior esquerdo do seu campo de visão; ficava ali, no mesmo lugar, para onde quer que ele olhasse e por mais que esfregasse os olhos; e os números subiam à medida que ele engolia, ou absorvia, suas muitas vidas fazendo no ato um chiadinho baixo. Ele descobriu que conseguia aceitar com grande facilidade esses novos fenômenos. Ia precisar manter a contagem, porque se ficasse sem vidas, bom, o jogo terminaria e talvez também aquele outro tipo de vida, a vida real, a vida de que ele ia precisar quando voltasse para o mundo real, onde seu pai real estava dormindo e precisando desesperadamente de sua ajuda.

Tinha acabado de recolher 315 vidas (por causa do contador de três dígitos do canto superior esquerdo de sua tela pessoal, ele concluiu que o número máximo de vidas que poderia coletar seria provavelmente 999), quando o Velho do Rio subiu de novo ao Passeio com seu Exterminador na mão. Luka olhou em torno, apavorado, em busca de onde se esconder, e ao mesmo tempo tentou desesperadamente se lembrar do que seu pai havia lhe contado sobre o Velho, que, aparentemente, não era apenas uma das invenções de Rashid Khalifa afinal — ou quem sabe estivesse ali no Mundo da Magia *porque* Rashid Khalifa o havia inventado. Luka se lembrou do pai contando a história:

O Velho do Rio tem uma barba igual a um rio,
que corre até o seu pé,
ele fica no Passeio com uma arma na mão,
que Velho mais malvado ele é.

E ali estava de fato esse mesmo Velho com sua longa barba-rio e seu enorme dinamitador, subindo pela margem, escalando o Dique até o Passeio. Luka fez o possível para buscar na memória o que mais o Xá do Blá-blá-blá havia lhe contado sobre esse malévolo demônio do rio. Alguma coisa sobre fazer perguntas ao Velho. Não, *charadas*, isso! Rashid adorava charadas; tinha atormentado Luka com charadas dia após dia, noite após noite, ano após ano, até que Luka ficara tão bom a ponto de atormentá-lo de volta. Rashid sentava toda noite em sua rangente poltrona favorita e Luka pulava para seu colo, mesmo com Soraya ralhando com ele, dizendo que a poltrona não ia aguentar o peso dos dois. Luka não ligava, queria sentar ali, e a cadeira nunca quebrara, pelo menos não ainda, e todas aquelas charadas iam ser úteis afinal.

É! O Velho do Rio era um charadista, era isso que Rashid tinha contado sobre ele; era viciado em charadas do mesmo jeito que jogadores eram viciados em jogo e bêbados em bebida, e esse era o jeito de vencê-lo. O problema era chegar perto do Velho para conseguir dizer alguma coisa quando ele tinha na mão aquele Exterminador e parecia decidido a atirar à primeira vista.

Luka se esquivou de um lado e outro, mas o Velho continuou vindo para cima dele, e mesmo quando primeiro Urso, o cão, e depois Cão, o urso, se puseram na frente, bastaram dois *BLLLA-AARRRTTs* para explodir os dois em pedacinhos e obrigá-los a esperar que seus corpos se reagrupassem; e um momento depois Luka também tinha sido explodido de novo, e teve de aguentar mais uma vez aquele negócio de voar em um milhão de fragmentos brilhantes e se juntar de novo, fazendo aqueles barulhos de sucção, muito aliviado de que perder uma vida não fosse a mesma coisa que morrer. Então voltou a recolher vidas, mas dessa vez Luka marcou bem o ponto exato do Dique em que o Velho tinha aparecido ao saltar para o Passeio; e quando chegou em seiscentas vidas, ele parou de recolher, se posicionou e esperou.

Assim que a cabeça do Velho apareceu, Luka gritou, o mais alto que pôde: "Charade-me-charade-me-cha!". Coisa que, sabia de suas noites ao lado de Rashid, era o modo tradicional de desafiar um charadista para um duelo. O Velho do Rio parou e um grande sorriso perverso se abriu em seu rosto. "Quem me chama?", disse ele com uma voz que mais parecia um cacarejo de taquara rachada. "Quem acha que é capaz de vencer o *Rätselmeister*, o *Roi des Énigmes*, o *Pahelian-ka-Padishah*, o Senhor das Charadas? Sabe o que está arriscando? Sabe o valor da aposta? As apostas são altas!, não poderiam ser mais altas! Olhe só para você, você não é nada, você é uma criança; não sei nem se quero enfrentar você. Não, não vou enfrentar você, você não merece... Ah, tudo bem, se você insiste. E se perder, menino, todas as suas vidas ficam para mim. Está entendendo? *Todas as suas vidas para mim.* O Extermínio final. Aqui, no começo, você encontra o seu Fim."

E Luka podia ter respondido o seguinte, mas não respondeu, preferindo manter o silêncio: "E o que você não entende, seu Velho horrendo, é que, em primeiro lugar, meu pai é que é o Rei da Charada, e ele me ensinou tudo o que sabia. Você não entende também que nossos duelos de charadas duravam horas, dias, semanas, meses, anos, e portanto eu tenho uma coleção de torce-cérebros que não acaba nunca. E o que você entende menos é que eu concluí uma coisa importante, que é o seguinte: este Mundo em que eu estou, este Mundo da Magia, *não é simplesmente um Mundo Mágico qualquer, mas um mundo que foi meu pai quem criou*. E como este é o Mundo Mágico dele e de ninguém mais, eu sei os segredos de tudo o que existe nele, inclusive, ó Velho terrível, sobre você".

O que ele disse de fato em voz alta foi: "E se você perder, Velho, vai ter de Exterminar a si mesmo, não só temporariamente, mas de uma vez por todas".

Como o Velho riu! Gargalhou até chorar, não só pelos olhos, mas pelo nariz também. Segurava o lado do corpo, pulava de um lado para outro e sua longa barba branca estalava no ar feito um chicote. "Essa é boa", disse, afinal, ofegante. "*Se eu perder*. Essa é preciosa. Vamos começar." Mas Luka não ia se deixar enganar assim tão fácil. Charadistas são malandros, disso ele sabia, e era preciso estabelecer as regras antes de começar o duelo, senão eles tentavam escapar depois. "E se você perder, vai fazer o que eu disse", insistiu. O Velho do Rio fez uma cara irritada. "Sim, sim, sim", respondeu. "Se eu perder será o Autoextermínio. Autoextermínio. Extermínio de Mim por Mim Mesmo Ocorrerá. Hi, hi, hi. Vou me explodir em pedacinhos." "Permanentemente", Luka disse com firmeza. "De uma vez por todas." O Velho ficou sério e seu rosto se avermelhou de um jeito desagradável. "Tudo bem", rugiu ele. "Sim, Extermínio Permanente se eu perder; numa palavra, *Permanentermínio*. Mas você está a um passo de descobrir, menino, que não sou eu que vou perder todas as vidas."

Urso e Cão estavam num estado de grande agitação, mas aí Luka e o Velho começaram a girar um em torno do outro, se olhando, e foi o Velho quem falou primeiro, numa voz dura, voraz, passando áspera entre os dentes que pareciam ávidos para devorar a vida do pequeno Luka.

"O que está sempre por fora e nunca por dentro da floresta?"

"A casca das árvores", Luka respondeu de imediato, e reagiu depressa: "Vive num pé só com o coração na cabeça?".

"Repolho", o velho respondeu em cima. "O que você pode manter depois de dar para alguém?"

"Sua palavra. Tenho uma casinha e moro nela sozinho. Não tem portas nem janelas e para sair tenho de quebrar a parede."

"Ovo. Jogue um i na água e ela voa."

"Porque vira Águia. O que faz o monstro marinho?"

"Nada. Por que quatro é igual a cinco?"

"Porque os dois são números. O que existe há milhões de anos e nunca dura mais de um mês?"

"A lua. Quando você não sabe é uma coisa, mas quando você sabe não é nada?"

"Essa é fácil", disse Luka, muito ofegante. "Uma charada."

Eles giravam mais e mais depressa e as charadas vinham cada vez mais depressa. Era só o começo, Luka sabia; logo iam começar as charadas de números, e as charadas de histórias. O mais difícil ainda estava por vir. Ele não sabia se ia aguentar a disputa, então o melhor a fazer era não deixar o Velho ditar o ritmo e o jeito da partida. Estava na hora de jogar o coringa do baralho.

Ele parou de girar e assumiu sua expressão mais séria. "O que", perguntou, "anda sobre quatro pernas de manhã, duas pernas à tarde e três pernas à noite?"

O Velho do Rio também parou de girar e pela primeira vez

sua voz tremeu e seus membros estremeceram. "Que brincadeira é essa?", ele perguntou, debilmente. "Essa é a charada mais famosa do mundo."

"É, sim", disse Luka, "mas você está perdendo tempo. Responda."

"Quatro pernas, duas pernas, três pernas", disse o Velho do Rio. "Todo mundo sabe essa. Ah! É a Mais Velha do Livro."

(*"O monstro chamado Esfinge", Rashid Khalifa contou a Luka, "ficava sentado às portas da cidade de Tebas e desafiava todos os viajantes que passavam a resolver o enigma. Ela matava todos que não conseguiam. Então, um dia, um herói apareceu e deu a resposta." "E o que a Esfinge fez então?", Luka perguntou a seu pai. "Ela se destruiu", Rashid respondeu.*

"E qual era a solução do enigma?", Luka perguntou. Mas Rashid Khalifa tinha de admitir que, por mais que soubesse a maldita história, não conseguia nunca lembrar a solução do enigma. "Então aquela velha Esfinge", ele disse, não muito triste, "teria me devorado com toda certeza.")

"Vamos", Luka disse ao Velho do Rio. "Seu tempo acabou." O Velho do Rio olhou em torno, apavorado. "Eu podia explodir você de qualquer jeito", disse. Luka sacudiu a cabeça. "Você sabe que não pode fazer isso", disse ele. "Agora não. Não mais." Então, Luka permitiu que sua expressão ficasse um pouco sonhadora. "Meu pai também não consegue nunca lembrar a resposta", disse. "E este é o Mundo da Magia de meu pai, e você o charadista dele. Então você não tem como saber o que ele não consegue lembrar. E agora você e a Esfinge têm de ter o mesmo fim."

"Permanentermínio", o Velho do Rio disse baixinho. "É. Isso mesmo." E sem mais delongas, nada sentimental, ele ergueu o Exterminador, pôs o botão no máximo, apontou a arma para si mesmo e disparou.

"A resposta é o homem", Luka disse para o vazio, enquanto

os caquinhos do Velho iam virando nada, "que engatinha quando é bebê, anda ereto quando é adulto e usa uma bengala quando é velho. A resposta é: o homem. Todo mundo sabe disso."

O sumiço do Porteiro de imediato revelou o Portão. Um arco de pedra com treliças entremeadas de primaveras floridas apareceu no extremo do Dique, e além dele Luka podia ver uma elegante escadaria que levava à margem do rio. Havia um botão dourado na pilastra esquerda do arco. "Se eu fosse você eu apertaria isso aí", Ninguémpai sugeriu. "Por quê?", Luka perguntou. "É como tocar uma campainha para convidarem para entrar?" Ninguémpai sacudiu a cabeça. "Não", disse, pacientemente. "É para salvar o que você já fez, assim da próxima vez que perder uma vida você não precisa voltar aqui e duelar com o Velho do Rio tudo de novo. E ele pode não cair no seu truque da próxima vez." Sentindo-se um pouco bobo, Luka apertou o botão, e uma musiquinha de resposta soou, as flores em volta do arco ficaram maiores e mais coloridas, e um novo contador apareceu no seu campo de visão, dessa vez no canto superior direito, um contador de um único dígito que dizia "1". Ele se perguntou quantos níveis mais ia ter de superar, mas, depois de sua bobagem com o botão de Salvar, concluiu que não era o momento de perguntar.

Ninguémpai conduziu o menino, o cachorro e o urso pelo Dique, e desceram até a margem esquerda do Rio do Tempo. Uns Batepinos pularam na direção dos viajantes, pedindo para ser chutados; "Ai! Ui! Ai!", eles faziam, alegres e animados, mas todo mundo estava prestando atenção em outra coisa. Urso e Cão estavam os dois falando ao mesmo tempo no volume máximo, meio excitados, meio apavorados com o duelo e a vitória de Luka sobre o Velho do Rio, e havia tantos comos e porquês e nossas! e credos! na conversa deles que Luka não conseguiu nem começar a responder. E, de qualquer forma, estava exausto. "Preciso sentar um pouco", disse, e as pernas cederam debaixo dele. Aterrissou com um baque na margem do rio e a poeira que se ergueu à sua volta numa nuvenzinha dourada depressa se transformou numa criatura, como uma minúscula chama viva com asas. "Me alimente e eu vivo", ela disse, afogueada. "Me dê água e eu morro."

A resposta era óbvia. "Fogo", Luka disse, baixo, e o Mosquito de Fogo ficou agitado. "Não diga isso!", zuniu. "Se você ficar gritando *água* assim tão alto alguém pode aparecer com uma mangueira. Aqui já tem água demais para o meu gosto. Hora de ir embora." "Mas espere um pouco", disse Luka, excitado apesar de tão cansado. "Talvez você seja o que eu estou procurando. Sua luz é tão bonita", acrescentou, achando que um pequeno elogio não ia fazer mal. "Você é... isto aqui... será que você faz parte de... um portador do... Fogo da Vida?"

"Não fale nisso", Ninguémpai disse depressa, mas era tarde demais.

"Como você sabe do Fogo da Vida?", o Mosquito de Fogo quis saber, ficando zangado. Depois, voltou sua irritação para Ninguémpai. "E o senhor, pelo que vejo, devia estar em outro lugar completamente diferente, fazendo uma coisa inteiramente diferente."

"Como você vê", Ninguémpai falou para Luka, "Mosquitos do Fogo são, bem, meio esquentados. Apesar disso, desempenham uma função menor, útil, espalhando calor onde vão." O Mosquito de Fogo se acendeu com isso. "Quer saber o que torra a paciência?", disse, indignado. "Ninguém é amigo do fogo. Ah, é muito bom no seu devido lugar, as pessoas dizem, ilumina e esquenta uma sala, mas fique de olho para o caso de ele fugir ao controle, e sempre apague antes de sair. Por mais que a gente seja necessário, basta um incêndio na floresta, uma ou outra erupção vulcânica, e lá se vai nossa reputação. A Água, por outro lado, ah!, não têm fim os elogios que a Água recebe. Enchentes, chuvas, canos estourados, não fazem a menor diferença. A Água é a favorita de todo mundo. E quando chamam a Água de Fonte de Vida?! Ah! Bom, isso aí me esfria de uma vez." O Mosquito de Fogo se dissolveu brevemente numa nuvenzinha de fagulhas zangadas, zunindo, depois se juntou de novo. "Fonte da Vida, sei", chiou. "Que ideia. A vida não é um líquido. A vida é uma chama. Do que você acha que é feito o *sol?* De *Pingos de Chuva*? Acho que não. A vida não é molhada, meu jovem. A vida *queima*."

"Temos de ir agora", Ninguémpai interveio, empurrando Luka, Urso e Cão pela margem do rio. Para o Mosquito de Fogo ele disse, polidamente: "Adeus, espírito de luz".

"Não tão rápido", explodiu o Mosquito de Fogo. "Sinto alguma coisa esquentando aqui, por baixo do pano. Alguém aqui, um certo indivíduo aqui", e apontou um dedinho de chama para Luka, "disse alguma coisa sobre um certo Fogo cuja simples existência deveria ser Segredo, e um outro alguém aqui presente, ou seja, eu mesmo, quer saber como esse outro Alguém descobriu a respeito do Fogo, e quais podem ser os planos desse Alguém."

Ninguémpai colocou-se entre Luka e o Mosquito. "Isso já basta, sua Insignificante Inflamação", disse numa voz absolutamente severa. "Suma daqui! Pode chiar até mixar!" Tirou o chapéu-panamá e o abanou na direção do inseto incandescente. O Mosquito de Fogo se queimou, ofendido. "Não mexa comigo", gritou. "Não sabe que está brincando com Fogo?" Então explodiu numa nuvem colorida, chamuscando ligeiramente as sobrancelhas de Luka, e desapareceu.

"Bom, isso não deixou as coisas nada mais fáceis", disse Ninguémpai. "Só o que nos faltava era esse maldito Mosquito dar o Alarme de Incêndio."

"Alarme de Incêndio?", Luka perguntou. Ninguémpai fez que sim com a cabeça. "Se eles souberem que estamos chegando, estamos fritos, só isso."

"Isso não é bom", disse Luka, parecendo tão desanimado que Ninguémpai chegou a passar um braço por seus ombros. "A boa notícia é que Mosquitos do Fogo não duram muito", disse para consolar o rapaz. "Eles brilham forte, mas se apagam cedo. Além disso, oscilam com o vento. Para cá, para lá; é da natureza deles. Nenhuma constância de propósitos. Então não é muito provável que ele chegue a avisar...", e nesse ponto a voz de Ninguémpai mergulhou no silêncio.

"Avisar quem?", Luka insistiu.

"As forças que não deviam ser avisadas", Ninguémpai replicou. "Os monstros que cospem fogo e os maníacos incendiários que estão à espera rio acima. Esses pelos quais você tem de passar ou ser destruído."

"Ah", Luka disse, amargurado. "Só isso? Achei que estava falando que ia haver um problema sério."

O Rio do Tempo, que fluía silenciosamente quando Luka primeiro pôs nele os olhos, estava agora alvoroçado de atividades. Todo tipo de criatura estranha parecia estar boiando nele ou surgindo de debaixo da superfície — figuras estranhas, mas que Luka conhecia das histórias do pai: Vermes compridos, chatos, cegos, esbranquiçados que, como lembrou Ninguémpai, eram capazes de abrir Buracos no próprio tecido do Tempo, se dividindo abaixo da superfície do Presente para reemergir em algum impossível ponto distante do Passado ou do Futuro, essas zonas envoltas em bruma que o olhar de Luka não conseguia penetrar, e pálidos e mortais Peixenfermos, que se alimentavam da linha da vida dos doentes.

Correndo pela margem ia um coelho branco de colete, que olhava apressado um relógio. O que aparecia e desaparecia em vários pontos de ambas as margens era uma cabine telefônica azul-marinho da polícia britânica, da qual emergia periodicamente um homem de aspecto perplexo com uma chave de fenda. Viu-se um grupo de bandidos anões desaparecendo dentro de um buraco no céu. "Viajantes do tempo", disse Ninguémpai com uma voz de ligeira aversão. "Hoje em dia estão por toda parte."

No meio do rio, todo tipo de geringonça esquisita, algumas com asas de morcego que não pareciam voar, outras com gigantescas máquinas de metal a bordo iguais às entranhas de um velho relógio suíço, girando sem função, para raiva dos homens e mulheres que estavam a bordo. "Máquinas do tempo não são tão fáceis de construir como as pessoas pensam", Ninguémpai explicou. "O resultado é que muitos desses exploradores que querem ser corajosos ficam presos no Tempo. Além disso, devido à estranha relação entre Tempo e Espaço, as pessoas que conseguem saltar no tempo às vezes saltam no espaço ao mesmo tempo e acabam indo parar", e nesse ponto sua voz ficou sombriamente reprovadora, "em lugares com os quais simplesmente não têm nada a ver. Ali, por exemplo", disse quando um barulhento carro esporte DeLorean, roncando, apareceu do nada, "está aquele louco professor americano que parece não conseguir se limitar a um único tempo, e devo confessar que há uma verdadeira praga de robôs assassinos sendo enviados do futuro para mudar o passado. Dormindo ali debaixo daquela figueira", ele gesticulou com o polegar para mostrar de que árvore estava falando, "está um certo Hank Morgan, de Hartford, Connecticut, que um dia foi acidentalmente transportado para a Corte do Rei Artur, e lá ficou até o mago Merlin fazer com que dormisse por trezentos anos. Ele deveria acordar de volta no seu próprio tempo, mas olhe só que sujeito maluco! Ainda está roncando e perdeu a Barra de Poder dele. Sabe-se lá quando vai voltar para casa agora."

Luka notou que Ninguémpai não estava tão transparente como até um pouco antes, e também que estava soando e agindo cada vez mais igual ao superfalante Rashid Khalifa, cuja cabeça vivia cheia de todo tipo de bobagem. "*O tempo*", ele cantarolava baixinho, "*como um rio que corre sempre, leva embora todos os seus filhos*." Foi o fim. Era tudo o que Luka estava disposto a ouvir. Como se não bastasse isso, essa criatura do Outro Mundo estar aos poucos se preenchendo cada vez mais com o seu amado pai, o que queria dizer, claro, que Rashid Khalifa, Adormecido em sua cama em casa, estava ficando cada vez mais vazio, e que à medida que a rashidês de Ninguémpai aumentava, Luka, confusamente, se enchia de emoções carinhosas por ele, até amor mesmo; mas agora a estranha entidade com a camisa vermelhona de seu pai e seu chapéu-panamá tinha efetivamente começado a cantar com a insuportável voz de cantor de Rashid, a segunda pior voz de cantor do mundo, atrás apenas do fabuloso desafinamento da Princesa Batchit de Gup. E que música escolhera! "*Voam esquecidos, como um sonho...*"

"Estamos perdendo Tempo", Luka interrompeu Ninguémpai, furioso. "Em vez de cantar esse hino idiota, que tal sugerir um jeito para a gente viajar até as Brumas do Passado e descobrir o que viemos descobrir... isto é, a Alvorada do Tempo, o Lago da Sabedoria, a Montanha do Conhecimento, e o..."

"Shh", disseram Urso, o cão, e Cão, o urso, juntos. "Não fale em voz alta." Luka ficou muito vermelho diante de seu quase erro. "Sabe o que eu quero dizer", concluiu, muito menos impositivo do que pretendia.

"Humm", disse Ninguémpai, pensativo, "por que não usamos, por exemplo, aquele veículo anfíbio de fundo chato cortante que parece incrivelmente potente, *off*-road, *off*-rio, forte como um tanque e provavelmente até movido a jato, que está atracado naquele pequeno píer ali adiante?"

"Não estava lá faz um minuto", disse Cão, o urso.

"Não sei como ele fez isso", disse Urso, o cão, "mas não estou gostando do jeito disso aí."

Luka sabia que não tinha o direito de dar atenção aos temores de seus amigos e marcharam para a enorme embarcação, cujo nome, escrito em grandes letras na proa, era *Argo*. Seu pai estava desaparecendo à medida que Ninguémpai ficava mais sólido, e por causa disso a busca se tornava ainda mais urgente que antes. A cabeça de Luka estava cheia de perguntas para as quais ele não tinha respostas, perguntas difíceis sobre a natureza do Tempo em si. Se o Tempo era um Rio, correndo eternamente — e se ali estava ele, ali estava o Rio do Tempo —, isso queria dizer que o Passado estaria sempre ali e que o Futuro também já existia? Verdade que ele não podia vê-los, porque estavam envoltos em bruma — que também podiam ser nuvens, ou névoa, ou fumaça —, mas sem dúvida tinham de estar ali, senão como poderia existir o Rio? Por outro lado, se o Tempo corria como um Rio, então seguramente o Passado já tinha ido embora, e, nesse caso, como ele poderia voltar para ele para encontrar o Fogo da Vida, que ainda brilhava na Montanha do Conhecimento, que ficava junto ao Lago da Sabedoria, que era iluminado pela Aurora dos Dias? E se o Passado tinha ido embora, então o que havia lá, nas cabeceiras do Rio? E se o Futuro já existia, então talvez não tivesse importância o que ele, Luka, fizesse em seguida, porque, por mais que tentasse salvar a vida de seu pai, talvez o destino de Rashid Khalifa já estivesse decidido. Mas se o Futuro podia ser moldado, em parte, por suas ações, será que o Rio mudaria seu curso dependendo do que ele fizesse? O que aconteceria aos fios de história que continha? Começariam a contar histórias diferentes? E o que era verdade: a) que as pessoas faziam história e o Rio do Tempo do Mundo da Magia registrava sua produção?, ou b) que o Rio fazia história e as pessoas no Mundo Real eram peões em seu jogo eterno? Qual Mundo era mais real? Afinal, quem estava no controle? Ah, e mais uma pergunta, talvez a mais urgente de todas: *como ele ia controlar o Argo?* Era apenas um menino de doze anos, que nunca tinha dirigido um carro nem ficado na cabine de um barco a motor; Cão e Urso não serviam para nada, e Ninguémpai tinha deitado no convés, posto o chapéu-panamá em cima do rosto e fechado os olhos.

"Tudo bem", Luka pensou, sério, "será que é tão difícil?" Deu uma olhada firme nos instrumentos da ponte. Ali estava uma chave que provavelmente baixava as rodas para dirigir o *Argo* quando estava em terra, ou levantar quando o *Argo* chegava na água; e aquele botão, bem óbvio que era verde para "*go*" e logo ao lado, tão evidente quanto o outro, o vermelho para "*stop*"; e esta alavanca que ele provavelmente devia empurrar para ir para a frente e talvez empurrar mais para ir mais depressa; e esta roda, que seria a direção; e todos aqueles mostradores, contadores, ponteiros e escalas que ele talvez pudesse simplesmente ignorar.

"Todo mundo se segure", ele anunciou. "Lá vamos nós."

Então, aconteceu uma coisa tão depressa que Luka não tinha bem certeza do que nem de como foi que aconteceu, mas um instante depois o veículo anfíbio a jato estava pulando sem parar no meio de uma grande correnteza e eles estavam todos na água e um redemoinho os puxava para baixo e Luka teve tempo apenas de se perguntar se estava sendo devorado por um Peixenfermo ou algum outro monstro aquático quando perdeu a consciência; e acordou um momento depois de volta no pequeno píer, entrando no *Argo* e pensando: "Será que é tão difícil?" — e o único sinal de que alguma coisa tinha acontecido era que o contador no canto superior esquerdo de seu campo de visão tinha uma vida a menos: 998. Ninguémpai estava cochilando no convés do *Argo* outra vez e Luka gritou: "Uma mãozinha?". Mas Ninguémpai nem se mexeu e Luka entendeu que isso era uma coisa que ia ter de fazer sozinho. Talvez aqueles marcadores e escalas fossem mais importantes do que ele tinha pensado.

Na segunda tentativa, ele conseguiu virar o *Argo*, mas não foi muito longe porque o redemoinho começou e fez a embarcação ficar girando, girando, sem parar. "O que acontece?", Luka gritou; Ninguémpai levantou o chapéu-panamá e respondeu: "Devem ser os Vórtices". Mas o que eram os Vórtices? O *Argo* estava rodando cada vez mais depressa e num minuto seria sugado para baixo outra vez. Ninguémpai se sentou. "Humm", disse. "É. Os Vórtices estão mesmo por aqui." Olhou para a água, pôs as mãos em concha em torno da boca e gritou: "Nelson! Duane! Fisher! Chega de brincadeira agora! Vão amolar outro!". Mas então o *Argo* foi puxado para baixo da água e houve o blecaute outra vez e estavam de volta ao píer com o contador em 997. "Peixes", disse Ninguémpai, brevemente. "Peixesvórtice. Malandros pequenos, rápidos. O esporte favorito deles é formar redemoinhos." "E o que a gente faz com eles?", Luka quis saber. "Você tem de descobrir como é que as pessoas conseguem voltar ao Passado", disse Ninguémpai.

"Eu acho que... lembrando?", Luka tentou. "Não esquecendo dele?"

"Muito bem", disse Ninguémpai. "E quem é que nunca esquece?"

"Um elefante", disse Luka, e foi quando seus olhos pousaram numa dupla de criaturas absurdas com corpo de pato e grande cabeça de elefante, balançando na água, não muito longe do cais do *Argo*. "E aqui no Mundo da Magia", ele disse devagar, lembrando, "também uma Ave Elefante."

"Na mosca", Ninguémpai respondeu. "As Aves Elefantes

passam a vida bebendo do Rio do Tempo; ninguém tem mais memória que elas. E se você quer subir o Rio, o combustível de que você precisa é Memória. Propulsão a jato não adianta nada."

"Elas conseguem nos levar até o Fogo da Vida?", Luka perguntou.

"Não", disse Ninguémpai. "A Memória leva você até um ponto, e não consegue ir adiante. Mas uma Memória que vem de muito longe leva até muito longe."

Luka se deu conta de que ia ser difícil viajar em Aves Elefantes do jeito que seu irmão Haroun tinha viajado uma vez num grande gavião mecânico telepático; para começar, porque ele não sabia direito se Urso e Cão iam conseguir se segurar. "Com licença, Aves Elefantes", ele falou bem alto, "vocês fariam a gentileza de nos ajudar, por favor?"

""Muitíssimo bem-educado", disse a maior das Aves Elefantes. "Isso sempre faz uma diferença." Sua voz era profunda, majestosa; sem dúvida um Pato Elefante macho, Luka pensou. "Nós não voamos, sabe?", disse a companheira do pato, como uma lady. "Não nos peça para levar você voando para lugar nenhum. Nossas cabeças são muito pesadas."

"Deve ser porque vocês lembram tanta coisa", disse Luka, e o Pato Elefante ajeitou as penas com a ponta da tromba. "E é lisonjeiro também", disse a Pata. "Muito encantador, o pequeno."

"Deve estar querendo que a gente reboque você rio acima, sem dúvida", disse o Pato Elefante.

"Não precisam ficar surpresos", acrescentou a Pata Elefante. "Nós acompanhamos o noticiário, sabe? Tentamos nos manter informados."

"Talvez seja bom eles não se importarem com o Presente lá aonde você está indo", acrescentou a Pata Elefante. "Lá eles só se interessam pela Eternidade. Isso pode dar a vocês um útil elemento surpresa."

"E se querem saber o que eu acho", disse o Pato Elefante, "vão precisar de toda ajuda que conseguirem."

Pouco depois, as duas Aves Elefantes estavam ligadas ao *Argo* por arreios e começaram a puxá-lo suavemente rio acima. "E os Vórtices?", Luka perguntou. "Ah", disse o Pato Elefante, "nenhum Peixevórtice ousa brincar conosco. Seria contra a ordem natural das coisas. Existe uma ordem natural das coisas, sabe." A companheira dele riu. "O que ele quer dizer", ela explicou a Luka, "é que nós comemos Peixesvórtice no café da manhã." "E no almoço e no jantar", disse o Pato Elefante. "Então eles nos deixam absolutamente à vontade. Mas então: aonde você queria ir?... Não, não, não me diga!... Ah, sei, já me lembro."

4. A Insultana de Ontt

Estavam se aproximando das Brumas do Tempo quando o *Argo* passou por uma estranha e triste terra na margem direita do Rio. O território era vedado aos viajantes do rio por altas cercas de arame farpado, e quando Luka finalmente enxergou um assustador posto de fronteira, com holofotes em cima de altas colunas e grandes torres de vigia com guardas de óculos espelhados que tinham poderosos binóculos militares e armas automáticas, ficou assombrado ao ler uma placa que dizia: VOCÊ SE ENCONTRA NA FRONTEIRA DO RESPEITORATO DO EU. ESTEJA ATENTO À SUA EDUCAÇÃO. "Que lugar é esse?", ele perguntou a Ninguémpai. "Não me parece muito mágico."

A expressão de Ninguémpai continha uma mistura familiar de prazer e desdém. "Sinto muito informar que o Mundo da Magia não é imune a Contaminações", ele disse. "E esta parte dele foi recentemente dominada por Ratos."

"Ratos?", Luka gritou, alarmado, e então se deu conta do que havia de errado com aqueles vigias e guardas de fronteira. Não eram gente, eram roedores gigantes! Cão, o urso, rosnou, zangado, mas Urso, o cão, que era um sujeito de bom coração, pareceu incomodado. "Vamos em frente", sugeriu, baixo, mas Luka sacudiu a cabeça. "Não sei dos outros, mas eu estou morrendo de fome", disse. "Com Rato ou sem Rato, temos de ir para terra, porque nós todos precisamos comer alguma coisa. Bom, nós todos menos você", acrescentou, dirigindo-se a Ninguémpai. Ninguémpai deu o conhecido encolher de ombros de Rashid Khalifa e sorriu o conhecido sorriso de Rashid Khalifa, dizendo: "Tudo bem, se temos de ir, temos de ir. Há muito tempo não passo pela O-Fencerca". Viu que Luka franziu a testa e explicou: "Essa coisa de arame farpado. A O-Fencerca passa por todo o Respeitorato do Eu e pode-se dizer que dá ao lugar a sua Identidade: conforme avisa aquela placa, muitos dos seus atuais ocupantes levam O-fensas muito a sério".

"Nós não vamos ser malcriados", disse Luka. "Só queremos almoçar."

Os quatro viajantes passaram pelo posto de fronteira, deixando o *Argo* aos cuidados do Pato Elefante e da Pata Elefante, que passavam o tempo mergulhando em busca de Peixesvórtice e outros bocados. Dentro do posto de fronteira, parado atrás de um balcão com uma grade metálica, estava um grande rato cinza de uniforme: um Rato de Fronteira. "Seus papéis", ele disse com voz guinchada, roída. "Não temos nenhum papel", Luka respondeu com sinceridade. O Rato de Fronteira entrou num frenesi de guinchos e protestos. "Absurdo", gritou, por fim. "Todo mundo tem papéis de algum tipo. Revire os bolsos." Então Luka esvaziou os bolsos e neles encontrou, entre a confusão normal de bolinhas de gude, figurinhas, elásticos de dinheiro e chips de jogos, três balas ainda na embalagem e dois aviõezinhos de papel. "Nunca ouvi uma coisa tão malcriada", gritou o Rato de Fronteira. "Primeiro, ele diz que não tem papéis. Depois, ele tem papéis. Tem sorte de eu ser do tipo compreensivo. Entregue os papéis e agradeça por eu estar de bom humor." Ninguémpai deu um cutucão em Luka, que de má vontade entregou as figurinhas, os aviõezinhos e as balas de laranja com embalagem transparente. "Isso serve?", perguntou. "Só porque eu sou do tipo bonzinho", respondeu o Rato de Fronteira, embolsando cuidadosamente os objetos. Ele destrancou a grade e deixou os viajantes passarem para o outro lado. "Um aviso", disse. "Aqui no Respeitorato esperamos que os visitantes se comportem. Somos muito sensíveis. Se nos cutucam, nós sangramos, e aí fazemos vocês sangrarem em dobro: está claro?"

"Absolutamente claro", Luka disse, polidamente.

"Absolutamente claro o quê?", guinchou o Rato de Fronteira.

"Absolutamente claro, *senhor*", Ninguémpai respondeu. "Não se preocupe, senhor. Vamos seguir as regras ao pé da letra. Senhor."

"Qual letra? São vinte e seis letras no alfabeto", disse o Rato de Fronteira. "Dá para fazer muito estrago com elas."

"Vamos tomar cuidado com todas as letras", disse Luka, e acrescentou depressa: "Senhor".

"Algum de vocês é fêmea?", o Rato de Fronteira perguntou, de repente. "Esse cachorro, é uma cadela? Esse urso, é uma... ursa? Ursina? Ursada?"

"Ursada, é?", disse Cão, o urso. "Agora eu é que fiquei ofendido."

"E eu", disse Urso, o cão. "Não que eu tenha nada contra cadelas."

"Que ousadia!", guinchou o Rato de Fronteira. "Vocês dizerem que ficaram ofendidos me insulta mortalmente. E quem insulta um Rato mortalmente insulta todos os Ratos gravemente. E uma ofensa grave a todos os Ratos é um crime funeral, um crime punido com..."

"Nós pedimos desculpas, senhor", disse Ninguémpai, depressa. "Podemos ir agora?"

"Ah, tudo bem", disse o Rato de Fronteira, cedendo. "Mas vejam lá como se comportam. Não vou gostar de ter de chamar os Respeito-Ratos." Luka não gostou do som daquilo.

Atravessaram o posto de fronteira e se viram numa rua cinzenta: as casas, as cortinas das casas, a roupa usada pelos Ratos e pelas pessoas (sim, havia pessoas ali, Luka constatou aliviado), todos cinzentos. Os Ratos eram cinzentos também, e as pessoas tinham adquirido uma palidez cinzenta. No céu, nuvens cinzentas permitiam que se filtrasse uma neutra luz solar. "Há pouco tempo, surgiu aqui um Problema de Cor", Ninguémpai explicou. "Os Ratos que detestavam a cor amarela por causa de sua, digamos, queijosidade enfrentaram os Ratos que não gostavam da cor vermelha, por causa de sua semelhança com o sangue. Por fim, todas as cores, sendo ofensivas a um ou outro, foram banidas pela Prefeiturata, que, a propósito, é o parlamento, embora ninguém vote, o parlamento vota em si mesmo, e faz basicamente o que o Super-Rato manda."

"E quem escolhe o Super-Rato?", Luka perguntou.

"Ele escolhe a si mesmo", disse Ninguémpai. "Na verdade, ele escolhe a si mesmo sem parar, faz isso mais ou menos todos os dias, porque gosta muito de fazer isso. É o que se chama de Ratificar."

"Ficar rato... quem pode querer uma coisa dessas?", disse Cão, o urso, com um ronco e vários Ratos que passavam olharam feio. "Cuidado", Ninguémpai alertou. "Por aqui, todo mundo está sempre atrás de confusão."

Nesse momento, Luka viu um gigantesco cartaz mostrando um retrato preto e branco muito maior que o tamanho natural de quem só podia ser o Super-Rato em pessoa. "Ah, minha nossa!", exclamou, porque lhe veio a ideia de que se o Super-Rato algum dia se tornasse um ser humano — se o Super-Rato reencarnasse algum dia como um horrível escolar de doze anos em Kahani, para ser preciso —, então ele seria igualzinho... quer dizer, realmente, igualzinho *mesmo*... a "Merdarato", Luka sussurrou. "Mas isso é impossível." Urso, o cão, viu o cartaz também. "Entendo o que quer dizer", disse ele. "Só vamos torcer para ele não ser seu inimigo no Mundo Mágico também."

Um lugar pra comer! A placa na porta dizia RESTAU-RATO DA ALICE, o que, infelizmente, não era um erro de grafia. Luka olhou pela vitrine e certificou-se de que os cozinheiros e funcionários eram todos gente, embora muito dos clientes fossem Ratos. Mas ficou preocupado. Como ele e seus amigos iam pagar a comida? "Não se preocupe com isso", disse Ninguémpai. "Não existe dinheiro no Mundo da Magia."

Luka ficou aliviado. "Mas então como alguém, tipo, compra alguma coisa? Como as coisas funcionam? É muito esquisito." Ninguémpai encolheu os ombros igual a Rashid Khalifa outra vez. "É um PCD+P/EX", ele respondeu, à sua própria maneira misteriosa. Uma onda de excitação passou pelo corpo de Luka. "Eu sei o que é isso", ele disse. "Meu irmão me contou. Tinha isso na aventura dele também."

"Os Processos Complicados Demais Para Explicar", disse Ninguémpai, com um tom um pouco grandioso demais, enquanto entrava no Restau-rato, "são o coração do Mistério da Vida. Estão em toda parte, tanto no Mundo Real como no Mundo Mágico. Nada em nenhum lugar funcionaria sem eles. Não fique tão animado, Professor. Você parece que acabou de descobrir a Eletricidade, ou a China, ou o Teorema de Pitágoras."

"Às vezes", Luka replicou, "fica evidente que você não é meu pai."

* * *

A comida era surpreendentemente saborosa, e Luka, Cão e Urso comeram muito bem e depressa demais. Porém, notaram que todos os Ratos do lugar estavam olhando atentamente para eles, encarando com especial hostilidade Urso, o cão, e Cão, o urso, e isso produzia uma sensação inquietante. Ouviam-se muitos murmúrios nas outras mesas, numa língua que Luka achou ser ratês, e então, finalmente, um determinado Rato, uma criatura de olhos apertados, desconfiada, usando um quepe cinza, empinou-se nas patas traseiras e veio até eles. Era evidente que tinha sido escolhido por seus amigos para interrogar os recém-chegados. "Ssssim, sssenhor, essstranhos", disse o Rato Inquisidor sem nenhum preâmbulo, "posssso perguntar o que acham do nosssso grande Ressspeitorato do Eu?"

"Eu, Eu, senhor, Eu, Eu, senhor", disseram em coro todos os Ratos do Restau-rato.

"Nós amamos o nosssso paísss", disse friamente o Rato Inquisidor. "E vocês? Também amam o nosssso paísss?"

"É muito bom", Luka disse, cauteloso, "e a comida é excelente."

O Inquisidor coçou o queixo. "Por que não essstou totalmente convencido?", perguntou, como se falasse consigo mesmo. "Por que dessconfio que posssa haver alguma coisa insssultuosa rondando por baixo de seu encanto sssuperficial?"

"Temos de ir agora", Luka disse depressa, se pondo de pé. "Foi um prazer conhecer o...". Mas o Inquisidor estendeu um braço que terminava em garra e segurou com força o ombro de Luka. "Me diga uma coisa", perguntou, áspero. "Você acredita que dois e dois sssão cinco?"

Luka hesitou, incerto quando à resposta — então, para sua imensa surpresa, o Inquisidor pulou em cima da mesa, espalhando pratos e copos para todo lado, e explodiu numa canção ruidosa, chiada, sem melodia:

Você acredita que dois e dois sssão cinco?
Acredita que o mundo é chato?
Sssabe que nosssso Chefe rege com afinco?
Você Ressspeita o Rato?
Oh, você Ressspeita o Rato?

Ssse eu dissser que de ponta-cabeça é que é bom,
Ssse eu insssistir que branco é preto,
Ssse eu dissser que um chiado é um belo sssom,
Você Ressspeita o meu Direito?
Sssim? Você ressspeita o meu Direito?

Concorda que eu sssou melhor que você?
Que meu chapéu é o maior barato?
Pode, por favor, parar de perguntar o quê, como e por quê?
Você Ressspeita o Rato?
Ressspeita, não Ressspeita, Ressspeita, não Ressspeita,
Você Ressspeita o Rato?

E então todos os Ratos do Restau-rato se empinaram nas patas traseiras, puseram as patas dianteiras no peito e cantaram em coro:

Eu, Eu, sssenhor.
Eu, Eu, sssenhor.
Nós todos dizemos Eu, Eu, Eu.
Eu nunca dissscuto, eu nunca sussspeito,
Nem precisa pensssar quando ssse tem Ressspeito.
Nós todos dizemos Eu, Eu, Eu.

"Que bobagem!" As palavras escaparam de Luka antes que ele pudesse detê-las. Os Ratos se imobilizaram em várias poses e depois, lentamente, muito lentamente, viraram as cabeças para olhar para Luka, e todos os seus olhos brilharam e todos os seus dentes ficaram à mostra. "Isso não é bom", pensou Luka, e Urso e Cão chegaram perto dele, prontos para lutar por suas vidas. Até Ninguémpai pareceu, pela primeira vez, perdido. Os Ratos se viraram de frente para Luka e, devagar, passinho de Rato por passinho de Rato, se fecharam em torno dele.

"Bobagem, você dissse", cismou o Rato Inquisidor. "Só que acontece que é o nossso Hino Nacional. Vocês diriam, meus parceiros ratos, que este jovem foi Bem-Educado? Ou sserá que ele merece — hummm — a Mancha Negra?"

"Mancha Negra!", guincharam os Ratos todos juntos, mostrando as garras terríveis. E talvez a história da busca de Luka Khalifa pelo Fogo da Vida pudesse terminar ali mesmo no Restau-rato da Alice, e talvez Cão, o urso, e Urso, o cão, tivessem acabado também, embora eles com certeza cairiam lutando e levando muitos Ratos com eles; e então Ninguémpai teria voltado a Kahani para esperar até que a vida de Rashid Khalifa o preenchesse inteiro... e que triste teria sido tudo! Em vez disso, porém, um grito veio da rua lá fora, e enormes quantidades de gosma vermelha e o que parecia uma quantidade gigantesca de gema de ovo e, logo em seguida, uma saraivada de vegetais podres começaram a descer do céu, e todos os Ratos se esqueceram completamente de Luka e de seu grito de "Bobagem!" e saíram correndo para a rua, gritando "É a Lonttra!", e, mais simplesmente, "É ela de novo!", porque o Respeitorato do Eu estava sendo atacado de cima, e liderando os esquadrões aéreos no ataque, de pé, ereta e audaz sobre seu famoso Tapete Voador *Resham*, o que quer dizer o Tapete Voador de Seda Verde do Rei Salomão o Sábio, estava a temida, a lendária, a feroz, a fabulosa Insultana de Ontt, gritando num poderoso megafone seu grito de batalha de gelar o sangue: "*Nós expectoramos sobre o Respectorato!*".

"O que está acontecendo?", Luka gritou para Ninguémpai por cima do ruído, enquanto os quatro viajantes fugiam do Restau-rato, só para a eventualidade de os Ratos a quem tinham ofendido voltarem para acabar com eles. Na rua, era tudo comoção e confusão e gosma vermelha e ovo e vegetais chovendo do céu. Eles se abrigaram debaixo do toldo de uma padaria mais adiante na rua, a vitrine cheia de pães amanhecidos e broas nada apetitosas cobertas com glacê cinza. "Lá daquele lado, naquelas montanhas Onde o Topo Toca o céu", Ninguémpai gritou de volta, apontando para uma cadeira montanhosa coberta de neve no horizonte norte, "fica a estranha terra de On-t-t, Ontt, uma terra cercada de águas brilhantes, cujos habitantes, as Lonttras, entregam-se a todo tipo de excesso. Falam demais, comem demais, bebem demais, dormem demais, nadam demais, mascam muito betel e são, sem dúvida nenhuma, as criaturas mais rudes do mundo. Mas é uma falta de educação muito democrática: as Lonttras ofendem umas às outras indiscriminadamente e, em razão disso, ficam todas tão cascas-grossas que ninguém mais liga para o que qualquer um diz. É um lugar engraçado, todo mundo ri o tempo todo enquanto um chama o outro das piores coisas do mundo. Aquela senhora lá em cima é a Sultana, a rainha deles, mas, como ela é a que insulta com mais brilho e com a língua mais afiada, todo mundo a chama de '*Insult*-ana'. Foi ideia dela combater o Respeitorato, porque ela não respeita nada nem ninguém. Daria quase para dizer que a terra de Ontt é o 'Desrespeitorato', e humilhar é, inquestionavelmente, a coisa que as Lonttras fazem melhor... Olhe só para ela!", ele se interrompeu, admirado. "Não é deslumbrante quando está zangada?"

Luka olhou através da cascata de gosma, ovo e vegetais. A Rainha Lonttra não era um animal, mas uma moça de olhos verdes, com um manto verde e dourado, o cabelo vermelho de fogo voando no vento, e não tinha mais que dezesseis ou dezessete anos. "Ela é tão jovem", Luka disse, surpreso. Ninguémpai sorriu o sorriso de Rashid Khalifa. "Gente moça é capaz de ofender e aguentar ofensas melhor que gente velha", ele disse. "Conseguem perdoar e esquecer. Gente da minha idade... bom, às vezes guarda mágoas." Luka franziu a testa. "Da *sua* idade?", perguntou. "Mas eu pensei..." Ninguémpai pareceu agitado. "Da idade de seu pai, quero dizer. Da idade dele, claro. Foi só um deslize." Luka ficou bem assustado. Ele notou que Ninguémpai quase tinha deixado de ser transparente. O Tempo estava mais curto do que ele esperava.

"Nós expectoramos sobre o Respeitorato!", a Insultana gritou de novo, e seu grito liberou ainda mais chuva vermelha. Havia talvez mais uns cinquenta tapetes mágicos em formação de combate em torno da Insultana acima das ruas do Respeitorato, todos batendo delicadamente na brisa, e sobre cada um havia uma Lonttra alta, esguia, mascando betel, cuspindo longos jatos lívidos de suco de betel vermelho em cima do Respeitorato, cobrindo as casas cinzentas, as ruas cinzentas e o populacho cinzento com machas de desprezo escarlate. Ovos podres também eram arremessados pelas Lonttras em enormes quantidades e o fedor de dióxido de enxofre enchia o ar. E, depois dos ovos podres, os vegetais podres. Era realmente um ataque e tanto, mas o mais ofensivo era a versão do "Hino nacional do Eu" que se despejava do megafone da Insultana sobre o Respeitorato. A Insultana cantava com uma voz forte e clara, uma voz que Luka achou estranhamente familiar, embora não pudesse, no momento, entender por quê.

Dois e dois são quatro, cinco não pode ser,
O mundo é redondo, não chato.

Seu Chefe é o que de menor pode haver.
Nós não Respeitamos o Rato!
Oh, nós não Respeitamos o Rato!

Splat! Baf! Uáck! A cena estava ficando terrível, imunda. Os Ratos vencidos nas ruas pulavam no ar e abanavam as garras inutilmente acima das cabeças, mas a Insultana e suas coortes estavam muito acima deles, fora do alcance.

E de ponta-cabeça é o lado errado,
E preto não é branco; preto é preto.
E um guincho é de longe um som bem assustado.
Não, nós não respeitamos o seu Direito.
Nós não respeitamos o seu Direito.

"Temos de ir embora", Luka gritou, e saiu correndo para a rua. Mas o Posto de Fronteira além do qual o *Argo* estava atracado ficava a alguma distância rua abaixo, e antes que Luka avançasse dez metros estava coberto de suco de betel e ovos podres, e um tomate podre caiu em sua cabeça. Ele notou também que a cada ataque aéreo o contador de vidas no canto superior esquerdo de seu campo de visão baixava uma vida. Estava quase decidido a dar uma corrida de qualquer jeito quando Ninguémpai o agarrou pelo colarinho e o puxou para debaixo de um toldo. "Que menino bobo", ele disse, não sem delicadeza. "Valente, mas bobo. Essa ideia não vai decolar. E além disso, agora que você escolheu o caminho mais difícil, não quer salvar até onde você chegou?"

"Onde é que salva?", Luka perguntou, limpando a gosma dos olhos e tentando tirar o tomate do cabelo. Ninguémpai apontou. "Ali", disse. Luka olhou na direção que o dedo de Ninguémpai apontava e viu, chegando a toda a velocidade, uma falange dos maiores e mais ferozes roedores que ele já tinha visto, armados até os dentes e disparando furiosamente suas Ratapultas no céu. Eram os Respeito-Ratos, claro, os soldados mais temidos do Respeitorato, e na retaguarda, "liderando por trás, isso mostra bem que tipo de Rato ele é", pensou Luka, estava o Super-Rato em pessoa, aquele que parecia muito com... "bom, isso não importa agora", Luka disse a si mesmo. E a alguma distância atrás desse exército atacante ficava a cinzenta Prefeiturata, e no pico de sua cúpula cinzenta, brilhando ao sol, único objeto dourado naquele mundo de cinza, havia um pequeno Globo. "É aquilo?", gritou Luka. "É aquilo lá em cima? Como é que vou conseguir chegar lá?"

"Eu não disse que era fácil", Ninguémpai respondeu. "Mas você ainda tem 909 vidas."

Lá no céu, as Lonttras em seus tapetes mágicos desviavam dos mísseis dos Respeito-Ratos com desdenhosa facilidade, e cantavam em coro, voando à esquerda e à direita, para cima e para baixo, e ondulando de um lado para outro:

Eu ou ai,
Eu, ai.
Nós todos gememos eu-ai-ai.
Vocês são bobos, são brutos.
Não pensam nem por um minuto.
Respeito? Não estão falando sério!
Seu efeito é deletério!
Damos risada de vocês, eu-ai-ai-ai-ai.
Damos risada de vocês, eu-ai-ai-ai-ai.

"Tudo bem, então", disse Luka. "Estou cansado deste lugar. Se eu tenho de apertar aquele botão lá em cima, é melhor subir lá de uma vez." E, sem esperar resposta, começou a correr o mais depressa que podia pelas ruas devastadas pela guerra.

Mesmo com Urso e Cão interferindo a seu favor, a tarefa se mostrou quase impossível. O assalto das Lonttras tinha chegado a uma espécie de clímax e era alarmante como Luka estava perdendo vidas. Desviar dos Respeito-Ratos era duro também, mesmo que não estivessem preocupados com ele; a toda hora sua corrida era interrompida pelos veículos blindados e motocicletas. O Super-Rato, isso estava claro, era o único Rato que estava vigiando Luka, como se tivesse algum motivo pessoal para se interessar pelo avanço do viajante; e, nas raras ocasiões em que Luka conseguia desviar da chuva devoradora de vidas que vinha do céu e evitar as forças dos Respeito-Ratos, o Super-Rato o derrubava. E cada vez que era atropelado por um carro blindado ou bombardeado do céu ou derrubado pelo Super-Rato, que ele não conseguia parar de ver como o Merdarato da escola preso num corpo de Rato de verdade, ele perdia uma vida e se via de volta ao ponto de partida, de modo que não estava indo a lugar nenhum, perdia vidas aos montes e ficava completamente coberto de ovos podres, tomates e suco de betel. Depois de um longo, longo tempo de tentativas frustradas, ele parou para descansar debaixo do toldo da padaria, ofegante, encharcado, fedido e com apenas 616 vidas sobrando. Reclamou com Ninguémpai: "Está difícil demais. E por que essas Lonttras são tão agressivas? Por que elas não podem simplesmente viver e deixar viver?".

"Elas talvez fizessem isso", disse Ninguémpai, "se o Respeitorato não estivesse crescendo tão depressa. Esses assustadores Respeito-Ratos avançam muito além das próprias fronteiras tentando dominar todo mundo à força. Se as coisas continuarem como estão, todo o Mundo da Magia vai correr o risco de ser estrangulado por um excesso de respeito."

"Pode ser", Luka disse, ofegante, "mas quando é você que

está sofrendo o ataque é difícil ficar do lado delas, para falar a verdade. E olhe só como estão meu cachorro e meu urso. Acho que eles também não gostam muito das Lonttras."

"Às vezes", Ninguémpai refletiu, quase como se estivesse falando consigo mesmo, "a solução é correr para o problema, e não do problema."

"Estou tentando correr para ele...", Luka começou a dizer, e parou. "Ah", disse. "Estou entendendo. Não o globo dourado. Não é esse o problema, é isso?"

"Não neste momento", Ninguémpai concordou.

Luka esquadrinhou o céu. Lá estava ela, a Insultana, a Fada Rainha das Lonttras, a monarca do céu, voando em seu Tapete do Rei Salomão. Parecia ter dezesseis ou dezessete anos, mas provavelmente tinha na verdade milhares de anos, ele pensou, como toda criatura mágica. "Qual será o nome dela?", perguntou-se.

Ninguémpai fez uma cara feliz, do jeito que Rashid Khalifa fazia cara feliz quando Luka acertava todas as contas de matemática. "Exatamente", disse ele. "Saber o nome de uma criatura mágica lhe dá poder sobre ela, dá, sim! Se soubesse o nome dela você poderia chamá-la, e ela teria de atender. Infelizmente, ela é conhecida por dezenas de nomes e talvez nenhum deles seja seu nome real. Mantenha o seu próprio nome em segredo, esse é o meu conselho. Porque, se souberem o seu nome no Mundo Mágico, sabe-se lá o que poderão fazer com ele."

"Então você sabe o nome dela", Luka disse, impaciente, "ou está falando tanto para esconder o fato de que não sabe?"

"Ah, essa doeu", disse Ninguémpai, lânguido, se abanando com o chapéu. "Que linguinha afiada! Você daria uma boa Lonttra. Para falar a verdade", prosseguiu depressa, vendo que Luka tinha aberto a boca de novo, "eu reduzi a lista. Depois de muito pensar e analisar, cheguei a meia dúzia. Seis dos melhores. Tenho quase certeza de que é um deles."

"'Quase certeza' não adianta muito", disse Luka.

"Ainda não tive chance de experimentar os nomes", Ninguémpai replicou, soando indignado. "Mas por que você não experimenta agora mesmo e acabamos definitivamente com esse assunto?"

Então, Luka gritou os nomes que Ninguémpai lhe deu, um por um. "Bilqis! Makeda! Saba! Kandaka! Nicaula!" A mulher no Tapete Voador ignorou todos. Ninguémpai, parecendo desanimado, sugeriu mais alguns, mas com menos convicção. Luka experimentou esses também. "Méroe! Inana! Hã... o que você disse?"

"Chalchiuhtlicue", Ninguémpai repetiu, incerto.

"Chalchi...", Luka começou, e parou.

"...uhtlicue", Ninguémpai propôs.

"Chalchiuhtlicue", Luka gritou, triunfante.

"Significa 'a mulher com saia de jade'", Ninguémpai explicou.

"Não interessa o que significa", disse Luka, "porque não funcionou, evidentemente não é o nome dela."

Luka caiu numa terrível tristeza por um momento. Não ia conseguir sair dessa enrascada, nunca conseguiria encontrar o Fogo da Vida e salvar seu pai. Aquela estranha versão de seu pai, Ninguémpai, era o único pai que tinha agora, e não duraria muito também. Ia perder o pai e aquela cópia fatal dele; estava na hora de se acostumar com esse fato horrível. Tudo que lhe restaria seria sua mãe e sua bela voz...

"Eu sei o nome da Insultana", disse de repente e, dando um passo para fora da sombra do toldo, gritou com voz clara e forte: "Soraya!".

O Tempo parou. Os jatos de suco de betel, os tomates podres, os mísseis de ovos congelaram no meio do voo; os Ratos ficaram imóveis, como fotografias de si mesmos; no céu, as Lonttras se imobilizaram em poses guerreiras nos tapetes voadores, e os tapetes, como se tivessem se transformado em pedra, não batiam mais ao vento; até mesmo Urso, Cão e Ninguémpai ficaram rígidos como estátuas de cera. Naquele universo fora do tempo, apenas duas pessoas se mexiam. Uma era Luka; a outra, mergulhando com *Resham*, o Tapete do Rei Salomão, e vindo parar na frente dele, era a brilhante e ligeiramente assustadora Insultana de Ontt. Só que Luka não tinha medo dela. Esse era o Mundo da Magia de seu pai e, portanto, era de se esperar que essa jovem rainha, a pessoa do sexo feminino mais importante nesse mundo, tivesse o mesmo nome da mãe de Luka, a mulher mais importante no mundo dele e de seu pai. "Você me chamou", ela disse. "Adivinhou meu nome, o que parou o Tempo, então estou aqui. O que você quer?"

Há momentos na vida — não muitos, mas eles acontecem — em que mesmo meninos muito novos encontram as palavras certas para dizer no momento certo; momento em que, como um presente, a ideia certa ocorre à pessoa exatamente quando ela é mais necessária. Para Luka, foi um desses momentos. Ele se viu dizendo à grande governante de Ontt, sem saber direito onde tinha encontrado as palavras dentro de sua cabeça: "Acredito que nós podemos nos ajudar, Insultana Soraya. Preciso que me ajude com uma coisa, urgentemente, e, em troca, tenho uma ideia que pode fazer você ganhar esta guerra".

Soraya inclinou o corpo para a frente. "Só me diga o que quer de mim", ela ordenou, à sua rude maneira de Lonttra, e Luka, com a língua normalmente fluente paralisada, apontou a bola dourada em cima da cúpula da Prefeiturata. "Ah, sei", disse Soraya de Ontt, "e depois, meu jovem nobre, você sem dúvida vai querer voltar ao Rio e seguir seu caminho." Luka fez que sim com a cabeça, mudo, sem sequer se surpreender com o quanto a Insultana sabia. "Isso não é nada", disse ela e gesticulou para que

Luka subisse no Tapete Voador, revelando uma natureza mais doce do que as suas duras palavras sugeriam.

Um instante depois, o Tapete decolou com Luka que, pego de surpresa, desequilibrou-se e caiu de costas; e mais um instante depois, estavam diante do globo dourado, e Luka conseguiu se levantar e tocar nele, ouviu um agradável *ding* de nível salvo, e viu no canto superior direito de seu campo de visão o número de um só dígito subir para 2. Então desceram de volta ao chão, para junto de Ninguémpai, Cão e Urso, todos congelados no tempo, e Soraya estava dizendo: "Agora é sua vez. Ou era só conversa fiada? Meninos como você têm língua comprida e calças curtas, como diz o ditado".

"Pó de mico", Luka disse humildemente, pensando que não soava assim como uma ideia muito impressionante. Mas a Insultana estava ouvindo com toda a atenção agora, enquanto Luka contava, tímido e com certa vergonha, sobre sua própria história militar e a vitória sobre o Time Alteza Imperial nas Grandes Guerras do Playground. Soraya dava a impressão de estar atenta a cada palavra e, quando ele terminou, deu um longo assobio baixo, impressionada.

"Bombas de pó de mico", ela disse, sobretudo para si mesma. "Por que nunca pensamos nisso? Pode funcionar. Ratos detestam coceira! Deve funcionar. Sim! *Vão* funcionar!" Para surpresa e secreto deleite de Luka, ela se inclinou e deu-lhe três beijos, primeiro na bochecha esquerda, depois na direita, depois na esquerda de novo. "Obrigada", disse ela. "Você é um homem de palavra."

Dizia-se que o Tapete Voador do Rei Salomão era capaz de carregar qualquer número de pessoas, por maior que fosse esse número, e qualquer peso em bens, por maior que fosse esse peso, e que era capaz de crescer até ficar imensamente grande, até cem quilômetros de comprimento por cem quilômetros de largura. Quando o tempo pedia sombra, um exército de pássaros se juntava acima dele como um para-sol, e o vento o tocava onde se quisesse ir, num piscar de olhos. Mas isso tudo eram apenas histórias, e o que Luka viu então ele viu com os próprios olhos: a Insultana Soraya abriu bem os braços, e o vento soprou a seu pedido. Então ela simplesmente desapareceu, e não mais que noventa segundos depois reapareceu; mas dessa vez o tapete estava muito maior e sobre ele havia literalmente dezenas de milhares de pequenos aviões de papel. Era evidente que a governante de Ontt era capaz de fazer as coisas bem depressa. Um instante depois de seu reaparecimento, os aviões de papel tinham alçado voo e se distribuído entre todos os membros de sua força aérea pessoal, que ainda estava congelada no tempo como todo o resto, pelo que Luka podia ver. Em todo o mundo observável só ele e a Insultana, mais a armada de aviões de papel, estavam se movimentando. E também o Tapete verde e dourado do Rei Salomão, que depois de entregar sua carga tinha voltado ao tamanho de um tapete doméstico grandinho.

"Como você fez isso?", Luka perguntou, e logo acrescentou: "Não importa", sabendo a resposta antes que fosse dada. "Eu sei. Um PCD+P/EX e as bombas de pó de mico foram feitas a supervelocidade por MCD+PDs. Máquinas Complicadas Demais para Descrever."

"Aposto", disse a Insultana, "que isso você não aprendeu na escola."

Muitas coisas fazem ratos se coçarem, e não há nada mais infeliz do que um rato com coceira. Ratos pegam parasitas — piolhos, pulgas, ácaros —, e esses bichinhos põem ovos na base dos pelos dos ratos e eles coçam. Ratos levam vidas duras em lugares sujos e se cortam, e os cortes infeccionam e se transformam em feridas, e as feridas coçam. Os pelos dos ratos caem e isso também coça. A pele resseca e eles ficam com caspa, o que coça também. Ratos comem todo tipo de lixo e por isso eles sofrem de alergias de alimentação e comem demais de umas coisas e muito pouco de outras, e tudo isso os faz se coçarem como loucos. Ratos sofrem de eczema e tinham e têm sarna e urticária e não conseguem deixar de coçar essas coisas, mesmo que a coceira faça as coisas piorarem. E tudo o que se pode dizer de ratos em geral era amplificado no caso dos Ratos gigantes do Respeitorato, os famosos e cascas-grossas Ratos do Eu. E por mais coceira que os roedores do Respeitorato tivessem sentido no passado, nunca haviam experimentado nada como a coceira que foi lançada sobre eles pela Rainha Lonttra e sua força aérea.

"Quando eu descongelar todo mundo", a Insultana instruiu Luka, "leve seus amigos para dentro e espere até eu dizer que é seguro sair." O tom dela havia mudado completamente, Luka notou; não havia mais nem sinal de dureza. Na verdade, era decididamente um tom amigo, até afetuoso.

Luka fez o que a Insultana mandou, empurrando seu pequeno grupo para dentro da padaria cinzenta e depois apertando o rosto na vitrine; assim, ele, Cão, Urso e Ninguémpai viram só uma pequena parte da destruição em larga escala que se seguiu. A Insultana acenou com um braço imperioso e o Respeitorato descongelou. Então Luka assistiu às Lonttras mergulharem sobre as ruas da cidade, soltando seus aviões de papel encantados, que pareciam equipados com detectores de Ratos e os perseguiam onde quer que fossem, dentro ou fora das casas, debaixo de lençóis ou em cima de telhados, e não demorou muito para o ataque dar resultado e pôr todos os Ratos para correr. Suco de betel, ovos, vegetais podres tinham sido eficientes como insultos, mas o pó de mico não só feria os sentimentos dos Ratos e estragava suas roupas como fazia com que ficassem cheirando ainda pior do que já cheiravam. Luka viu até os mais perversos dos Ratos gigantes, os pesadamente armados e supermaus Respeito-Ratos do Eu com seus óculos espelhados, correndo em círculos e gritando enquanto os aviões de papel os perseguiam e despejavam pó de mico em suas cabeças e nucas. Viu quando eles se dilaceravam com as garras longas e furiosas, arrancando grandes pedaços dos próprios corpos para tentar acabar com a coceira. O ar estava cheio de gritos de Ratos, que ficavam cada vez mais altos, tão altos que Luka teve de tapar os ouvidos porque era quase demais para se aguentar.

"Se esse pó é o que eu acho que é", Ninguémpai disse afinal, a voz cheia de assombro, "se for mesmo feito, como acredito que deve ser, com a mortal planta asiática Khujli, misturada, sem dúvida, com o pó das sementes da irresistível, embora rara, flor de Gudgudi, nativa de Alefbay... e se a Insultana acrescentou um pouco de Tutano Enjoativo ou Feijão Mágico de Coceira da Alemanha, esporos do Abraxas Demoníaco do Egito, de Kachukachu do Peru, e cata-ventos da Fatal Pipipi africana, então pode ser que estejamos assistindo ao fim da Contaminação Ratal do Mundo Mágico. O interessante da fórmula que acredito que a Insultana deve ter usado é que as pessoas comuns são imunes a esses pós secretos; só roedores são afetados. É, ela mandou você procurar abrigo, mas foi para proteger o cachorro e o urso, por precaução; e acima de tudo, eu imagino, para nos salvar dos Ratos possuídos por seu último e letal Frenesi."

Os Ratos, de fato, estavam fora de si. Pela janela da padaria cinza, Luka viu crescer sua loucura e testemunhou seus espasmos mortais. Os senhores casca fina do Respeitorato estavam literalmente se arranhando, efetivamente se dilacerando, até não restar nada deles a não ser tufos de pelos nojentos e carne feia e cinzenta. Os guinchos dos Ratos atingiram um terrível crescendo, e então, aos poucos, o ar se aquietou, baixou o silêncio. Bem no final, Luka viu o Super-Rato em pessoa vir correndo pela rua na direção do Rio do Tempo, se cortando enquanto corria, e no fim da rua saltou dentro do Rio com um grito terrível; e como era o único Rato do Mundo da Magia que não sabia nadar, porque sempre fora muito preguiçoso para se dar ao trabalho de aprender, afogou-se na Corrente Temporal.

E assim terminou essa parte.

Devagar, muito devagar, os habitantes não Ratos do Respeitorato saíram de suas casas e entenderam que seu sofrimento havia chegado ao fim, e então, com grande felicidade, correram para as cercas que separavam o Respeitorato do resto do Mundo Mágico e as puseram abaixo, e jogaram fora os restos quebrados das paredes de sua prisão, para sempre. E se algum Rato sobreviveu ao Grande Bombardeio de Pó de Mico, nunca mais foi visto, deve ter rastejado para a grande escuridão por trás das fendas do mundo, que é o lugar dos Ratos.

Soraya de Ontt pousou seu tapete verde e dourado diante da padaria cinzenta quando Luka e seus companheiros saíram. "Luka Khalifa", ela disse, e Luka nem perguntou como ela sabia seu nome, "você prestou um grande serviço ao Mundo da Magia. Não vai pedir nada em troca? Você adivinhou meu nome; só isso já devia lhe valer os três desejos tradicionais e você só usou um até agora. Mas a ideia das Bombas de Pó de Mico, quem pode saber o que seria recompensa para isso? Por que você não pensa no desejo maior e mais importante que conseguir, e eu vejo se posso dar alguma ajuda?"

E antes que Ninguémpai pudesse detê-lo, Luka começou a falar muito depressa, começou a contar àquela moça deslumbrante, que tinha o mesmo nome de sua mãe, exatamente por que ele estava ali no Mundo da Magia, o que esperava fazer e como. Ao fim do seu pequeno discurso, os olhos da Sultana de Ontt estavam muito abertos e ela levara a mão à boca. "Talvez, no meu orgulho, eu tenha falado depressa demais", disse ela, e agora havia uma nota de tristeza em sua voz. "Pode ser que você tenha me pedido uma coisa que não posso dar."

Mas então ela deu um sorriso matreiro e bateu palmas como uma menina. "Roubar o Fogo da Vida, coisa que nunca foi feita em toda a história do Mundo Mágico! Ora, esse seria o mais delicioso ato de Desrespeito de Todos os Tempos! Seria chocante e maravilhoso. Em poucas palavras, digno de Onde o Topo Toca o céu, e portanto cabe a toda Lonttra verdadeira ajudar. Minhas guerreiras da FAL, a Força Aérea Lonttra, devem voltar para Ontt, mas, Luka Khalifa, Ladrão do Fogo, eu, a Rainha das Lonttras, farei tudo o que estiver em meu poder para ajudar você a perpetrar seu horrível — e absolutamente nobre, absolutamente perigoso e absolutamente delicioso! — Crime."

"Estou com um pouco de pressa", Luka disse, valente, "e você tem esse tapete super-rápido. Existe um jeito de me fazer pular todos os outros níveis e me levar direto para o Fogo, onde eu preciso estar, e depois me levar de volta ao ponto onde eu comecei?"

"O Rio é longo e traiçoeiro", disse a Insultana Soraya, balançando a cabeça, pensativa. "E você ainda tem de passar pelas Brumas do Tempo, onde não dá para ver nada, e depois pela Grande Estagnação, onde o Rio se transforma num pântano e não dá para seguir em frente, e pelo Redemoinho Inescapável, onde o Tempo gira e gira e não se pode escapar, e pelos Um Trilhão e Um Caminhos que Se Bifurcam, onde o Rio se transforma num labirinto — e você com certeza vai se perder em todas aquelas cascatas intrincadas e nunca encontrará a corrente única que é o verdadeiro e contínuo Rumo do Tempo. Muito bem", disse ela, com uma voz que revelou a Luka que uma decisão havia sido tomada. "Vou junto com você nessa aventura. São pelo menos quatro estágios — como você chamou mesmo, 'níveis?' —, quatro estágios que posso permitir que você pule. Mas depois disso vamos ter de aceitar as coisas como vierem."

"Por que não pode me levar até o fim?", Luka explodiu, muito decepcionado.

"Porque, meu doce Luka", replicou a Insultana de Ontt, "este sedoso Tapete Voador que me foi dado há tanto tempo pelo próprio Rei Salomão pode fazer muitas coisas maravilhosas, mas não pode atravessar os Grandes Ringues de Fogo."

5. O caminho das três rosquinhas de fogo

Se você nunca voou num tapete voador, provavelmente não sabe o que é enjoo. Um tapete voador faz um movimento ondulante lento, que rola ao passar pelo ar, não exatamente como se estivesse flutuando em ondas de ar, mais parece que o tapete em si se transforma numa espécie de ar sedoso que pode suspender a pessoa e levá-la aonde ela quer ir. É triste, mas verdade, que o estômago pode achar desagradável esse jeito de voar, pelo menos por algum tempo. E se você nunca voou num tapete voador acompanhado por um urso falante nervoso, um cachorro falante ainda mais nervoso, um Pato Elefante e uma Pata Elefante fazendo o primeiro voo de suas vidas sem voo, para não falar de um ser sobrenatural que parece, age e fala como seu próprio pai, além de uma antiga rainha que parece, age e fala como uma moça de dezessete anos e, mais ainda, um grande barco-tanque anfíbio chamado *Argo*, então você vai ter de imaginar a confusão que reinava a bordo do *Resham* verde e dourado quando ele decolou para começar sua jornada rumo às Brumas do Tempo. O

Tapete Voador tinha crescido bastante para acomodar todos os passageiros e a carga, e isso exagerava a ondulação do voo.

É preciso que se diga que era uma cena caótica e barulhenta. Havia um gemido e um uivo, um grunhido e um rosnado, e aquele barulho de buzina que elefantes (e patos) fazem quando estão aflitos. Cão, o urso, ficava dizendo que, se fosse para ursos voarem, teriam nascido com asas, e mencionou também que quando ursos sentavam em cima de tapetes pensavam em tapetes de pele de urso, mas era principalmente a coisa de voar que era um problema; e Urso, o cão, resmungava ansiosamente e sem parar enquanto rolava no tapete, e seu monólogo era mais ou menos assim: "*Eu vou cair, não vou, vou, não me deixe cair, eu vou cair? Eu vou, eu sei, eu vou cair, a qualquer segundo agora, eu vou cair*"; mesmo apesar do fato de o tapete cuidadosamente se curvar para cima cada vez que qualquer dos viajantes rolava para muito perto da borda, e depositá-lo cuidadosamente de volta no centro, ou perto do centro.

Quanto às Aves Elefantes, elas ficavam perguntando uma à outra por que é que estavam ali. Na excitação da partida do Respeitorato, tinham de alguma forma subido a bordo junto com o *Argo*, mas não conseguiam se lembrar de ninguém lhes ter perguntado se realmente gostariam de ir. "E se a gente não lembra, não aconteceu", disse o Pato Elefante. Os dois sentiam-se sequestrados, entorpecidos, arrastados para uma aventura que não tinha nada a ver com eles e que era muito provavelmente de um perigo extremo, e, sim, eles também achavam que podiam cair do tapete.

Claro que a Insultana Soraya maltratou todos eles, como era de sua natureza, chamado-os de bebês, menininhas, bobocas, gansos-e-não-patos; disse que eles eram assustadiços, piegas, maricas e cagões, fresquinhos, encabulados e poltrões (termo que Luka não conhecia, mas cujo sentido achou que conseguia entender). Ela cacarejava como uma galinha para dizer que eram covardes, e a pior parte foi quando guinchou para eles com desprezo, o que queria dizer que estava chamando todos de camundongos.

Ninguémpai, naturalmente, viajava sem esforço no Tapete Voador, em pé, com tranquilidade e perfeita segurança ao lado da Insultana, e isso fez Luka decidir que também ia ter "pernas de tapete" o mais depressa possível. Depois de algum tempo, ele conseguiu e parou de cair; e depois de mais algum tempo os quatro animais também encontraram suas doze pernas e então, por fim, acabou-se o gemido e o choramingo, e as coisas se assentaram e ninguém tinha chegado a vomitar de fato.

Assim que conseguiu ficar de pé e manter o equilíbrio no Tapete Voador, Luka notou que estava ficando extremamente frio. O tapete voava cada vez mais alto e mais depressa e seus dentes começaram a bater. A Insultana Soraya aparentemente não era afetada pelo frio, mesmo usando roupas esvoaçantes que pareciam feitas de teias de aranha e asas de borboleta, e Ninguémpai também não sentia nada, parado ao lado dela com a camisa vermelhona de mangas curtas de Rashid Khalifa, com um ar bem despreocupado. Cão, o urso, dava a impressão de estar bem, debaixo de todo aquele pelo, e o Pato e a Pata Elefantes tinham suas macias penas para aquecê-los. "Quem haveria de dizer", Luka ponderou, "que essa história de viajar pelo ar iria apresentar tantos problemas práticos?" Inevitavelmente, a Insultana o chamou de uma nova lista inteira de novos nomes quando viu que ele estava morrendo de frio. "Eu imagino", disse ela, "que você esperava que este Tapete Voador tivesse aquecimento central e sei lá mais o quê. Mas isto aqui, meu caro, não é nenhum tapete suburbano felpudo e macio. Isto aqui, saiba você, é uma antiguidade."

Quando Soraya terminou de provocar Luka, porém, ela bateu palmas e na mesma hora um velho baú de carvalho — que Luka não tinha notado até esse momento, mas que pelo visto estivera a bordo do Tapete Voador o tempo todo — se abriu e de dentro saíram dois xales aparentemente fininhos. Um dos xales voou para as mãos de Luka e o outro se enrolou em Urso. Quando Luka pôs o xale em torno do corpo, imediatamente começou a sentir que tinha sido transportado para algum lugar nos trópicos — quase quente demais, quase como se ele preferisse algo um pouco mais fresco. "Tem gente que nunca está contente", disse a Insultana, lendo seus pensamentos, e virou-se para esconder o sorriso afetuoso.

Agora que estava aquecido e mantendo o equilíbrio, Luka foi capaz de apreciar a vista deslumbrante que se abriu à sua frente. O Tapete Voador estava seguindo o leito do Rio do Tempo. O Mundo da Magia se estendia diante dele em ambas as margens do Rio, e Luka, filho do contador de histórias, começou a identificar os lugares que conhecia tão bem das histórias de seu pai. A paisagem era pontilhada de cidades, e com excitação crescente e o coração disparado Luka reconhecia todas: Khwáb, a Cidade dos Sonhos, e Umid Nagar, a Cidade da Esperança, e Zamurrad, a Cidade de Esmeralda, e Baadal-Garh, a Cidade Fortaleza construída em cima de uma Nuvem. À distância, a leste, subindo acima do horizonte, estavam os montes azuis da Terra da Infância Perdida, e a oeste ficava o País Indescoberto, e lá — lá longe! — estava o Lugar Onde Não Vive Ninguém. Luka reconheceu emocionado a arquitetura louca da Casa de Jogos e do Salão de Espelhos, e ao lado os jardins de Paraíso, Gulistão e Bostan e, o mais excitante de todos, o grande País dos Seres Imaginários, Peristão, onde os *peris*, ou fadas, guerreavam incessantemente com os malévolos ogros conhecidos como *devs* ou *bhuts*. "Queria não estar com tanta pressa", Luka pensou, porque aquele era o mundo que ele sempre havia achado ainda melhor do que o seu, o mundo que ele tinha desenhado e pintado durante toda a sua vida.

Ele viu também, agora que estava no alto e podia enxergar tudo, a enorme dimensão do Mundo Mágico e a extensão colossal do Rio do Tempo; e entendeu que jamais conseguiria chegar onde precisava se tivesse de contar apenas com a Memória das Aves Elefantes como combustível, e sua força de reboque para velocidade. Mas agora o Tapete Voador do Rei Salomão o estava levando a grande velocidade para o seu objetivo e, mesmo sabendo que haveria perigos adiante, ele entrou num estado de grande excitação porque, graças à Insultana de Ontt, o impossível tinha acabado de se tornar um pouco mais possível. Então ele viu as Brumas do Tempo.

De início, não eram mais que uma massa branca e nebulosa no horizonte, mas sua verdadeira imensidão foi ficando aparente enquanto o Tapete arremessava em sua direção. Estendiam-se de horizonte a horizonte, como uma parede macia atravessando o mundo, cruzavam o curso do Rio, engolindo-o, engolfando a paisagem encantada e tragando o céu. A qualquer momento agora elas iam preencher todo o campo de visão de Luka, e então não restaria mais nenhum Mundo Mágico, mas apenas aquelas úmidas Brumas. Luka sentiu o otimismo e a excitação se esvaziarem dentro dele e uma sensação ruim, fria, apareceu na boca do estômago. Sentiu a mão de Soraya em seu ombro, mas não ficou mais tranquilo com isso.

"Chegamos aos Limites da Memória", Ninguémpai anunciou. "Seus amiguinhos híbridos de água e terra só conseguiriam trazer você até aqui." As Aves Elefantes ficaram muito ofendidas. "Não estamos acostumados", disse a Pata Elefante com imensa dignidade, "a ser descritos como tópicos de um menu." (Esse havia sido o verdadeiro Ninguémpai falando, Luka concluiu, a criatura de que ele não gostava, e que, de fato, tinha todos os motivos para não gostar. Seu próprio pai jamais teria dito uma coisa dessas.) "Além disso", completou o Pato Elefante, "podemos lembrar a você o velho ditado de alerta quanto ao que se deve fazer ao atingir os Limites até de uma Memória elefantina?"

"O que se deve fazer?", Luka perguntou.

"Mergulhar como um pato", disse o Pato Elefante.

Nem bem ele falou, uma saraivada de mísseis veio voando das Brumas do Tempo, e o Tapete teve de tomar uma rápida ação evasiva, mergulhando e subindo, e oscilando para a direita e a esquerda. (Os animais e Luka perderam o equilíbrio de novo e mais uma vez houve muita rolação e ruidosos protestos ursinos, caninos e patoelefantinos.) Os mísseis pareciam ser feitos da mesma substância das próprias Brumas: eram Brumbolas brancas do tamanho de balas grandes de canhão. "Será que realmente machucam tanto a gente, sendo feitas de neblina?", Luka perguntou. "O que acontece se uma delas pega na gente?" Ninguémpai sacudiu a cabeça. "Não subestime as Armas do Tempo", disse ele. "Se uma Brumbola pega você, toda a sua memória é apagada imediatamente. Você não lembraria da sua vida, nem da sua língua, nem de quem você é. Viraria uma casca vazia, que não serve para nada, acabada." Isso silenciou Luka. Se era isso que uma Brumbola podia fazer, ele pensou, o que aconteceria quando eles próprios mergulhassem nas Brumas do Tempo? Não teriam a menor chance. Ele devia estar louco por pensar que poderia penetrar todas as defesas do Mundo Mágico e chegar ao próprio Coração do Tempo. Ele era apenas um menino, e a missão que havia assumido estava muito além de suas capacidades. Se continuasse, isso significaria não só a sua própria destruição, como a ruína de seus amigos. Não podia fazer isso; mas, por outro lado, não podia parar, porque parar seria perder a esperança por seu pai, por mais tênue que fosse essa esperança.

"Não se preocupe tanto", disse Soraya de Ontt, interrompendo seus pensamentos angustiados. "Você não está indefeso aqui. Tenha fé no grande Tapete Voador do Rei Salomão o Sábio."

Luka se animou um pouco, mas só um pouco. "Alguém sabe que estamos chegando?", perguntou. "Não será por isso que lançaram os mísseis?"

"Não necessariamente", disse Ninguémpai. "Acho que podemos ter disparado algum sistema de defesa automático ao chegar muito perto das Brumas do Tempo. Afinal, estamos para quebrar a Regras da História, jovem Luka. Quando entrarmos nas Brumas teremos deixado para trás o mundo da Memória Viva e iremos na direção da Eternidade; isto é", ele prosseguiu, vendo, pela cara confusa de Luka, que ele precisava de esclarecimentos, "na direção da zona secreta, onde os relógios não fazem tique-taque e o Tempo para. Nenhum de nós deveria estar aqui. Deixe eu explicar melhor. Quando algum tipo de vírus entra em nosso organismo e começa a se deslocar pelo nosso corpo e a fazer a gente se sentir mal, o corpo despacha Anticorpos para combater o vírus até ele ser destruído e a gente começa a se sentir melhor. Neste caso, sinto dizer que nós somos os vírus e portanto devemos esperar... oposição."

Quando Luka tinha apenas seis anos, vira imagens do planeta Júpiter na televisão, imagens transmitidas à Terra por uma minúscula sonda espacial sem nome que estava na verdade caindo na direção da superfície do grande gigante de gás que é esse planeta. Todo dia a sonda chegava mais perto e o planeta ia ficando cada vez maior. As fotos mostravam claramente o lento movimento dos gases de Júpiter, como iam criando camadas de cor e movimento, se combinando em listas e redemoinhos, e, é claro, formando as duas famosas Manchas, a imensa e a menor. Por fim, a sonda fora atraída pela força gravitacional do planeta e desaparecera para sempre, com um ruído que Luka imaginou como um *glup* macio, um lento som de sucção, e depois não houvera mais imagens de Júpiter na televisão. Quando o Tapete Voador *Resham* se aproximou das Brumas do Tempo, Luka notou que sua superfície era também cheia de movimento, igual à de Júpiter. As Brumas também fluíam e rodavam, cheias de desenhos intrincados, e havia cores também — à medida que Luka chegava mais perto, podia ver o branco se quebrar numa graduação de muitas tonalidades sutis. "*Nós somos a sonda*", pensou, "*uma sonda tripulada, não sem tripulação, mas a qualquer momento agora provavelmente vai haver um* glup *e pronto. Fim das transmissões.*"

As Brumas estavam sobre ele, abarcando tudo, ofuscantes, e então, sem som nenhum, o Tapete Voador entrou na brancura, mas as Brumas do Tempo não tocavam nenhum deles, porque o Tapete também possuía mecanismos de defesa, e tinha armado algum tipo de escudo invisível em torno de si mesmo, um campo de força claramente forte o suficiente para manter as Brumas a distância. Seguros nessa pequena bolha, como Soraya havia prometido — "*Tenha fé no tapete*", ela dissera —, os viajantes começaram a Travessia.

"Ah, minha nossa", exclamou a Pata Elefante, "estamos indo para o Esquecimento. Que coisa horrível de se pedir para uma Ave da Memória."

Era como estar cego, Luka pensou, só que talvez a cegueira fosse cheia de cores e formas, de claros e escuros, ponto e flashes, que, afinal, era como ficavam as coisas por trás das pálpebras quando ele fechava os olhos. Ele sabia que a surdez pode encher os ouvidos com estática e todo tipo de zumbido e tinido, então talvez a cegueira enchesse os olhos do mesmo jeito inútil. Essa cegueira era diferente, porém; parecia, tipo, *absoluta*. Lembrou que Ninguémpai lhe perguntara: "O que existia antes do Bang?"

e se deu conta de que essa brancura, essa ausência de tudo, podia ser a resposta. Não dava nem para chamar isso de lugar. Era o que era quando não havia um lugar para se estar. Agora entendia o que as pessoas queriam dizer quando falavam de coisas que se perdiam nas Brumas do Tempo. Quando as pessoas diziam isso, era apenas uma figura de linguagem, mas aquelas Brumas não eram apenas palavras. Eram o que existia antes de existir qualquer palavra.

A brancura não era o mesmo que vazio, porém; ela se movia, era ativa, remexendo em torno do Tapete, como um caldo feito de nada. Sopa de Nada. O Tapete estava voando o mais depressa possível e isso era muito, muito depressa, mas parecia estar imóvel. Dentro da bolha não havia vento e em torno da bolha não havia nada para se olhar que pudesse dar a sensação de movimento. Provavelmente seria a mesma sensação, Luka pensou, se o Tapete tivesse parado no meio das Brumas e lá ficasse perdido para sempre. E no momento em que pensou isso, foi isso que começou a sentir. Não estavam avançando nada. Ali, nesse tempo antes do Tempo, estavam à deriva, esquecidos, perdidos. Como a Pata Elefante havia chamado esse lugar mesmo? *Esquecimento.* O lugar do esquecimento total, do nada, do não ser. *Limbo*, diziam as pessoas religiosas. O lugar entre Céu e Inferno.

Luka se sentiu sozinho. Não estava sozinho, óbvio, todo mundo estava ali, mas se sentiu horrivelmente sozinho. Queria sua mãe, tinha saudade do irmão, não queria seu pai Adormecido. Queria seu quarto, seus amigos, sua rua, seu bairro, sua escola. Queria que sua vida voltasse a ser como sempre tinha sido. As Brumas do Tempo se curvavam em torno do Tapete e ele começou a imaginar dedos de brancura, longos dedos como tentáculos se fechando em torno dele, tentando agarrá-lo e acabar com ele. Sozinho nas Brumas do Tempo (mesmo não estando de fato sozinho), ele começou a se perguntar que diabos tinha feito. Havia quebrado a primeira regra da infância, *não falar com estranhos*, e permitira de fato que um estranho o tirasse da segurança para o lugar menos seguro que ele já tinha visto na vida. Então ele era um bobo e provavelmente devia pagar por sua bobagem. E quem era esse estranho, afinal? Ele dissera que não tinha sido *mandado*, mas *chamado*. Como se um homem à morte — e, sim, ali nas Brumas do Tempo Luka finalmente foi capaz de dizer essa palavra, mesmo que apenas para si mesmo, na privacidade de seus pensamentos —, como se seu pai à morte chamasse a própria morte. Ele não tinha certeza se acreditava nisso ou não. Que burrice ter ido para o nada — para o branco — com uma pessoa — uma *criatura* — em quem não acreditava inteiramente nem confiava de fato. Luka sempre fora considerado um menino ajuizado, mas tinha acabado de desmentir por completo essa teoria. Era o menino menos ajuizado que conhecia.

Olhou para seu cachorro e seu urso do outro lado. Nenhum dos dois falava, mas dava para ver em seus olhos que eles também estavam nas garras de uma profunda solidão. As histórias que tinham lhe contado quando adquiriram o poder da fala, as histórias de suas vidas, pareciam estar escapando deles. Talvez nunca tivessem sido aquelas pessoas, talvez aquilo fosse apenas sonhos que haviam tido, sonhos banais de serem nobres. Todo mundo não sonha que é um príncipe? A verdade daquelas histórias escapava deles, ali no branco, no vazio branco, e eles eram de novo apenas animais e a caminho de um fim incerto.

Então, por fim, apareceu uma chance. A brancura ficou mais rala. Não estava mais em tudo e em toda parte, era mais como nuvens sólidas no céu quando um avião passa depressa por dentro delas, e havia alguma coisa adiante — sim!, uma abertura — e voltara também a esquecida sensação de velocidade, a sensação de que o Tapete estava indo como um foguete na direção da luz, que estava perto agora, e mais perto ainda quando finalmente *whuuuussssshhhh*, saíram para a luz de um belo dia ensolarado. Todo mundo a bordo do *Resham* dava vivas e gritava, cada um à sua maneira, e Luka, tocando o rosto, se deu conta de que, para sua surpresa, estava molhando de lágrimas. Ouviu um *ding*, já familiar, e o contador no canto superior direito de seu campo de visão subiu para 3. Com toda a excitação, ele nem tinha visto o nível ser salvo, então como...? "Você não estava olhando", disse Soraya. "Tudo bem. Eu salvei para você."

Ele olhou para baixo e viu a Grande Estagnação. Naquele lado das Brumas do Tempo o Rio tinha se expandido num gigantesco Pântano, que se espalhava em todas as direções, até onde a vista podia alcançar. "Parece bonito", ele disse. "É bonito", Soraya replicou, "se o que você está procurando é beleza. Lá embaixo existem raros aligátores e pica-paus gigantes, ciprestes perfumados e dróseras, as plantas carnívoras. Mas você também perde o rumo e, na verdade, perde a si mesmo, pois é da natureza da Grande Estagnação capturar todos os que se extraviam nela, induzindo uma sonolenta lassidão, um desejo de permanecer lá para sempre, de ignorar seu verdadeiro propósito e sua antiga vida para simplesmente deitar debaixo de uma árvore e descansar. Os perfumes da Estagnação são excepcionais também, e nada inocentes. Aspire aquela beleza, sorria contente, deite num tufo de grama... e ficará cativo do Pântano para sempre."

"Agradeço por você e por seu Tapete Voador", disse Luka. "Encontrar você foi o dia mais feliz da minha vida."

"Ou o mais infeliz", disse Soraya de Ontt. "Porque tudo que eu posso fazer é levar você cada vez mais perto dos maiores perigos que jamais enfrentou."

Esse, sim, era um pensamento agradável.

"Não se deixe enganar", acrescentou a Insultana, "pelo botão dourado de Salvar. Ali está ele, bem à margem da Estagnação, mas se você for lá e apertar o botão, vamos aspirar aquele perfume de boa-noite, adormecer e será o nosso fim. De qualquer modo, não é preciso. Quando a gente salvar no fim dos Caminhos que Se Bifurcam serão salvos automaticamente os estágios anteriores."

A ideia de não salvar os pontos deixou Luka nervoso. Se por alguma razão ele perdesse uma vida, ia ter de atravessar a Grande Estagnação tudo de novo? "Não se preocupe", disse Soraya. "Pense é nisto aqui." E ela apontou para a frente. À distância, Luka conseguiu discernir a borda de uma formação de nuvens baixa e chata que parecia estar girando devagar, girando e girando. "O Redemoinho Inescapável fica embaixo daquilo", disse Soraya. "Já ouviu falar de El Niño?" Luka franziu a testa. "É aquela zona quente no oceano, certo?" A Insultana de Ontt pareceu ficar impressionada. "No oceano Pacífico", ela disse. "É enorme, do tamanho da Amrika, aparece a cada sete ou oito anos e faz o maior estrago no clima." Luka sabia, ou, pelo menos, lembrou disso quando ela falou. "O que isso tem a ver conosco?", ele perguntou. "Não estamos nem perto do oceano Pacífico." Soraya apontou de novo. "Aquilo", disse ela, "é El Tiempo. Também é do tamanho da Amrika, também aparece a cada sete ou oito anos, bem em cima do Redemoinho, e quando aparece faz coisas horríveis com o Tempo. Se você cai no Redemoinho, onde o Tempo gira em círculos, fica preso para sempre, mas se El Tiempo pega você, as coisas começam a ficar um pouco malucas."

"Mas nós estamos voando muito alto para ele nos pegar, não estamos?", Luka perguntou, ansioso.

"Esperemos que sim", a Rainha Soraya respondeu. Ela então chamou a atenção de todos. "Para evitar sermos colhidos nas imprevisíveis distorções temporais do fenômeno El Tiempo", anunciou, "vou reduzir o Tapete ao menor tamanho capaz de transportar a nós, e ao *Argo* também, claro, mesmo grande desse jeito. Também farei o tapete voar à velocidade máxima e vou reativar os escudos para manter vocês todos aquecidos e garantir que haja ar para respirar." Aquilo era sério. Todo mundo se reuniu no centro do Tapete e as bordas se fecharam em torno deles. O campo de força entrou em ação e Soraya acrescentou: "Devo esclarecer que esta é a última vez que vou poder usar o escudo, senão ele não terá energia suficiente para nos levar de volta". Luka sentiu vontade de perguntar onde ficava a fonte de força do Tapete e como era recarregada, mas, a julgar pela expressão dela, não era o melhor momento para perguntas inquisitivas. Os olhos dela estavam fixos no El Tiempo que se aproximava, com o Redemoinho Inescapável embaixo. E então o tapete começou a subir.

A linha Kármán, no limiar da atmosfera da Terra, é, em poucas palavras, a linha acima da qual não existe ar suficiente para sustentar um Tapete Voador. Essa é a fronteira real do nosso mundo além da qual se encontra o espaço exterior, e ela fica por volta de sessenta e duas milhas, ou cem quilômetros, acima do nível do mar. Esse era um daqueles fatos inúteis que tinham grudado na memória de Luka graças ao seu grande interesse em ficção intergaláctica, videogames e filmes de ficção científica — e, nossa!, ele pensou, acabara não sendo nada inútil, afinal, porque aparentemente era para lá que estavam indo. Subiram cada vez mais alto no *Resham*, o céu ficou negro, as estrelas começaram a brilhar, e mesmo protegidos pelo campo de força do Tapete ainda sentiam o friozinho do Infinito, e o negro vazio do espaço de repente não parecia nada excitante.

Bem lá embaixo, à medida que subiam — talvez já a mais de *sessenta quilômetros* abaixo deles —, girava o Redemoinho Inescapável, criando anéis de Tempo, e acima dele o traiçoeiro El Tiempo; mas, mesmo estando o mais longe possível do perigo, ainda se encontravam numa dupla dificuldade, porque bem lá embaixo, à medida que subiam — talvez já a mais de *sessenta quilômetros* abaixo deles —, girava o Redemoinho Inescapável, criando anéis de Tempo, e acima dele o traiçoeiro El Tiempo; mas, mesmo estando o mais longe possível do perigo, ainda se encontravam numa dupla dificuldade, porque bem lá embaixo, à medida que subiam — talvez já a mais de *sessenta quilômetros* abaixo deles —, girava o Redemoinho Inescapável, criando anéis de Tempo, e acima dele o traiçoeiro El Tiempo; mas, mesmo estando o mais longe possível do perigo, ainda se encontravam numa dupla dificuldade, porque bem lá embaixo, à medida que subiam — talvez já a mais de *sessenta quilômetros* abaixo deles —, girava o Redemoinho Inescapável, criando anéis de Tempo, e acima dele o traiçoeiro El Tiempo; mas, mesmo estando o mais longe possível do perigo, ainda se encontravam numa dupla dificuldade, porque bem lá embaixo deles, à medida que subiam... E nesse momento o Tapete se soltou do redemoinho temporal com um tranco que fez até Ninguémpai sair voando.

Só Soraya permaneceu de pé. "Um problema resolvido", ela disse, mas não tinha mais a aparência de dezessete anos, Luka percebeu. Aparentava talvez cento e dezessete, ou mil e dezessete anos, enquanto ele próprio parecia estar ficando mais novo a cada minuto, e Urso, o cão, era um filhotinho, e Cão, o urso, parecia raquítico e frágil. Até mesmo Ninguémpai tinha ficado com uma barba branca que chegava até seus joelhos. Se isso continuasse por muito tempo, Luka concluiu, podiam esquecer o Fogo da Vida, porque El Tiempo os derrotaria ali e agora — qualquer que fosse o *agora* naquela zona de anos atrapalhados.

Mais uma vez, porém, o Tapete do Rei Salomão mostrou-se à altura da tarefa. Mais e mais ele subia, alto, muito alto, lutando contra a atração das armadilhas temporais lá embaixo. E depois de um longo tempo preocupante o momento chegou, o momento que Luka já quase não ousava mais esperar, em que o *Resham* se libertou dos laços escuros e invisíveis do El Tiempo. "Estamos livres", Soraya gritou, e seu rosto era outra vez seu rosto jovem e bonito, e Urso não era mais um filhotinho, e Cão parecia forte e em boa forma. Estavam no próprio zênite de sua jornada, logo abaixo da linha Kármán, e Luka olhou com uma espécie de terror encantado as profundezas do espaço, concluindo que talvez preferisse manter mesmo os pés no chão afinal. E logo o Tapete começou a descer, e El Tiempo e o Redemoinho ficaram para trás. Não tinham conseguido chegar ao botão de Salvar, onde quer que ele estivesse. De maneira que os riscos aumentavam. Se por alguma razão Luka não conseguisse apertar o botão dourado no fim do próximo nível, estaria condenado a enfrentar aquele ali outra vez, e sem a ajuda dos escudos do Tapete ele não teria a menor chance. Mas não havia tempo para pensamentos derrotistas. Os Um Trilhão e Um Caminhos que Se Bifurcam estavam adiante.

Estavam se aproximando das cabeceiras do Rio do Tempo. A parte baixa do Rio, larga, preguiçosa, estava lá bem atrás deles, assim como o meio traiçoeiro. À medida que se aproximassem da fonte do Rio no Lago da Sabedoria, a correnteza do Rio deveria diminuir, transformando-o numa corrente cada vez mais estreita. E sem dúvida isso aconteceu; mas agora havia inúmeros outros rios em torno dele, riachos que corriam para dentro e para fora uns dos outros, formando, para quem via de cima, uma miríade de fios de uma intrincada tapeçaria líquida. Qual deles era o Rio da Vida? "Eles me parecem todos iguais", Luka confessou. Soraya também tinha uma confissão a fazer. "Este é o nível de que tenho menos certeza", disse, um pouco envergonhada. "Mas não se preocupe! Vou levar você até lá! Promessa de Lonttra!" Luka ficou horrorizado. "Quer dizer que quando você disse que podia me ajudar a pular quatro níveis você não tinha certeza do último? E nós nem salvamos nosso progresso; então, se você errar aqui, a gente acabou, vamos ter de fazer os últimos dois níveis tudo de novo..." A Insultana não estava acostumada com críticas e seu rosto ficou muito vermelho; ela e Luka podiam ter tido uma boa briga ali mesmo, se não se ouvissem altos ruídos de pigarro para distraí-los. Mas altos ruídos de pigarro se ouviram e, zangados, os dois se afastaram um do outro para ver o que estava acontecendo.

"Com licença", pigarreou a Pata Elefante, "mas vocês não estão deixando de lado uma coisa importante?"

"Ou *alguém* importante", disse o Pato Elefante. "Dois alguéns, na verdade."

"Nós", esclareceu a Pata Elefante.

"Quem somos nós?", o Pato Elefante quis saber. "Somos enfeites de sala de visitas, ou somos, talvez, as famosas Aves da Memória do Mundo da Magia?"

"Somos itens de menu de água e terra", continuou a Pata Elefante, fuzilando Ninguémpai com o olhar, "ou será que passamos toda a nossa vida nadando no Rio do Tempo, pescando Vórtices no Rio do Tempo?..."

"...*bebendo* o Rio do Tempo, *lendo* o Rio do Tempo?..."

"...e, em resumo, conhecendo o Rio do Tempo tão intimamente como se fosse nossa Mãe — o que, de certa forma, é, tendo nos alimentado a nossa vida toda —, conhecendo o Rio bem melhor, pelo menos, do que qualquer Insultana de Ontt, um lugar que não fica nem *à margem* do Rio."

"O que quer dizer", concluiu o Pato Elefante, triunfante, "que se nós não conseguirmos distinguir o Rio verdadeiro desses Trilhões de Falsificações, então, meus caros, ninguém consegue."

"Aí está, então", disse Soraya para Luka, assumindo descaradamente os méritos da questão. "Eu disse que tudo ia se resolver, e tudo está se resolvendo."

Luka achou melhor não responder. Afinal de contas, o Tapete Voador era dela.

Uma tromba de elefante é um órgão excepcional. É capaz de farejar água a quilômetros de distância. Pode, na verdade, farejar perigo, sendo capaz de dizer se estranhos que se aproximam são amigos ou hostis, e pode farejar medo também. E pode detectar aromas muito particulares a longas distâncias: os odores de membros da família e amigos e, é claro, o doce cheiro de casa. "Nos leve para baixo", disse o Pato Elefante, e o Tapete Voador, expandido-se outra vez até um tamanho confortável, voou, descendo na direção do labirinto de cursos de água. As duas Aves Elefantes iam na frente, com as trombas erguidas, as pontas curvadas para baixo. Luka ficou olhando as pontas se mexerem juntinhas: esquerda, direita e esquerda de novo. Parecia que as trombas estavam dançando uma com a outra, ele pensou. Mas conseguiriam mesmo farejar o Rio do Tempo quando estavam cercadas por tantos outros perfumes aquáticos, sem dúvida perturbadores?

Enquanto as trombas das Aves Elefantes dançavam, suas orelhas também trabalhavam intensamente, estendidas rigidamente, ouvindo os sussurros do Rio. A água nunca é silenciosa quando se move. Riachos cochicham, regatos balbuciam, e um rio mais largo, mais lento, tem coisas mais profundas e complicadas a dizer. Grandes rios falam em baixa frequência, baixa demais para ouvidos humanos, baixa demais até para ouvidos de cachorros captarem suas palavras; e o Rio do Tempo contava suas histórias na frequência mais baixa de todas, e só orelhas de elefante conseguiam captar suas canções. Porém, os olhos das Aves Elefantes estavam fechados. Olhos de elefante são pequenos e secos, e não enxergam muito longe, não. A visão não seria de nenhum uso na busca pelo Rio do Tempo.

O tempo passou. O Tapete Voador atravessou os Um Trilhão

e Um Caminhos que Se Bifurcam em longos mergulhos de um lado para outro. O sol afundou no céu do oeste. Todo mundo estava com fome e com sede, até que o baú mágico de carvalho de Soraya apresentou uma variedade de petiscos e bebidas. "Nós temos sorte de as Aves Elefantes comerem como aves e não como elefantes", Luka pensou, "porque elefantes comem o tempo todo e são capazes de esvaziar até essa arca incrível." As sombras da tarde se alongavam sobre a paisagem. As Aves Elefantes não falaram nada. Luka tinha cada vez menos esperança à medida que a luz diminuía. Talvez a aventura fosse terminar assim, com todas as suas esperanças perdidas num labirinto de água. Talvez aquilo... "Para lá!", gritou o Pato Elefante, e a Pata Elefante confirmou: "Sem dúvida, para lá, a uns cinco quilômetros".

Luka foi correndo se pôr entre os dois. As trombas estavam agora estendidas na frente deles, apontando a direção. O tapete baixou sobre os Caminhos que Se Bifurcam e acelerou. Árvores, arbustos e rios passaram depressa por baixo deles. Então, de repente o Pato Elefante gritou: "Pare!", e tinham chegado.

Estava escurecendo e Luka não conseguia ver o que havia de tão diferente naquele rio particular, mas tinha toda a esperança de que as Aves da Memória estivessem certas. "Para baixo", disse o Pato Elefante. "Precisamos tocar a água, só para ter certeza." O tapete voou cada vez mais baixo até pairar logo acima da superfície da água. O Pato Elefante pôs a ponta da tromba no rio e depois levantou a cabeça, triunfante. "Claro!", exclamou, e com gritos de alegria as duas Aves Elefantes saltaram do Tapete Voador para o redescoberto Rio do Tempo. "Lar!", gritaram. "Sem dúvida! É aqui!" Esguicharam grandes jatos de água do Rio um em cima do outro e depois se controlaram. O Rio do Tempo merecia ser tratado com cuidado. Não era um brinquedo. "Certeza", disse o Pato Elefante. "Cem por cento absoluta." Ele fez uma pequena reverência. Urso, o cão, que tinha orgulho de seu faro, estava impressionado e, talvez, um pouco envergonhado de não ter sido ele quem encontrara o caminho. Cão, o urso, estava impressionado e embaraçado também, e, mal-humorado, deixou de dar os parabéns às Aves da Memória. Ninguémpai parecia perdido em pensamentos e também não disse nada. "Obrigado, senhoras, meninos, animais de narizes comuns e figuras sobrenaturais estranhas que são, para falar a verdade, um pouco assustadoras", disse o Pato Elefante duramente. "Muito obrigado a todos. Não precisam aplaudir."

A noite no Mundo da Magia pode ser mais animada do que o dia, dependendo da localização exata. Em Peristão, o País dos Seres Imaginários, a noite é quando os ogros, os *bhuts*, geralmente saem vagando tentando sequestrar *peris* adormecidos. Na Cidade dos Sonhos, Khwáb, a noite é a hora em que os sonhos de todos os seus habitantes ganham vida e são representados nas ruas: casos amorosos, brigas, monstros, horrores, alegrias, todos passam por aquelas ruas escuras, e às vezes seu sonho pode, no fim da noite, saltar para dentro da cabeça de outra pessoa, e o dela acabar, confusamente, surpreendentemente, dentro da sua. E em Ontt, como Soraya estava contando para Luka, o comportamento de todo mundo era sempre o mais maldoso, arrebatado e o menos previsível nas horas entre o pôr do sol e o alvorecer. Lonttras comem demais, bebem demais, roubam os carros dos amigos, insultam suas avós e atiram pedras na cara de bronze do Primeiro Rei de Ontt, seu ancestral, cuja estátua equestre fica no portão do palácio. "Somos um povo malcomportado, é verdade", ela suspirou, "mas temos bom coração."

Nos Um Trilhão e Um Caminhos que Se Bifurcam, porém, a noite estava impressionantemente quieta. Nenhum morcego voava sobre a face da lua, nenhum elfo prateado cintilava atrás das moitas, nenhuma górgona selvagem espreitava, esperando para transformar o viajante desprevenido em pedra. O silêncio, a quietude vazia eram quase assustadores. Nenhum grilo cantava, nenhuma voz distante chamava do outro lado da água, nenhum animal noturno rondava. Soraya, vendo que Luka estava um pouco nervoso com o silêncio, tentou injetar uma nota de normalidade na cena. "Me ajude a dobrar este tapete", ela ordenou, acrescentando, à boa maneira Lonttra, "a menos que seja muito desajeitado ou mal-educado, claro."

Tinham posto o *Argo* no Rio e embarcado nele. As Aves da Memória não precisariam rebocar a embarcação; o Tapete Voador *Resham* podia fazer isso com facilidade. Mas mesmo um Tapete Voador aprecia algumas horas de descanso, e Soraya, no convés do *Argo*, estava acomodando *Resham* para a noite. Luka pegou duas pontas do tecido macio e sedoso, obedeceu às ordens dela e viu, para sua surpresa, que o tapete simplesmente continuava se dobrando e dobrando e dobrando, como se fosse feito de ar. No fim, tinha se dobrado em um quadrado não maior nem mais volumoso do que um lenço de bolso, e seus apetrechos mágicos haviam desaparecido com ele. "Pronto", disse Soraya, guardando o tapete num bolso. "Obrigada, Luka..." E então, lembrando, ela acrescentou: "Não que você tenha sido muito útil".

Os animais já estavam dormindo. Ninguémpai, que nunca dormia, comportava-se como se estivesse cansado de um jeito bem humano, descansando quieto, acocorado na proa do *Argo*, com as mãos em torno das pernas e a cabeça apoiada nos joelhos, ainda usando o chapéu-panamá. Luka se deu conta de que seu pai devia ter tido uma pequena melhora, porque Ninguémpai estava um pouco mais transparente do que estivera recentemente. "Talvez por isso esteja cansado", Luka pensou. "Quanto mais forte meu pai fica, mais fraco fica Ninguémpai."

Seria um erro, Luka sabia, depositar muitas esperanças nessa mudança feliz. Tinha ouvido dizer que pessoas doentes às vezes experimentavam uma pequena "melhora" enganosa antes de descer a ladeira para a sua... para o seu fim... Ele próprio estava muito cansado, mas não podia se permitir dormir. "Temos de continuar", disse a Soraya. "Por que todo mundo está se comportando como se tivéssemos tempo a perder?"

As estrelas apareceram no alto e estavam dançando de novo, como tinham dançado na noite em que Rashid adormecera, e Luka não sabia se isso era um bom sinal, mas temia que fosse ruim. "Vamos", pediu. Mas Soraya se aproximou dele e o abraçou de um jeito que não era nem um pouco ofensivo, e um momento depois ele estava dormindo nos braços dela.

Acordou cedo, bem antes da aurora, mas não foi o primeiro a abrir os olhos. As Aves da Memória e os animais ainda dormiam, mas Ninguémpai estava andando de um lado para outro, parecendo preocupado (isso seria um bom sinal ou um mau sinal?, Luka se perguntou). Soraya contemplava o horizonte distante e, se Luka não soubesse que ela era destemida, pensaria que estava com medo. Colocou-se ao lado dela e, para sua surpresa, ela pegou a mão dele e apertou. "Qual é o problema?", ele perguntou. Ela sacudiu a cabeça violentamente e de início não respondeu. Depois, em voz baixa, disse: "Eu nunca deveria ter trazido você aqui. Isto não é lugar para você".

Luka respondeu, impaciente: "Está ótimo. Estamos aqui agora. Devemos continuar e encontrar o botão de Salvar".

"E depois?", Soraya perguntou.

"Depois... depois", Luka gaguejou, "depois a gente faz o que vier depois."

"Eu disse que o Tapete não pode passar pelos Grandes Ringues de Fogo", Soraya lembrou. "Mas o Coração da Magia e tudo o que você procura está além deles. Não adianta. Tivemos sorte de chegar até aqui. Eu devia levar você de volta."

"Esses Ringues de Fogo...", Luka começou a dizer.

"Não pergunte", ela replicou. "São imensos e intransponíveis, só isso. O Grão-Mestre garante isso."

"E quando você diz Grão-Mestre..."

"É simplesmente impossível", ela explodiu, e havia lágrimas de verdade em seus olhos. "Desculpe. Não dá."

Ninguémpai havia ficado quieto por um longo tempo, mas então interveio. "Se assim for", disse, "o menino provavelmente vai ter de descobrir isso sozinho. E além do mais, ele ainda tem seiscentas e quinze vidas para gastar, além de uma que ele obviamente vai precisar conservar. Assim como o cachorro e o urso dele."

Soraya abriu a boca para discutir, mas Luka começou a se agitar no *Argo*. "Acordem! Acordem!", gritou, e os animais obedeceram, reclamando. Ele se virou para Soraya e disse, com firmeza: "Vamos até o botão de Salvar. Por favor".

Ela se rendeu, assentindo com a cabeça. "Faça como quiser", disse, e tirou do bolso o Tapete Voador.

Havia argolas de aço em cada canto do tapete, Luka percebeu então (mas encontravam-se ali na noite anterior, quando o *Resham* estava sendo dobrado?), e o *Argo* foi amarrado com cordas a essas argolas. A Pata Elefante e o Pato Elefante se alternaram em cima do Tapete para guiá-lo ao longo do Rio do Tempo através do labirinto de riozinhos enganosos. E mesmo com o Tapete voando depressa, foi uma longa viagem, e Luka ficou aliviado quando finalmente viram à frente a bola dourada de salvar, balançando para cima e para baixo como uma pequena boia. Em reconhecimento ao papel das Aves da Memória como guias, Luka pediu que elas apertassem a bola, e o Pato Elefante pulou no Rio e deu uma cabeçada no globo dourado. Os números no canto superior direito do campo de visão de Luka mudaram depressa para 3, 4, 5 e depois 6; mas ele não estava prestando atenção, porque no momento em que o Pato Elefante apertou o botão de Salvar o mundo inteiro mudou.

Ficou tudo escuro, mas não tinha anoitecido. Era algum tipo de escuridão artificial, negra, mágica, com a intenção de assustar. Depois, bem na frente deles, surgiu do escuro uma imensa bola de fogo, crescendo na direção do céu com um estrondo poderoso, para formar uma gigantesca muralha de fogo. "Ela circunda o Coração da Magia inteiro", Soraya sussurrou. "Você só está vendo a frente daqui. É o primeiro Ringue." Então houve um segundo e um terceiro estrondos, cada um mais forte que o anterior, e mais dois gigantescos círculos de fogo apareceram. O segundo maior do que o primeiro e o terceiro maior do que o segundo, de maneira que não podiam se deslocar, os três formavam uma barreira tripla intransponível, como três imensas rosquinhas de fogo no céu. A cor do fogo, vermelho alaranjado no começo, empalideceu depressa até que os Ringues se tornaram quase brancos. "O fogo mais quente que existe", Soraya disse a Luka. "Calor branco. Agora você entende o que eu estava querendo dizer?"

Luka entendia. Se aquelas rosquinhas de fogo circundavam o Coração da Magia, a Torrente de Palavras, o Lago da Sabedoria, a Montanha do Conhecimento, tudo isso — então a busca era irrealizável. "Esse fogo", ele disse, sem muita esperança, "o fogo que faz os Ringues, não é igual ao Fogo da Vida — ou é?" Ninguémpai sacudiu a cabeça. "Não", disse ele. "Este é fogo comum, que transforma o que tocar nele em cinzas. O Fogo da Vida é a única chama que cria, que restaura, em vez de destruir."

Luka não sabia o que dizer. Ficou no convés escuro do *Argo* e contemplou as cortinas de chamas. Urso, o cão, e Cão, o urso, vieram se pôr em silêncio de cada lado dele. E então, sem aviso, os dois começaram a rir.

"Ha! Ha! Ha!", latiu Urso, o cão, e caiu e rolou de costas, sacudindo as pernas no ar. "Ha! Ha! Ha! Ha! Ha!" E Cão, o urso, começou a dançar no convés, o que fez o *Argo* sacudir de forma alarmante de um lado para outro. "Ho! Ho!", rugiu ele. "Se eu não tivesse visto, não ia acreditar. Depois de tanto alarde... é só isso?"

Soraya estava intrigada e até Ninguémpai parecia perplexo. "O que vocês estão fazendo, seus animais idiotas?", perguntou a Insultana de Ontt.

Urso, o cão, fez um esforço para se pôr de pé, ofegante por causa de tanta risada. "Mas olhe", ele gritou, "é Fifi, só isso. É só uma grande Fifi ampliada, depois de tanto alarde."

"Do que vocês estão falando?", Soraya gritou. "Não tem mulher nenhuma aqui!"

"Fifi", riu Cão, o urso. "O Famoso Incrível Fogo Ilusório do Grão-Mestre Flama. F-I-F-I, Fifi! É o nome que nós damos para isso no circo. Então o Capitão Aag está por trás de tudo isso! A gente devia saber."

"Conhecem o Grão-Mestre?", Soraya estava boquiaberta.

"Grão-Mestre, bah!", respondeu Urso, o cão. "Ele é um impostor no Mundo Real e continua impostor aqui. Essas defesas fantásticas de que você tem tanto medo não são defesa nenhuma."

"Fifi é uma *ilusão*", explicou Cão, o urso. "Fumaça e espelhos! É um truque mágico. Não está ali de verdade."

"Vamos mostrar para vocês", disse Urso, o cão. "Nós sabemos como funciona. Desembarque a gente e nós acabamos com essa bobagem de uma vez por todas."

Ninguémpai ergueu uma mão em sinal de alerta. "Têm certeza", ele perguntou, "de que o Capitão Aag dos seus dias de circo é o mesmo Grão-Mestre Flama do Mundo Mágico? Como podem ter certeza de que os Grandes Ringues de Fogo não são de verdade, mesmo que a ilusão do circo fosse uma fraude?"

"Olhe ali", disse Luka, com firmeza. "De onde eles apareceram?"

Circulando no céu acima da cabeça deles, horrivelmente iluminados pelas chamas gigantes, estavam sete abutres com babados em volta do pescoço, como nobres europeus de pinturas antigas, e também como palhaços de circo.

Isso bastou para Urso, o cão, e Cão, o urso, caírem na risada de novo. "Ha! Ha!", Cão, o urso, riu, saltando do *Argo* para a margem. "Os amigos bicudos do Velho Aag acabam de estragar o truque dele voando bem no meio!"

"Ha! Ha!", concordou Urso, o cão. "Vejam isto, vocês todos!"

E com isso os dois saíram correndo diretamente para os Grandes Ringues de Fogo e desapareceram nas chamas.

Soraya soltou um grito e Luka tapou a boca com as mãos; e então, num relâmpago, os Ringues desapareceram, a luz mudou, Urso e Cão voltaram correndo, o contador do canto superior direito do campo de visão de Luka fez um *ding* e mudou para 7, e o Coração da Magia ali estava, revelado, sob a luz da Aurora dos Dias.

O Coração da Magia e também o Capitão Aag, montado numa dragoa que cuspia fogo.

6. No Coração da Magia

"Isso é uma ilusão também?", Luka teve a audácia de perguntar ao Capitão Aag. "É mais um de seus irritantes truques mágicos?" O Capitão Aag deu o que devia ter a intenção de uma risada, mas que saiu como uma espécie de esgar. "Segurança", disse ele, "não é uma Ilusão. Segurança é a Base de qualquer Mundo. Ai! Nós, que trabalhamos no campo da Segurança, somos sempre mal interpretados, regularmente ofendidos e frequentemente ignorados por aqueles cuja segurança e valores nós protegemos, mas mesmo assim continuamos. A Manutenção da Segurança, meu jovem rapaz, é uma Tarefa Ingrata, fique sabendo; e no entanto a Segurança precisa ser Mantida. Não, a Segurança não é um Engano. É um Encargo, que caiu sobre mim. Felizmente, eu não trabalho sozinho; e um leal Mosquito de Fogo" — nesse ponto, Luka viu a chamazinha tagarela pairando no ombro de Aag —, "que trabalha depressa, superando todos os obstáculos e desvios para me trazer a notícia de que ladrões estão a caminho, um heroico Mosquito de Fogo como este aqui, um Mosquito desses não é uma criação de engodo, nem uma prestidigitação. Tal Mosquito é Filho da Virtude. Assim como esta assassina e aterrorizante Dragoa Nuthog não é produto de nenhum truque de magia — como você logo irá descobrir."

Esse Aag era um homem feito de cabelo e raiva, os cachos tingidos com hena ficavam espetados na cabeça como furiosas serpentes alaranjadas; um homem de pelos na cara também, a barba ruiva espetada para todo lado com os raios de um sol mal-humorado; um homem de sobrancelhas, agressivas moitas escarlates reviradas para cima e para fora sobre um par de vistosos olhos negros; e um homem de pelos nas orelhas também, fios carmesins, longos, duros, que se enrolavam para fora daqueles dois carnosos órgãos de audição. Do colarinho da camisa e dos punhos do casacão de pirata de Aag saíam pelos vermelho-sangue, e Luka imaginou que todo o corpo dele era coberto por uma pelagem luxuriante, como se esse corpo fosse uma fazenda, e os pelos, sua única plantação. Soraya, que também era uma pessoa de cabelos cor de fogo, sussurrou no ouvido direito de Luka que o excesso de pelos desse Grão-Mestre podia comprometer o bom nome de todos os ruivos.

O cabelo era a raiva de Aag que se fazia visível. Luka percebeu isso pelo jeito como ele se ondulava, sacudindo-se em sua direção como se fosse um punho fechado. Por que Aag tinha tanta raiva? Bem, havia aquela pequena questão da destruição de seu circo pela praga de Luka, isso era óbvio; mas, em primeiro lugar, aquele circo revelava-se agora uma questão secundária, um mero brinquedo do Mundo Real para o porteiro do Coração da Magia, e, em segundo lugar, esse cabelo vinha crescendo havia muito, muito tempo, de modo que o Capitão Aag havia sido bem furioso toda a sua vida, ou, se ele por algum acaso fosse imortal, devia ser furioso desde o começo do Tempo.

"O nome original dele era Menécio", Ninguémpai sussurrou no ouvido esquerdo de Luka, "e houve um tempo em que era o Titã da Raiva, até que o Rei dos Deuses perdeu a paciência porque ele era muito ranzinza, matou-o com um raio e o jogou no mundo inferior. No fim, ele teve permissão para voltar a esse trabalho inferior — não é mais que um porteiro agora —, então aí está, mais mal-humorado que nunca, sinto dizer."

Os sete abutres tinham se colocado em formação no ar acima de Aag e sua dragoa, como convidados de um banquete, à espera do festim. Aag, porém, estava num momento brincalhão. "Em outros lugares, como o Mundo Real", disse ele, montado nas costas da dragoa, quase como se estivesse falando para si mesmo, olhando à distância, com uma expressão pensativa, "as criaturas terríveis que a gente pode encontrar, o Yeti, o Pé Grande, a Criança Insuportavelmente Desagradável, são o que eu gosto de chamar de *monstros no espaço*. Lá estão eles, mas não são mais do que isso, imutáveis, portanto sempre os mesmos. Enquanto aqui, onde você não tinha de estar de jeito nenhum, e onde logo mais não estará, nossos monstros podem ser monstros no tempo também; quer dizer, podem ser um monstro depois do outro. Nuthog, aqui, na verdade se chama Jaldibadal e é uma Cameleoa Mágica: bela artista da transformação rápida quando a velha Jaldi está com vontade, mas ela é uma criatura preguiçosa e inútil a maior parte do tempo. Que tal mostrar a eles, Nuthog? Não temos pressa nenhuma para cozinhar todos com fogo de dragão, afinal. Os abutres podem esperar pelo almoço."

Nuthog, a dragoa, ou, mais propriamente, Jaldibadal a Transmutante, deu o que era muito parecido com um suspiro cansado, serpentino, e então transmutou-se, com o que era muito parecido com uma monstruosa má vontade, primeiro numa gigantesca porca metálica, depois, sucessivamente, numa imensa e peluda mulher-fera com rabo de escorpião, num Monstruoso Carbúnculo (uma criatura espelhada com um diamante brilhando na cabeça) e numa imensa tartaruga-mãe, e, por fim, com o que era muito parecido com uma entediada resignação, de volta em dragoa. "Parabéns, Nuthog", disse o Capitão Aag, sarcástico, e seus olhos negros brilharam de raiva e sua barba cerrada agitou-se em torno do rosto como a chama vermelha de um fósforo mau. "Excelente demonstração. E agora, ó fera indolente, vamos em frente e frite esses ladrões vivos antes que eu perca a paciência."

"Se minhas irmãs estivessem ao meu lado, para me livrar do seu feitiço", Nuthog lançou de volta com uma voz de considerável doçura, e em rimas surpreendentes, "você não seria tão ousado, e voltaria para o Inferno bem submisso."

"Quem são as irmãs dela? Onde estão elas?", Luka cochichou para Ninguémpai; mas aí Nuthog incendiou o *Argo* e o mundo todo virou chama. "Estranho esse negócio de perder uma vida", Luka pensou. "A gente devia sentir alguma coisa, mas não sente." Ele notou então que o contador do canto superior esquerdo de seu campo de visão tinha baixado *cinquenta vidas*. "Melhor eu pensar rápido", ele compreendeu, "senão minhas chances acabam bem aqui." Ele tinha reassumido sua forma no mesmo lugar de antes, assim como Urso e Cão. Os residentes do Mundo da Magia não sofreram nada, embora Soraya estivesse reclamando alto: "Se eu quisesse me queimar", disse, "ficava sentada ao sol. Aponte esse lança-chamas para outro lado".

Ninguémpai estava examinando seu chapéu-panamá, que parecia ligeiramente chamuscado. "Isso não está certo", resmungou. "Eu gosto deste chapéu." *BLLLAAARRRTTT!* Outra explosão de fogo de dragoa, mais cinquenta vidas perdidas. "Ah, faça-me o favor", Soraya gritou. "Não sabe que Tapetes Voadores são feitos de material delicado?" As Aves Elefantes também estavam extremamente incomodadas. "A Memória é uma flor frágil", reclamou o Pato Elefante. "Não reage bem ao calor."

As coisas estavam chegando rapidamente a um ponto crítico. "As irmãs de Nuthog", murmurou Ninguémpai, "foram aprisionadas em blocos de gelo pelos Aalim, lá para aquele lado no País Gelado de Sniffelheim, para que Nuthog obedecesse às ordens de Aag." *BLLLAAARRRTTT!* "Lá se foram cento e cinquenta vidas num piscar de olhos, restam apenas quatrocentas e sessenta e cinco", Luka pensou ao se reconstituir; e quando olhou em volta dessa vez, Soraya e o Tapete Voador tinham desaparecido. "Ela nos abandonou", ele pensou. "O que quer dizer que eu estou acabado."

Nesse momento, Cão, o urso, fez uma pergunta a Jaldibadal. "Você é feliz?", perguntou, e o monstro pareceu surpreso.

"Que pergunta é essa?", Nuthog perguntou de volta, confusa, esquecendo de rimar. "Estou no processo de matar você queimado e é isso que você quer me perguntar? O que interessa para você? Digamos que eu seja feliz; você ficaria feliz por mim? E se eu não for feliz, você ia ter pena?"

"Por exemplo", insistiu Cão, o urso, "você está comendo o suficiente? Porque dá para ver suas costelas aparecendo debaixo das escamas."

"Não são minhas costelas", Nuthog respondeu, evasiva. "São provavelmente os esqueletos das últimas pessoas que eu engoli."

"Eu sabia", disse Cão, o urso. "Ele está matando você de fome, do mesmo jeito que mantinha os animais do circo subalimentados. Um dragão ossudo é ainda mais triste que um elefante magrinho."

"Por que está perdendo tempo?", rugiu o Capitão Aag de cima das costas de Nuthog. "Vá em frente e acabe com eles."

"Nós nos rebelamos contra ele lá no Mundo Real", disse Urso, o cão, "e ele não pode fazer nada a respeito, e esse foi o fim dele lá."

"Cozinhe os dois!", gritou o Capitão Aag. "Grelhe os dois, asse, toste! Salsichas de urso para o jantar! Costeleta de cachorro! Faces de menino! Cozinhe todos e vamos comer!"

“Por causa das minhas irmãs”, Nuthog disse, tristonha, a Urso, o cão. “Enquanto elas estiverem presas, eu não tenho escolha, preciso fazer o que ele manda.”

“A gente sempre tem uma escolha”, disse Cão, o urso.

“Além disso”, falou uma voz vinda do céu, “serão estas talvez as irmãs que você estava procurando?”

Todo mundo a bordo do *Argo* olhou para cima; e lá no alto, acima deles, a Rainha Soraya de Ontt, no Tapete Mágico do Rei Salomão, *Resham*, que tinha crescido até ficar do tamanho suficiente para carregar três enormes monstras trêmulas, recém-libertadas de sua prisão de gelo, com frio demais para voar, se sentindo mal demais para se metamorfosear, mas vivas e livres.

“Bahut-Sara! Badlo-Badlo! Gyara-Jinn!”, Nuthog gritou, alegre. As três Transmutantes resgatadas responderam soltando uns gemidos fracos, mas felizes. O Capitão Aag tinha começado a parecer nitidamente em pânico nas costas de Nuthog. “Vamos manter a calma agora”, ele disse, gaguejando um pouco. “Vamos lembrar que eu estava apenas obedecendo a ordens, que foram os Aalim, os Guardiães do Fogo, que puseram essas três eminentes damas no gelo e me mandaram trabalhar com você, Nuthog, para guardar o Portão para o Coração. Vamos entender, também, que a Segurança é um duro chefe, que exige difíceis decisões, e que consequentemente pode acontecer de alguns inocentes sofrerem pelo bem maior. Nuthog, você consegue entender isso, não?”

“Só meus amigos me chamam de Nuthog”, disse Nuthog e com uma remexidinha tranquila derrubou o Capitão Aag de suas costas. Ele aterrissou com um baque bem debaixo do nariz fumegante dela. “E você não é meu amigo”, Nuthog acrescentou, “então o nome é Jaldibadal. E sinto dizer que não, eu não entendo, não.”

O Capitão Aag se pôs de pé para enfrentar seu destino. Ele parecia um pirata bem arrasado de fato, todo cabelo e nenhum fogo. "Últimas palavras?", Jaldibadal perguntou, docemente. O Capitão Aag sacudiu o punho fechado para ela. "Eu voltarei", ele rugiu.

Jaldibadal sacudiu a cabeça coberta de escamas. "Não", disse ela, "acho que não." Então ela soltou uma labareda imensa que se enrolou em torno do Capitão Aag, e quando a chama morreu não existia mais Capitão, apenas um montinho de cinza de aspecto zangado.

"Na verdade, é claro", ela acrescentou quando Aag, por assim dizer, foi apagado e sua trupe de abutres voou para algum céu distante, para nunca mais ser vista, "no Coração existem Poderes capazes de trazer o Capitão de volta à vida, se eles quiserem. Mas ele não tem muitos amigos por lá e acho que provavelmente já teve a sua última chance." Ela soprou com força o montinho de cinzas que estava debaixo de seu nariz e aquilo se espalhou aos quatro ventos. "Agora, meu jovem senhor", disse ela, olhando diretamente para Luka, "e eu deveria dizer Senhor Cão e Senhor Urso, como posso ajudá-los?"

As irmãs dela em cima do Tapete Voador tentaram bater as asas e descobriram, com grande prazer, que podiam voar de novo. "Nós também vamos ajudar vocês", disse Badlo-Badlo a Transmutante, e suas irmãs assentiram com a cabeça. A Insultana Soraya bateu palmas, deliciada. "Assim é que é", ela se alegrou. "Agora temos um exército."

Em toda a excitação, ninguém notou um pequeno Mosquito de Fogo se afastando deles o mais depressa que conseguia voar, mergulhando fundo no Coração da Magia, zunindo tão depressa como um incêndio avança na mata quando o vento ajuda.

Ninguémpai estava agindo de maneira estranha, Luka pensou. Estava agitado, raspando constantemente a aba chamuscada do chapéu-panamá. Mostrava-se irritável, andando para cima e para baixo, esfregando as mãos e falando em monossílabos, quando falava alguma coisa. Às vezes seu aspecto era quase transparente e outras vezes quase sólido, então, evidentemente, Rashid Khalifa, lá em casa, em Kahani, estava lutando pela vida e pela saúde, e talvez essa luta tivesse um mau efeito sobre o humor de Ninguémpai. Mas Luka começou a ter outras desconfianças. Talvez Ninguémpai estivesse apenas provocando-o, brincando com ele para seu próprio tortuoso divertimento. Quem sabe o tipo de senso de humor distorcido que uma criatura dessas pode ter? Talvez ele nunca esperasse que Luka fosse chegar tão longe, e de fato não gostasse da ideia de que agora estavam voando para o próprio Fogo da Vida. Talvez ele não tivesse sido sincero e não quisesse que a busca desse certo. Ia ter de vigiá-lo de perto, Luka decidiu, para o caso de ele tentar sabotar tudo no último momento. Ele se parecia com o Xá do Blá-blá-blá, andava e falava como ele, mas isso não fazia dele o pai de Luka. Talvez Urso e Cão estivessem certos: Ninguémpai não merecia nenhuma confiança. Ou talvez houvesse uma discussão furiosa dentro dele, talvez a rashidês que ele absorvera estivesse em guerra com a criatura mortífera que fazia essa absorção. Talvez morrer fosse sempre assim: uma discussão entre morte e vida.

"Quem vence essa discussão é assunto para outro dia", Luka pensou. "Agora, tenho de parar de pensar nele como meu pai."

O Tapete Voador de Soraya estava no ar outra vez, depois de pousar brevemente para permitir que todos os viajantes, e o *Argo*, claro, embarcassem. Jaldi, Sara, Badlo e Jinn, as quatro Transmutantes, em suas formas de dragão, voavam em estrita formação em torno do *Resham*, uma de cada lado do Tapete, protegendo-o contra qualquer possível ataque. Luka olhou para baixo e viu o Rio do Tempo correndo lá do distante e ainda invisível Lago da Sabedoria no Coração do Coração (ainda distante demais para se ver), o Rio correndo para dentro e depois para fora do imenso círculo do Mar Circular, no fundo do qual, ele sabia, dormia o gigante Verme Comerrabo, que enrolava o corpo por todo o Círculo de um jeito que sua cabeça conseguia morder o rabo. Fora do Círculo, diretamente abaixo do Tapete Voador nesse momento, ficavam os vastos territórios dos Deuses Malcomportados — os deuses em quem ninguém mais acreditava, a não ser como histórias que as pessoas um dia tinham gostado de contar.

"Eles não têm mais nenhum poder no Mundo Real", Rashid Khalifa costumava dizer, sentado em sua macia poltrona favorita, com Luka enrolado no colo, "então ficam todos lá no Mundo da Magia, os antigos deuses do Norte, os deuses da Grécia e de Roma, os deuses da América do Sul e os deuses da Suméria e do Egito de muito tempo atrás. Passam o tempo, seu infinito, eterno tempo, fingindo que ainda são divinos, jogando todos os seus velhos jogos, lutando suas antigas guerras sem parar, sem parar, e tentando esquecer que hoje em dia ninguém mais liga para eles, nem sequer se lembra de seus nomes."

"É bem triste", Luka dissera ao pai. "Para falar a verdade, o Coração da Magia parece muito com um asilo de velhos para super-heróis acabados."

"Não deixe eles ouvirem você dizer isso", Rashid Khalifa replicara, "porque eles todos são lindos, jovens, luminosos e, assim, perfeitos. Ser divino, ou mesmo ex-divino, tem seus encantos. E no Mundo Mágico eles ainda têm uso para seus superpoderes. É no Mundo Real que seus raios e encantamentos não surtem mais nenhum efeito."

"Deve ser horrível para eles", Luka dissera, "ter sido venerados e adorados por tanto tempo e depois ser simplesmente jogados fora, como roupa fora de moda do ano passado."

"Principalmente para as divindades astecas do México", dissera Rashid, fazendo uma voz assustadora. "Porque eles estavam acostumados a receber sacrifícios humanos; cortava-se o pescoço de pessoas vivas e o sangue delas corria para os cálices de pedra dos deuses. Agora não há mais sangue para esses deuses aposentados beberem. Já ouviu falar de vampiros? Quase todos eles são deuses astecas desmortos com dentes compridos e sede de sangue. Huitzilopochtli! Tezcatlipoca! Tlahuizcalpantecuhtli! Macuilcozcacuauhtli! Itztlacoliuhqui-Ixquimilli..."

"Pare, pare", Luka havia implorado. "Não é de admirar que as pessoas tenham parado de adorar esses deuses. Ninguém consegue pronunciar os nomes deles."

"Ou talvez seja porque eles se comportavam tão mal", dissera Rashid.

Isso chamara a atenção de Luka. A ideia de deuses se comportando mal era estranha. Os deuses não tinham de dar o exemplo para as pessoas de quem eles eram deuses? "Não no Tempo Antigo", dissera Rashid. "Esses deuses Antigos, e agora Desempregados, geralmente se comportavam tão mal quanto as pessoas, ou, na verdade, muito pior, porque, sendo deuses, podiam se comportar mal em grande escala. Eram egoístas, rudes, intrometidos, vaidosos, irritadiços, violentos, maliciosos, lascivos, glutões, ambiciosos, preguiçosos, desonestos, enganadores e burros, e tudo isso exagerado ao máximo, porque eles tinham todos aqueles superpoderes. Quando sentiam vontade podiam engolir uma cidade e quando estavam zangados podiam inundar o mundo. Quando mexiam com vidas humanas partiam corações, roubavam mulheres e começavam guerras. Quando estavam com preguiça dormiam mil anos e quando aplicavam seus truquezinhos as pessoas sofriam e morriam. Às vezes, um deus podia até matar outro deus descobrindo seu ponto fraco e atacando ali, do mesmo jeito que um lobo pula no pescoço de sua presa."

"Talvez tenha sido bom eles terem desaparecido", dissera

Luka, "mas isso deve fazer o Coração da Magia ser um lugar bem esquisito."

"Não existe lugar mais esquisito no universo", Rashid replicara.

"E os deuses em que as pessoas ainda acreditam?", Luka perguntara. "Moram no Coração da Magia também?"

"Ah, minha nossa, não", Rashid Khalifa tinha dito. "Eles ainda estão todos aqui conosco."

A lembrança de Rashid se apagou e Luka se viu voando sobre uma paisagem fantasmagórica pontilhada de colunas e estátuas quebradas, com criaturas de fábulas e lendas andando, correndo e voando entre elas. Ali, bem ali!, havia duas vastas pernas de pedra sem tronco, últimos ecos remanescentes de Ozymandias, o Rei dos Reis. Aqui, vindo, desleixado, na direção deles, um imenso ser rude, semelhante à Esfinge, só que macho e manchado, um homem com corpo de hiena e com sua risada hedionda também, destruindo toda casa ou templo, encosta e árvore por onde passava pela simples força de sua destrutiva e extática risada. E lá! — é, lá adiante! — estava a própria Esfinge! Sim, sem dúvida era ela! O Leão com Cabeça de Mulher! Luka viu como ela abordava os estranhos e insistia em falar com eles... "É uma pena", disse Soraya. "Ela fica fazendo para todo mundo a mesma velha pergunta e ninguém se dá ao trabalho de responder porque todo mundo já sabe a resposta há séculos. Ela realmente tinha de inventar alguma coisa nova."

Um ovo gigantesco veio andando por baixo deles com pernas cor de gema bem compridas. Um unicórnio alado passou voando. Uma curiosa criatura de três partes, crocodilo, leão e hipopótamo combinados, foi se arrastando para o Mar Circular. A visão de um pequeno deus em forma de cachorro excitou Urso. "Aquele é Xolotl", alertou Soraya. "Fiquem longe dele. É o deus da má sorte." Isso deixou Urso, o cão, bem decepcionado. "Por que a Má

Sorte tem de ser cachorra?", ele reclamou. "No Mundo Real, um cachorro fiel significa muito boa sorte para seu dono. Não é de admirar que esses deuses da má sorte tenham acabado."

Luka não pôde deixar de notar que o Coração da Magia estava precisando de reparos. As pirâmides egípcias estavam caindo aos pedaços e no bairro nórdico havia um freixo gigantesco tombado, suas três raízes imensas agarradas no céu. E se aqueles prados naquela direção fossem realmente os Campos Elíseos, onde as almas dos grandes heróis viviam para sempre, por que a grama estava tão queimada? "Estes lugares estão em mau estado", Luka disse, e Soraya concordou com a cabeça, triste. "A Magia está desaparecendo do universo", ela disse. "Nós não somos mais necessários, ou é isso que vocês todos pensam, como suas Altas Definições e baixas expectativas. Um dia desses, vocês vão acordar e nós teremos ido embora, e então vocês vão descobrir como é viver sem nem uma ideia de Magia. Mas o Tempo avança, e não podemos fazer nada a respeito. Você gostaria", ela perguntou, se alegrando, "de ver a Batalha das Beldades? Acho que está na hora certa."

O Tapete começou a baixar para um grande pavilhão encimado por sete cúpulas douradas em forma de cebola, todas brilhando ao sol da manhã. "Mas nós não temos de ficar longe desses deuses e deusas?", Luka objetou. "Sem dúvida não queremos que eles nos vejam, que saibam que estamos aqui. Afinal de contas, nós somos ladrões."

"Eles não podem nos ver", Soraya respondeu. "Se você é do Mundo Real, eles são cegos para a sua existência. Você não existe para eles, assim como eles não existem mais para você. Pode chegar bem na frente de qualquer deus ou deusa, fazer *bu*, beliscar o nariz deles, e eles vão agir como se nada tivesse acontecido, ou como se tivessem sido incomodados por uma mosca apenas. Quanto a pessoas das redondezas em geral, como eu, eles não ligam para nós. Não somos parte da história deles, então eles acham que nós não contamos. Burrice deles, mas é assim que é."

"Então, é uma espécie de cidade-fantasma", Luka pensou, "e esses supostos todo-poderosos são uma espécie de sonâmbulos, ou ecos de si mesmos. É como um parque temático mitológico, podia se chamar Deuslândia, só que não tem visitantes, a não ser nós, e nós viemos surrupiar um pedaço do seu bem mais precioso." Para Soraya, ele disse: "Mas se eles não conseguem nos ver, não seria fácil roubar o Fogo da Vida? Nesse caso, não seria melhor a gente ir e pegar o Fogo de uma vez?".

"No Coração do Coração, o que significa dentro do Mar Circular, onde o Lago da Sabedoria é banhado pela Aurora Eterna", disse Soraya, "as coisas são bem diferentes. Não existe nenhum desses sonâmbulos e estúpidos deuses demitidos que vivem aqui. Lá é a Terra dos Aalim — os Três Jos —, que vigiam a totalidade do Tempo. São os Guardiães Definitivos do Fogo e não deixam passar nada."

"Os Três Jos?", Luka perguntou.

"Jo-Hua, Jo-Hai e Jo-Aiga", Soraya respondeu e cochichou: "O Que Foi, O Que É e O Que Será. O Passado, o Presente e o Futuro. Os Possuidores de Todo o Conhecimento. Os Aalim: a Trindade do Tempo."

As cúpulas douradas em forma de cebola estavam bem embaixo deles agora, mas Luka estava pensando apenas no Fogo da Vida. "Então, como nós passamos pelos Jos?", sussurrou para Soraya, e ela abriu os braços com um abraço e um sorriso tristonho. "Você sabia desde o começo", disse ela, "que ninguém nunca conseguiu isso. Mas existe alguém que sempre se esconde por aqui, que pode nos ajudar. Ele é sempre muito discreto, mas este é o melhor lugar onde pode ser encontrado. Quando as Beldades combatem, ele gosta de assistir."

Ela pousou o Tapete Voador atrás de uma moita de azaleias

grande o suficiente para esconder o *Argo*. "Poucas criaturas mágicas chegam perto de uma azaleia", ela contou a Luka, "porque acreditam que é venenosa. Se houvesse algum Yeti por aí, ele devoraria as azaleias, claro, mas esta não é a terra do Abominável Homem das Neves, de modo que o *Argo* estará seguro aqui durante algum tempo." Ela então dobrou o Tapete, enfiou-o no bolso e marchou na direção do edifício com cúpulas em forma de cebola. As Transmutantes mudaram para a forma de porcas de metal e, retinindo bastante, trotaram ao lado de Soraya, Ninguémpai, Luka, as Aves da Memória, Urso, o cão, e Cão, o urso, em direção ao Pavilhão do Combate, de onde se ouviam altos e furiosos ruídos: o som das deusas em guerra.

"É tão idiota", disse Soraya. "Elas brigam para saber qual é a mais bonita, como se isso importasse. As Deusas da Beleza são as piores. Foram elogiadas e mimadas durante milhares de anos, mortais e imortais sacrificaram suas vidas por elas e, por causa disso, você nem acredita nas coisas a que elas acham que têm direito. Para elas, nada serve, só o melhor, e, se o melhor pertencer a outra pessoa, o que é que tem? Elas têm certeza de que merecem mais do que o próprio dono, seja uma joia, um palácio ou um homem. Mas agora aqui estão elas, no depósito de lixo do poder, e sua beleza não move mais os navios de guerra nem faz os homens morrerem de amor, porque não lhes resta mais nada a fazer além de lutar umas com as outras por uma coroa vazia, um título que não significa nada: *a mais bela de todas.*"

"Mas essa é você — você é a mais bela de todas", Luka queria dizer a Soraya. "Veja como seu cabelo esvoaça ao vento, e além disso há a perfeição dos seus olhos, do seu rosto, e eu gosto dele até quando você está insultando as pessoas, e não gosto quando parece triste." Infelizmente, ele era tímido demais para dizer em voz alta essas palavras embaraçosas e nesse momento começou uma grande explosão de vivas, que foi ficando mais forte, mais forte, de modo que ela não teria mesmo conseguido escutar nada.

A multidão reunida no pavilhão era o tipo de ajuntamento de criaturas fantásticas saídas de fábulas e lendas que teria deixado Luka absolutamente assombrado alguns dias antes, mas que agora ele já havia começado quase a esperar. "Ah, olhe, tem faunos aqui, com chifres, orelhas e cascos de bode, e centauros orgulhosos batendo as patas", ele pensou, e ficou surpreso ao perceber como o Mundo da Magia estava começando a se revelar pouco surpreendente. "E homens alados — serão *anjos*?, anjos assistindo à briga das mulheres? —, isso não parece direito. E provavelmente todos esses outros fãs do combate sejam das ordens mais baixas dos vários bandos dos deuses, seus criados, filhos e animais de estimação, em busca de diversão."

Bem nesse momento, a primeira deusa foi arremessada para fora da confusão. Ela veio rolando de cabeça para baixo pelo ar, bem para cima da cabeça de Luka, gritando de raiva ao cair, transformando-se de uma pálida beleza empoada como uma gueixa numa hedionda megera de dentes grandes e em gueixa outra vez. Ela passou violentamente pelas portas de vaivém do salão de luta e desapareceu. "Acredito que essa era a *rasetsu* japonesa, Kishimojin", disse Ninguémpai, com ar de conhecedor de combate de deusas. (Estar presente à batalha havia claramente melhorado seu humor.) "Uma *rasetsu* é mais demônio que deusa, na realidade, como você viu na transformação dela agora mesmo. Ela está fora do seu ambiente nesta companhia, é o que dá para perceber; já se esperava que fosse a primeira a ser chutada para fora."

Enquanto Kishimojin deixava o pavilhão, Luka continuava a ouvir os xingamentos em vozes agudas. "*Que a sua cabeça se abra em sete partes como a flor do arbusto de manjericão.*" "A maldição chamada Arjaka", Ninguémpai explicou a Luka. "Aterrorizante no Mundo Real, mas pateticamente ineficaz contra essas mulheres assombrosas."

Luka não conseguia ver muita coisa da briga, mas não quis pedir para nenhum companheiro levantá-lo. Por cima das cabeças da multidão, via raios atirados, e altas explosões iluminavam a área de luta ali em frente. Viu imensas nuvens de borboletas e bandos de pássaros, aparentemente também lutando uns com os outros. "Há uma pequena batalha paralela acontecendo entre Mylitta, a Deusa da Lua da antiga Suméria, e a rainha vampira asteca Xochiquetzal", Ninguémpai contou. "Elas não gostam de terem ambas servidores pássaros e borboletas — Deusas da Beleza querem sempre ser únicas —, de modo que elas se atacaram imediatamente, assim como seus amigos alados. Em geral as duas damas apagam uma à outra e deixam o campo livre para as importantes."

A deusa romana do amor, Vênus, foi eliminada logo e saiu mancando do salão, enquanto recolocava os braços, que haviam sido cortados. "Os romanos estão lá embaixo no ranking do Coração da Magia!", Ninguémpai gritava por cima do tumulto. "Para começar, não têm casa. Seus adeptos nunca arranjaram um Olimpo ou um Valhala para eles, de modo que andam por aí, parecendo, para ser bem franco, uns vagabundos. Além disso, todo mundo sabe que eles são meras imitações dos gregos, e quem quer assistir um *remake* de segunda classe quando pode assistir ao filme original de graça?"

Luka gritou de volta, dizendo que não sabia que existia uma hierarquia divina. "Quem está por cima então?", berrou. "Quais ex-deuses são os Maiorais?" "Vou dizer quais são os mais bacanas", Ninguémpai gritou. "Os egípcios, claro. E nessas batalhas a menina deles, Hathor, sempre acaba na frente."

Nessa ocasião, porém, foi uma cipriota grega, Afrodite, a última deusa a resistir. Depois que Ishtar, da Babilônia, e Freya, Rainha das Valquírias, se bateram até uma deixar a outra inconsciente num ringue de luta na lama, a favorita das apostas, Hathor, de orelhas de vaca, uma transmutadora como Jaldi e suas irmãs, só que muito mais poderosa, capaz de se transformar em nuvens e pedras, cometeu o erro de se transformar brevemente numa figueira, o que permitiu que Afrodite a pusesse abaixo. Então, no fim da Batalha foi Afrodite quem se aproximou do grande Espelho que era o Árbitro Último de Beleza, e fez a famosa pergunta: "*Espelho, Espelho Meu*" etc.; Afrodite foi quem recebeu as honras do Espelho, "Você é a mais bela", como reza a tradição. "Ah, bem", disse Ninguémpai, "é um bom exercício e elas todas estarão de volta amanhã. Não há muita coisa para fazer por aqui. Não dá para ficar em casa e assistir à TV, ou ir para a academia."

A vencedora, Afrodite, passou pelo meio da multidão, acenando graciosamente, mas um pouco robótica. A certa altura, ela estava a poucos passos de Luka e ele viu que seus olhos eram estranhamente vidrados, focalizando o infinito. "Não é de admirar que ela não consiga ver ninguém Real", ele pensou. "Só tem olhos para si mesma."

Ele olhou em volta à procura de Soraya, mas ela havia desaparecido. "Talvez tenha achado chato", disse Ninguémpai. "Deve estar lá fora." Quando saíram do Salão de Combate, ele apontou para Luka mais alguns incríveis membros da plateia. Humbaba, da Assíria, era um gigante com escamas, nu, com chifres na cabeça e patas de leão. Sua cauda era uma cobra viva com uma linguinha bífida inquieta. "*Igual ao pingolim dele*", Luka observou, divertido, "*isso é incrível, um pinto-cobra, está aí uma coisa que eu nunca tinha visto.*" E logo atrás dessa visão inusitada havia um grupo de *borametz* da Ásia Central, que pareciam carneirinhos filhotes, só que suas patas eram feitas de duas variedades de raízes carnosas, compridas, como batata-doce e pastinaca. "Costeletas de carneiro e dois vegetais", Luka pensou. "Hum! Essas criaturas dariam uma refeição completa e nutritiva." Havia diversos *trolls* de três cabeças na multidão, e muitas valquírias decepcionadas, que tinham esperança de que sua colega, Freya, vencesse. "*Não* imp*orta*", diziam umas para as outras com seu jeito nórdico bem-humorado, cantarolado, fleugmático, "a-*ma-nhã* se-*rá* ou-*tro* di-*a*."

Soraya estava esperando na frente da moita de azaleias, parecendo inocente, com uma expressão tão estranha que Luka desconfiou imediatamente de que ela estava aprontando alguma coisa. "O que foi?", começou a perguntar, mas mudou de rumo. "Não tem importância", continuou. "Estamos perdendo tempo. Vamos embora, tudo bem?"

"Era uma vez", Soraya disse, sonhadora, "uma tribo indígena chamada Karaoke. Não tinham o Fogo, então eram tristes, sentiam frio e não cantavam nunca, nem uma nota."

"Não é hora para contos de fadas", disse Luka, mas Soraya o ignorou e prosseguiu. "O Fogo tinha sido criado por uma criatura tipo deus chamada Ekoarak", ela disse no mesmo tom sonhador, uma voz musical, que Luka teve de admitir que era uma bela voz, uma voz exatamente como a voz de sua mãe, que era confortável de ouvir. "Mas ele tinha escondido o Fogo numa caixa de música e dado para duas velhas bruxas guardarem, com instruções para que elas não a entregassem de jeito nenhum para os Karaoke."

"Deve haver um botão por aqui, em algum lugar, espero", Luka interrompeu, um tanto rudemente, mas isso só fez a Insultana sorrir, porque afinal essa era uma atitude típica de Lonttra.

"Foi o Coiote quem resolveu que ia roubar o Fogo", ela prosseguiu. Urso, o cão, levantou as orelhas. "Essa história é sobre um cachorro da campina?", ele perguntou, esperançoso. Soraya o ignorou. "Ele chamou o Leão, o Urso Grande, o Urso Pequeno, o Lobo, o Esquilo e o Sapo para ajudar. Eles se espalharam entre a tenda das bruxas e a aldeia dos Karaoke e esperaram. O Coiote mandou um indígena Karaoke visitar as bruxas e atacar a tenda delas. Quando ele fez isso, elas saíram voando atrás dele com suas vassouras. Coiote então correu lá para dentro, abriu a caixa com o focinho, roubou o tição e saiu correndo. Quando as bruxas viram que ele estava fugindo com o Fogo, esqueceram o indígena e começaram a perseguir o Coiote. O Coiote correu como o vento e quando estava cansado passou a madeira em brasa para o Leão, que correu até o Urso Grande, que correu até o Urso Pequeno, e assim por diante. No fim, o Sapo engoliu o Fogo e mergulhou no rio, onde as bruxas não podiam ir atrás dele, e então saltou na outra margem do rio, cuspiu o Fogo na lenha seca da aldeia dos Karaoke e o fogo estalou, acendeu e as chamas subiram alto no céu, e todo mundo deu vivas. Logo em seguida, o indígena voltou, após ter entrado na tenda das bruxas (enquanto elas estavam perseguindo o Coiote) e roubado a caixa de música, e depois disso a aldeia dos Karaoke se aqueceu, todo mundo cantava o tempo todo, porque a caixa de música mágica nunca parava de tocar sua seleção de músicas populares."

"Tudo bem-m-m", Luka disse, hesitante. "É uma história bonita, mas..."

O Coiote surgiu de trás da moita de azaleias parecendo um caubói do Velho Oeste, pronto para briga. "*Buenos dias, garoto*", ele disse de um jeito distante, "oblíquo". "*Mi amiga aqui, a Insultana essa, me disse que você talvez precisa de ajuda. Por mi, precisa é de mucha ajuda, isso si.*" Ele deu uma risada de lobo. "*Escutaqui, ladron de fogo. Não tem ninguém com mais experiência que eu nesse negócio de roubar fogo, a não ser quien sabe um otro indivíduo — e um gran indivíduo ele era, si —, mas depois do que aconteceu da última vez, ele não pode mais. Se acabó. Acho que perdeu a coragem.*"

"O que aconteceu?", Luka perguntou, sem querer saber de fato.

"*Preso*", disse o Coiote, brusco. "*Su grande pessoa ficou lá amarrada num rochedo. Si señor. Todo estendido lá exposto à inclemência. Uma Águia deu para comer o fígado dele todo dia, e o fígado se refazia e crescia de volta toda noite por causa da magia dos 3-J, de forma que a Águia, essa, podia ficar lá comendo até o fim dos tempos. Quer mais?*"

"Não, obrigado", Luka disse, pensando, não pela primeira vez, que estava muito, muito por fora ali. Mas ele fez sua voz soar muito mais valente do que se sentia e continuou. "Além disso", falou, "estou meio desconfiado, para falar a verdade. Todo mundo fica me dizendo o tempo todo que o Fogo nunca foi roubado em toda a história do Mundo da Magia. Agora você me conta que roubou, Coiote, e parece que esse mais antigo de que você está falando também roubou? Então, qual é a verdade? Alguém está mentindo para mim o tempo todo e na verdade roubar o Fogo é mais fácil do que qualquer um admite?"

Soraya replicou: "A gente devia ter explicado melhor as coisas para você. Ninguémpai devia ter feito isso logo no começo, e eu também. Você tem razão de se zangar. Então, a verdade é a seguinte. O Mundo da Magia assumiu muitas formas em muitos tempos e lugares diferentes, e teve muitos nomes diferentes. Mudou de lugar, de geografia e de leis, do mesmo jeito que a história do Mundo Real mudou de época para época. Em vários desses tempos e lugares, é verdade, Ladrões de Fogo se deram bem roubando o Fogo dos Deuses. Mas ninguém mais conseguiu isso desde que o Coração da Magia assumiu sua forma e feitio atual, neste lugar, neste tempo, aqui e agora. A verdade é essa. Os Aalim sempre existiram... afinal, não existe um jeito de escapar do Passado, do Presente e do Futuro, existe? Mas durante um longo tempo deixaram o controle das coisas com os deuses da época, os mesmos ex-deuses que você vê aqui, divindades ineficientes, que nem sempre sabiam trabalhar direito. Agora os Aalim assumiram eles próprios o controle das coisas. Tudo foi reorganizado. O Fogo da Vida é defendido de forma inexpugnável. Os Três Jos sabem tudo. Jo-Hua sabe até o menor detalhe do Passado, Jo-Hai sabe até o menor incidente do Presente e Jo-Aiga pode predizer o Futuro. Ninguém conseguiu roubar o Fogo desde que os três passaram a se encarregar dele".

"Ah", disse Luka, sentindo-se horrivelmente murcho, porque a ideia de que Ninguémpai, Soraya e todos os outros tinham escondido dele os Roubos do Fogo bem-sucedidos havia brevemente lhe dado esperança. Se o Coiote podia fazer isso, pensara, então ele podia também. Mas essa breve onda de otimismo tinha se esvaziado e morrido como fogo debaixo da água quando Soraya explicou a verdade. Ele virou-se, humilde, para o Coiote. "Que tipo de ajuda você tinha em mente?", perguntou.

"*A bela dama, essa aqui, simpatiza com você e eu tenho umas dívidas com ela por bondades antigas*", disse o Coiote, mascando alguma coisa no canto da boca. "*Ela diz que quien sabe eu levo você até o interior, o que pode ser que eu faça mesmo. Dizque você vai precisar de alguém para fazer uma carrera de distracción. Quer dizer, uma corrida de distração. Dizque eu devia tentar juntar o bando de antigamente e armar essa distração para você enquanto você faz lá sua maluquice. Quer que eu chame a atenção dos 3-J para longe de você enquanto você corre para a sua glória.*"

Então Soraya disse alguma coisa que sugou toda esperança que podia haver no corpo de Luka. "Não posso levar você até lá", ela disse. "À terra dos Aalim. Se eles virem o Tapete Voador do Rei Salomão o Sábio entrando em seu espaço e se souberem *dele*" — aqui ela acenou com a cabeça na direção de Ninguémpai com uma expressão de desagrado —, "e pode acreditar que eles vão saber, então o jogo termina na mesma hora: eles vão sentir cheiro de problema e partir para cima de nós com toda a força que têm, e eu não tenho força suficiente para lutar com eles muito tempo. Por isso eu quis encontrar o Coiote. Quero que você tenha um plano."

"Eu vou com você", disse Urso, o cão, lealmente.

"Eu vou também", disse Cão, o urso, bufando com uma voz de irmão mais velho. "Alguém tem de cuidar de você."

As Aves da Memória arrastaram os pés palmados, sem jeito. "Não é bem o nosso negócio, roubar fogo", disse a Pata Elefante. "Nós só lembramos de coisas, só isso. Nós somos lembradores." E o Pato Elefante acrescentou, desastrado: "Vamos lembrar sempre de você".

A Pata Elefante dirigiu um olhar furioso para ele. "O que ele quer dizer", disse ela, cutucando rudemente o parceiro, "é que vamos esperar sua volta junto com a Rainha Soraya."

O Pato Elefante pigarreou. "Claro", disse. "Falei errado, claro. Claro que vamos estar esperando. Foi isso, claro, que eu quis dizer."

Ninguémpai se pôs de cócoras para poder olhar Luka nos olhos. "Ela tem razão", disse, irritando-o intensamente ao usar o tom mais sério e amoroso de Rashid Khalifa. "Não posso ir com você. Não lá."

"Isso é uma coisa que você devia ter me contado antes", disse Luka, furioso. "Vocês dois. Como é que eu vou fazer isso sem vocês?"

Jaldibadal a Trasmutadora disse com firmeza: "Você ainda tem a gente".

As irmãs de Nuthog já tinham se recuperado completamente de sua provação gelada e assentiram com a cabeça, entusiasmadas, o que fez suas orelhas metálicas retinir contra a cabeça. "Somos criaturas do Coração", disse Badlo-Badlo — ao menos, Luka pensou ser Badlo, mas com todas as transmutações delas era difícil lembrar qual era qual das quatro irmãs. "Certo", disse, talvez, Bahut-Sara. "Os Três Jos não vão desconfiar de nós."

"Obrigado", Luka disse, "mas será que vocês poderiam virar dragoas outra vez? Dragões são muito mais úteis que porcas de metal, se formos atacados." A quádrupla transformação depressa se completou e Luka ficou contente de ver que havia diferenças no colorido delas, de maneira que ficava mais fácil distinguir as Transmutantes: Nuthog (Jaldi) era a dragoa vermelha; Badlo era a verde; Sara, a azul; e Gyara-Jinn a Transmutante, com onze transformações possíveis, a maior das quatro, era a dourada.

"Então está certo", disse Luka. "Urso, Cão, Jaldi, Sara, Badlo, Jinn e eu. Somos sete para entrar no Coração do Coração."

"Me chame de Nuthog", disse Nuthog. "Agora somos amigos. E eu não gostei nunca do meu nome mesmo."

O Coiote cuspiu o resto de seu jantar e pigarreou. "*Não está esquecendo alguma coisa aqui, chico? Ou sua intenção é me insultar recusando mi proposta em público apesar de ela ser generosa e de boa-fé? E apesar da sua ignorância e da minha habilidade especial?*"

Luka ficou genuinamente inseguro quanto ao que responder. Esse Coiote era amigo de Soraya, o que fazia com que fosse digno de confiança, Luka supunha, mas seria realmente necessário? Talvez o melhor jeito fosse apenas se esgueirar sem fazer nada que chamasse a atenção dos Aalim para lado nenhum, nem mesmo para o lado errado.

"Só me diga uma coisa", disse ele, voltando-se para Ninguémpai, de quem gostava cada vez menos, "quantos níveis tenho de atravessar? Tem aqui este contador de um dígito só do lado direito que diz sete..."

"É excelente", disse Ninguémpai, "sete na verdade é impressionante. Mas você não vai completar o nível oito, a menos que consiga roubar o Fogo da Vida."

"O que, vamos falar claro, nunca foi feito antes — pelo menos não no formato atual do Mundo Mágico", Luka emendou, irritado. "Não de acordo com as Leis do Jogo que estão valendo agora."

"E o nível nove é o mais longo e mais difícil de todos", Ninguémpai acrescentou. "É o nível em que você tem de voltar até o Start e pular de volta no Mundo Real sem ser pego. Ah, e vai ter o Mundo da Magia inteirinho perseguindo você, por sinal. Esse é o nível nove."

"Ótimo. Muito obrigado", disse Luka.

"De nada", disse Ninguémpai com uma voz fria, dura. "Pelo que me lembro, parece que isto aqui foi ideia sua. Me lembro perfeitamente de você dizendo '*vamos lá*'. Será que estou errado?" Esse não era o pai de Luka falando, de jeito nenhum. Era uma criatura que estava tentando sugar a vida de seu pai. Luka desconfiou mais intensamente do que nunca de que toda essa aventura tinha sido o jeito que Ninguémpai arrumara de passar o tempo enquanto o trabalho de fato era feito. Isso era só *alguma coisa para fazer.*

"Não", disse Luka. "Não, não está errado."

Bem nesse momento, ouviu-se um ruído forte.

Um ruído forte, *forte*, FORTE.

Na verdade, chamar esse ruído de "forte" era como chamar um tsunami de onda grande. Para descrever a força do quanto era forte, Luka pensou, ele teria de dizer, por exemplo, que se o Himalaia fosse feito de som, em vez de pedra e gelo, então esse ruído seria o Everest; ou talvez não o Everest, mas sem dúvida um dos Picos de Oito Mil Metros. Luka tinha aprendido com Rashid Khalifa, o menos alpinista dos homens, mas um homem que gostava de uma boa lista, que havia catorze Picos de Oito Mil Metros na Terra: em ordem decrescente, Everest, K2, Kanchenjunga, Lhotse, Makalu, Cho Oyu, Dhaulagiri, Manaslu,

Nanga Parbat, Annapurna, Gasherbrum I, Broad Peak, Gasherbrum II e o belo Xixabangma Feng. Não era tão fácil enumerar os Catorze Sons Mais Fortes, Luka pensou, mas tinha certeza de que aquele ali estava entre os três primeiros. Então estava no nível do Kanchenjunga, no mínimo.

O som continuou, continuou e continuou, e Luka tapou os ouvidos. A toda a volta deles, irrompera o pandemônio no Coração da Magia. Multidões corriam em todas as direções, criaturas voadoras tomavam o ar, coisas nadadoras a água, montadores em seus cavalos. Era uma mobilização geral, Luka pensou, e então, num relâmpago, ele entendeu que som era aquele. Era um chamado às armas.

"*O jogo acaba de mudar, muchacho*", o Coiote trotou para ir gritar no ouvido de Luka. "*Você agora precisa de ajuda, macanudo. Não tem ninguém que ouviu esse barulho por aqui há centenas de anos. É o Grande Ruído. É o Alarme de Fogo.*"

"Deve ter sido aquele Mosquito de Fogo quem deu o alarme", Luka entendeu logo, chateado consigo mesmo por ter esquecido daquela chamazinha tagarela, o menor operador de Segurança do Mundo da Magia, mas, aparentemente, um dos mais perigosos. "Estava rodeando o ombro do Capitão Aag e depois sumiu. Nós não prestamos atenção e agora estamos pagando o preço do nosso descuido."

Por fim a sirene do Alarme de Fogo silenciou, mas a atividade histérica em torno deles foi ficando ainda mais frenética. Soraya arrastou Luka para trás da moita de azaleias. "Quando soa o Alarme de Fogo quer dizer duas coisas", disse ela. "Quer dizer que os Aalim sabem que alguém está tentando roubar o Fogo da Vida. E quer dizer que todos os residentes do Coração da Magia se tornaram capazes de enxergar intrusos até o Tudo Calmo, que não soa enquanto o ladrão não for capturado."

"Quer dizer que todo mundo pode me ver agora?", Luka

perguntou, horrorizado. "E Urso e Cão também?" Quando ouviram isso, o cachorro e o urso saíram correndo e se esconderam atrás das azaleias também. Soraya assentiu com a cabeça. "Isso mesmo", disse ela. "Só existe um curso de ação. Você tem de abandonar seu plano, subir a bordo do *Resham*, e eu levo você o mais alto e o mais depressa que puder e tento chegar até o Ponto de Partida antes que eles encontrem você, porque se te pegarem podem Permanenterminar você na hora, sem nem pedir uma explicação da sua presença nem dar uma razão para suas medidas drásticas. Ou então eles submetem você a julgamento e depois Permanenterminam. A aventura acabou, Luka Khalifa. Hora de voltar para casa."

Luka ficou quieto por um longo momento. Depois, disse simplesmente: "Não".

Soraya bateu a mão aberta na testa. "Agora ele está me gozando. 'Não', ele disse. Me conte seu grande plano, menino herói. Não, não! Deixe eu adivinhar! Você vai enfrentar todos os deuses e monstros do Coração da Magia, com um cachorro, um urso e quatro dragoas como soma total de sua força de ataque; e vai roubar o que nunca foi roubado, o que ninguém tentou roubar por milhares de anos, e depois vai voltar para casa? Como? Eu tenho de ficar aqui esperando para dar uma carona para você, é isso? Bom, por favor, então. Vá em frente. Esse esquema de mestre parece que definitivamente vai funcionar."

"Você tem quase razão", disse Luka. "Mas esqueceu que vou ter a corrida de distração do Coiote para me ajudar também."

"*Calmaí, chico*", disse o Coiote, parecendo alarmado. "*Espere um pouco. Eu não falei que o jogo tinha mudado? Essa proposta não vale mais.*"

"Escute", disse Luka. "O que fazem os ladrões quando soa o Alarme de Fogo?"

"*Fogem para salvar a pele. Ninguém faz isso há centenas de años, mas foi isso que fizeram. Mas não adiantou nada. Até o velho Titã daquele tempo acabou preso numa rocha e um velho abutre começou a comer o...*"

"Águia", interrompeu Luka, "você disse que era uma águia."

"*As opiniões divergem quando à espécie de pássaro. Mas ninguém duvida que comia.*"

"Então", disse Luka, decidido, "fugir não adianta nada, a menos que eu corra para uma direção inesperada. E agora que o Alarme de Fogo disparou, qual é a direção que ninguém vai esperar que eu siga?"

Foi Ninguémpai quem respondeu à pergunta de Luka. "A direção do Fogo da Vida", disse. "Direto para o Coração do Coração. Na direção do perigo. Você tem razão."

"Então", disse Luka, "é nessa direção que nós vamos."

7. O Fogo da Vida

Todo o Mundo da Magia estava em Alerta Vermelho. Divindades egípcias com cabeça de chacal; ferozes homens-escorpiões e homens-jaguares; ciclopes comedores de gente; centauros tocadores de flauta, cuja música era capaz de atrair forasteiros para fendas nas rochas, onde ficavam presos para todo o sempre; ninfas-tesouros assírias feitas de ouro e pedras preciosas, cujos corpos de joia podiam atrair ladrões para suas cerradas teias envenenadas; grifos voadores com garras letais; basiliscos que não voavam mas olhavam para todos os lados com seus olhos mortais; valquírias em cavalos de nuvem no céu; minotauros; coleantes mulheres-cobras; e imensos pássaros roca, maiores que os que levaram Simbá o Marujo para seu ninho, cruzavam loucamente a terra e o ar, atendendo ao Alarme de Fogo, caçando, caçando. No Mar Circular, depois que soou o Alarme, surgiram das águas sereias cantando cantos de sereia para atrair os sórdidos estranhos para a sua danação. Enormes criaturas do tamanho de ilhas, os *krakens*, tartarugas *zaratana* e arraias monstruosas pairavam, imóveis, na superfície do Mar; se um estranho parasse para descansar nas costas de uma dessas feras, ela mergulhava e o afogava, ou girava para revelar sua boca gigantesca e os afiados dentes triangulares, e engolia o intrometido aos bocados. E o mais terrível de todos era o gigantesco Verme Comerrabo, que subiu, cego, e rugindo das profundezas geralmente silenciosas do Mar, enfurecido, querendo consumir os patifes que tinham disparado o Alarme de Fogo e perturbado seu sono de dois mil anos.

Em meio ao caos daquele Mundo, os Deuses do Fogo ergueram-se em toda a sua majestade para defender Vibgyor, a Ponte Única para o Coração do Coração, o arco-íris que atravessava o Mar dividido e permitia que os poucos escolhidos entrassem nas terras dos Aalim. Amaterasu, a Deusa do Sol japonesa, emergiu da caverna onde se recolhera havia dois milênios, zangada por causa da briga com seu irmão, o Deus da Tempestade, trazendo na mão a espada mágica Kusanagi, e raios de sol baixavam de sua cabeça como lanças. Ao lado dela estava a criança chamejante Kagutsuchi, cujo ardente nascimento havia matado sua mãe, Izanami a Divina. E Surtr, com sua espada de fogo, e ao lado dele sua companheira, Sinmara, também portando uma mortal espada de fogo. E o deus irlandês Bel. E a polinésia Mahuika, com suas unhas de fogo. E o manco Hefaísto, o ferreiro do Olimpo, com seu pálido eco romano, Vulcano, a seu lado. E o inca Inti o Sol com Rosto Humano, e o asteca Tonatiuh, sedento de sangue, Tonatiuh o Senhor do Quinto Mundo, em honra de quem vinte mil pessoas eram sacrificadas todos os anos. E pairando acima de todos eles como um pilar gigante no céu estava Ra, do Egito, com sua cabeça de falcão, seus penetrantes olhos de ave buscando possíveis ladrões, com o pássaro Bennu pousado em seu ombro, a garça cinzenta que era a fênix egípcia, e suas poderosas armas, os *wadjets*, os discos do sol, que segurava com urgência nas mãos. Esses grandes colossos guardavam a Ponte e esperavam com nuvens na testa e morte nos olhos.

Habitantes do Coração da Magia corriam livremente pela Ponte em ambas as direções, caçando, caçando, mas Luka achou que para os intrusos procurados ia ser difícil escapar dos olhos de falcão de Ra. Escondido com seus companheiros atrás da moita de azaleia, ele tinha a sensação de que os arbustos estavam encolhendo, mirrando e se tornando cada vez menos adequados como abrigo. Seu coração batia depressa. As coisas estavam ficando definitivamente apavorantes.

"O bom de todos esses ex-deuses", disse Soraya, consoladora, "é que eles estão todos presos às suas velhas histórias. Tenho certeza de que o Mosquito de Fogo deve ter delatado com precisão para os Aalim: 'um menino, um cachorro, um urso', é o que ele deve ter dito, mas quando o Alarme de Fogo dispara todo mundo aqui começa a caçar inevitavelmente os Suspeitos de Sempre."

"Quem são os Suspeitos de Sempre?", Luka quis saber. Ele se deu conta de que estava cochichando e queria que Soraya também baixasse a voz.

"Ah, aqueles que foram Ladrões do Fogo na época e no lugar em que esses deuses eram deuses", disse Soraya, com um gesto amplo. "*Você* sabe. Ou", acrescentou, retomando seu velho hábito de Insultana, "talvez seja ignorante demais. Talvez seu pai não tenha lhe ensinado tanto quanto deveria. Talvez ele mesmo não soubesse." Então, vendo a expressão de Luka, ela abrandou a voz e cedeu. "Os índios algonquins fizeram o Coelho roubar o Fogo para eles", ela disse, "e sobre o Coiote você já sabe. Castor e Nanabozho o Transformador fizeram a mesma coisa para outras tribos. Possum tentou e fracassou, mas então a Avó Aranha roubou o Fogo para os cherokees numa urna de barro, o que me faz lembrar", Soraya fez uma pausa, "que você vai precisar disto aqui."

Estava segurando um potinho de cerâmica nas mãos. Luka olhou o que havia dentro: um pequeno grupo do que parecia meia dúzia de batatas negras aninhadas num leito de gravetos.

"Isto aqui", disse Soraya, "é um dos famosos Lonttra Potes, e aqui dentro estão algumas das famosas Lonttra Batatas. Quando o Fogo da Vida tocar nelas, elas vão queimar com um fogo muito brilhante que não é fácil de apagar." Ela pendurou a alça de couro do pote no pescoço dele. "Onde eu estava mesmo?", ela pensou um minuto. "Ah, sim. Maui, quer dizer, Maui-tikitiki-a-Taranga para você, roubou o Fogo das unhas da Deusa do Fogo Mahuika e o deu para os polinésios. *Ela* sem dúvida estará de prontidão por causa *dele*. E assim por diante."

"*Você esqueceu de falar do Primeiro Ladrão*", disse o Coiote. "*O mais antigo e o maior. O Rei do Monte. A inspiração para todos nós. Roubou o Fogo para toda a humanidade.*"

"O Titã Prometeu", contou Soraia, "era irmão, por estranho que pareça, de nosso amigo, o falecido mas não lamentado Capitão Aag. Não que eles algum dia tenham se dado bem. Na verdade, um não suportava o outro. De qualquer forma: três milhões e quatrocentos mil anos atrás, o Velho Garotão foi de fato o primeiro Ladrão do Fogo. Mas depois do que aconteceu com ele naquela época, os buscadores provavelmente nunca mais vão querer outra Corrida do Fogo do velhão."

"Ele perdeu a coragem", Luka lembrou.

"*Não foi cierto eu falar disso*", disse o Coiote. "*Não é cierto desmerecer um grande. Mas desde que Hércules matou a águia, o Velho Garotão vive bem sossegado.*"

"Ou o abutre", disse Luka.

"*Ou o abutre. Nenhum de nós estava lá na época para conferir, e o Velho Garotão, ele não fala muito mais.*"

"E outra coisa boa sobre essa correria", Soraya murmurou no ouvido de Luka, "é que com isso vocês vão conseguir chegar perto da Ponte, se vocês correrem também e derem a impressão de que estão procurando vocês mesmos."

"*Eles vão estar procurando por mim e meus associados*", disse o Coiote. "*Está começando a esquentar para o meu lado. Mas espere eu dar a minha corrida e depois você mete o pé em frente para dar a sua.*" Ele se afastou galopando sem nem uma palavra mais.

De repente, Luka percebeu que Ninguémpai tinha desaparecido. Num minuto ele estava ali, ouvindo, mexendo com o chapéu-panamá, e depois, sem nem um *puf*, não estava mais em lugar nenhum. "O que ele está aprontado? Eu gostaria muito de saber", Luka pensou. "Não me sinto bem por ele desaparecer desse jeito." Soraya pôs a mão em seu ombro. "Você está melhor sem ele", ela disse. Então, Nuthog, a dragoa vermelha, teve a sua ideia, e Luka tirou Ninguémpai da cabeça.

"Era uma vez o Rei dos Cavalos, que nossa irmã Gyara-Jinn ajudou a escapar dos Sniffelheim", contou a dragoa vermelha, indicando com a cabeça sua irmã dourada. "É! O poderoso Esquivo, aquele gigantesco corcel branco de oito patas — duas patas em cada canto, por assim dizer —, tinha sido arbitrariamente, injustamente, aprisionado aqui pelos Aalim, do mesmo jeito que minhas irmãs, até a Rainha Soraya soltar a três com sua poderosa magia. Os Três Jos tinham decidido que não existia lugar para um cavalo-prodígio de oito pernas em todo o Tempo. Assim, do nada, decidiram isso, sem nenhuma discussão, como tiranos, sem nenhuma consideração pelos sentimentos de ninguém, inclusive os sentimentos de Esquivo. Eles podem ser cruéis e voluntariosos quando querem, muito embora se chamem orgulhosamente de as Três Verdades Inevitáveis! De qualquer forma, foi a Jinn aqui quem libertou Esquivo com seu fogo de dragão — o hálito dela é mais quente que o meu, que o de Badlo, que o de Sara, e mostrou-se quente o bastante para derreter o Gelo Eterno, coisa que o nosso fogo não conseguiu. Em troca, o Rei dos Cavalos deu a ela um presente magnífico: o poder de Transmutar-se, uma única vez, na hora em que a necessidade for muito grande, numa réplica exata do próprio Esquivo. Nenhum deus ousaria revistar Esquivo o Rei dos Cavalos ao passar por Vibgyor. Vamos amarrar cada um de vocês — você, Luka, seu cachorro e seu urso — entre cada par de pernas, o que faz sobrar ainda um par de pernas para você, Rainha Soraya, se quiser..."

"Não", Soraya disse, triste. "Mesmo com o Tapete Voador do Rei Salomão dobrado e guardado, temo que a presença da Insultana de Ontt não ajude você, Luka. Tenho sido ofensiva demais há muito tempo com esses Jos frios, chatos, castigadores, implacáveis e destrutivos, e eles não têm Tempo para mim. Vai ser pior para você se eu estiver do seu lado. Não devo entrar no Coração do Coração nunca mais, essa é a verdade. Não tenho nenhuma vontade de acabar em Sniffelheim, aprisionada num Lençol de Gelo. Mas vou esperar para levar você embora depressa em segurança se, quer dizer, quando você voltar com as Lonttra Batatas queimando nesse pequeno Lonttra Pote."

"Você faria isso por mim?", Luka disse para a dragoa dourada. "Você usaria essa Transmutação única só para me ajudar a passar? Nem sei como agradecer."

"Devemos tudo à Rainha Soraya", disse Gyara-Jinn. "Essa é a pessoa a quem você precisa agradecer."

"Quem poderia imaginar", Luka disse a si mesmo, pesaroso, "que eu, Luka Khalifa, de apenas doze anos, estaria atravessando a grande Ponte Vibgyor, a mais bela ponte de todo o Mundo Mágico, uma ponte construída inteiramente de arcos-íris e roçada pelo vento oeste, o mais suave de todos os ventos, soprado delicadamente dos lábios do próprio deus Zéfiro?; e que, no entanto, a única coisa que consigo ver e sentir é o pelo áspero da parte interna das coxas de um cavalo gigante? Quem haveria de pensar que ali fora estão alguns dos maiores nomes da história do Mundo Invisível, nomes das Divindades um dia veneradas, um dia onipotentes com as quais cresci, sobre as quais ouvi falar toda noite na coleção sem fim das histórias de meu pai, a espada Kusanagi, os ex-deuses Tonatiuh, Vulcano, Surtr e Bel; e o pássaro Bennu, e Ra o Supremo?; e que, no entanto, não posso dar nem uma espiadinha neles, nem deixar que deem a menor espiadinha em mim? Quem iria acreditar que eu, Luka, estaria entrando no Jardim dos Perfumes Perfeitos que circunda o Lago da Sabedoria e é o lugar mais perfumado de toda a Existência, e no entanto a única coisa que posso cheirar é cavalo?"

Ele conseguia ouvir ruídos que nunca tinha ouvido na vida: o guincho de um falcão, o silvo de uma cobra, o rugir de um leão, o queimar do sol, todos ampliados além do que se pode imaginar e quase além do que se pode suportar, os gritos de guerra dos deuses. A Transmutante Gyara-Jinn, na forma de Rei dos Cavalos, rinchava e relinchava, batia as oito patas dela (ou, naquele momento, dele) em resposta, e os intrusos escondidos entre as pernas dela (ou, naquele momento, dele) se sacudiam, encolhidos. Luka nem queria imaginar como Urso e Cão estavam se sentindo. Debaixo do cavalo, encaixados entre suas pernas, não era lugar para um cachorro e um urso. Devia haver certa perda de orgulho no caso, e ele ficou chateado por ser a razão de eles sentirem vergonha. Estava também levando os dois para um grande perigo, sabia disso, mas tinha de tirar essa ideia da cabeça se quisesse ter alguma chance de fazer o que era preciso. "*Estou explorando o amor e a lealdade deles*", pensou. "*Parece que não existe uma coisa como um ato inteiramente bom, uma ação completamente correta. Até mesmo esta tarefa, que eu assumi pela melhor das razões, exige escolhas que não são escolhas 'boas', que podem até ser 'erradas'.*"

Mentalmente, ele reviu os rostos da Rainha Soraya e das Aves da Memória, com o jeito que tinham quando se despediram. Estavam com os olhos molhados de lágrimas e ele sabia que era porque temiam nunca mais vê-lo de novo. Essa ideia, porém, ele precisava tirar da cabeça. Ia provar que estavam todos errados. Se uma coisa nunca tinha sido feita antes, isso queria dizer que ela só estava esperando alguém que conseguisse se dar bem. "*Veja só como eu me reduzi*", ele pensou. "*Eu me transformei numa coisa única, inevitável. Sou uma flecha voando para um alvo. Nada deve me tirar do curso.*"

Em algum lugar no céu acima dele estavam Nuthog, Badlo e Sara, voando em formação em suas encarnações como dragoas. Não havia como voltar atrás. Os sete tinham entrado no santuário dos Aalim com crime em seus corações. A terra abaixo deles estava cheia de maravilhas, mas não havia tempo para apreciar a paisagem. Toda a sua vida, desde que Rashid Khalifa começara a lhe contar histórias, Luka imaginara a Torrente de Palavras que caía do Mar de Histórias para a Terra, e que ficava acima do mundo em sua segunda lua invisível. Como seria aquela cachoeira caindo do espaço? Devia ser linda de se ver. Com certeza devia se espalhar numa explosão dentro do Lago da Sabedoria. Porém Rashid tinha dito sempre que o Lago da Sabedoria era calmo e parado, porque a Sabedoria era capaz de absorver até a maior Onda de Palavras sem se perturbar. Lá no Lago era sempre amanhecer. Os dedos longos, pálidos, da Primeira Luz pousavam suavemente na superfície das águas, e a lua de prata espiava do horizonte, mas não subia. Os Aalim que controlavam o Tempo tinham escolhido viver no Início dele para sempre. Luka podia fechar os olhos e ver tudo aquilo, podia ouvir a voz de seu pai descrevendo a cena, mas agora que estava realmente ali era muito frustrante não poder dar nem uma olhadinha.

E onde estava Ninguémpai? "Ainda em Nenhum lugar", Luka pensou, e a cada minuto que passava tinha mais certeza de que o fantasma desaparecido estava aprontando alguma, onde quer que estivesse. "Vou ter de enfrentar Ninguémpai antes do fim, disso tenho certeza", ele pensou, "e não vai ser fácil, mas ele acha que eu abandonei meu pai para ele sem lutar, e vai ter uma bela de uma surpresa." Então foi atingido, como se fosse um soco poderoso, pelo pior pensamento do mundo. *Será que Ninguémpai havia desaparecido porque Rashid Khalifa tinha já... já... tinha finalmente... antes que Luka pudesse salvá-lo... ido embora também? Será que o fantasma que estava absorvendo seu pai desaparecera porque tinha atingido seu propósito? Tudo isso seria em vão?* Luka começou a tremer ao pensar em tal possibilidade, seus olhos ficaram molhados e começaram a pinicar, e a tristeza começou a inundá-lo em grandes ondas trêmulas.

Mas então aconteceu uma coisa. Luka percebeu uma mudança dentro dele mesmo. Sentiu que alguma coisa mais poderosa que sua própria natureza tinha assumido o controle dele, uma vontade mais forte que a dele, que se recusava a aceitar o pior. Não, a vida de Rashid não tinha terminado. Não podia ser, portanto não era. A vontade mais forte que a vontade de Luka rejeitou essa possibilidade. Não permitiu também que Luka desistisse, que recuasse diante do perigo e se acovardasse diante do terror. Essa nova força que tomou conta dele estava lhe dando a firmeza e a coragem de que ia precisar para fazer o que precisava ser feito. Parecia uma coisa que não era ele, uma coisa de *fora*, e no entanto ele sabia também que estava vindo de dentro dele, que era sua própria força, sua própria determinação, sua recusa em ser derrotado, sua própria vontade forte. Para isso também as histórias de Rashid Khalifa, as muitas histórias do Xá do Blá-blá-blá sobre jovens heróis que encontravam recursos extras dentro de si mesmos diante de terríveis adversidades, o tinham preparado. "Não sabemos as respostas para as grandes questões como quem somos nós e do que somos capazes", Rashid gostava de dizer, "até as questões serem colocadas. Então, e só então, sabemos se conseguimos responder a essas perguntas ou não."

E acima e além das histórias de Rashid havia o exemplo do irmão de Luka, Haroun, que tinha encontrado uma resposta assim dentro de si mesmo, flutuando no Mar de Histórias, era uma vez. "Queria que meu irmão estivesse aqui para me ajudar", Luka pensou, "mas ele não está, não de verdade, embora Cão, o urso, fale com a voz dele e tente tomar conta de mim. Então vou fazer o que ele teria feito. Não vou perder."

"Os Aalim são muito firmes e não gostam de pessoas que tentam virar seu barco", Rashid Khalifa tinha contado ao sonolento Luka uma noite. *"Sua visão de Tempo é estrita e inflexível: ontem, depois hoje, depois amanhã, tique, taque, tique. São como robôs marchando ao toque dos segundos que desaparecem. O Que Foi, Jo-Hua, vive no Passado; O Que É, Jo-Hai, é simplesmente agora; e O Que Será, Jo-Aiga, pertence a um lugar aonde nós não podemos ir. O Tempo deles é uma prisão, eles são os carcereiros, e os segundos e minutos são suas paredes.*

"Os sonhos são inimigos dos Aalim, porque nos sonhos as Leis do Tempo desaparecem. Nós sabemos — não sabemos, Luka? — que as Leis dos Aalim não dizem a verdade sobre o Tempo. O tempo de nossos sentimentos não é o mesmo tempo dos relógios. Nós sabemos que quando estamos animados com o que estamos fazendo o Tempo corre mais depressa, e que quando estamos entediados ele corre mais devagar. Sabemos que em momentos de grande excitação ou expectativa, em momentos maravilhosos, o Tempo pode parar.

"Nossos sonhos são as verdades reais — nossas imagens, o conhecimento de nossos corações. Nós sabemos que o Tempo é um Rio, não um relógio, e que ele pode correr para o lado errado, de forma que o mundo fique mais atrasado em vez de menos, e que ele pode saltar para o lado, de forma que tudo mude num instante.

Nós sabemos que o Rio do Tempo pode voltar e fazer curvas e nos levar de volta a ontem e ir adiante até o dia depois de amanhã.

"Há lugares no mundo em que nada acontece, e o Tempo para de correr completamente. Há aqueles que continuam tendo dezessete anos a vida inteira e nunca crescem. Há outros que são velhos coitados e infelizes de sessenta ou setenta anos desde o dia em que nasceram.

"Nós sabemos que quando nos apaixonamos o Tempo deixa de existir, e sabemos também que o Tempo se repete, de modo que você pode ficar num mesmo dia pela vida inteira.

"Nós sabemos que o Tempo não é apenas Ele Mesmo, mas é um aspecto do Movimento e do Espaço. Imagine dois meninos, vamos dizer você e o jovem Merdarato, que usam relógios perfeitamente sincronizados, ambos funcionando perfeitamente. Agora imagine que aquele malandro preguiçoso do Merdarato fica sentado no mesmo lugar, digamos bem aqui, durante cem anos, enquanto você corre, nunca descansa, vai à escola e volta, uma vez atrás da outra, também durante cem anos. E no fim desse século os dois relógios terão marcado o Tempo com perfeição, mas o seu relógio estaria seis ou sete segundos mais atrasado que o dele.

"Alguns de nós aprendem a viver completamente no momento. Para essas pessoas, o Passado desaparece e o Futuro perde o sentido. Só existe o Presente, o que quer dizer que dois dos três Aalim são excedentes desnecessários. Depois, existem aqueles que ficam presos no ontem, na lembrança de um amor perdido, uma casa de infância, um crime horrível. E algumas pessoas vivem apenas para um amanhã melhor; para eles o Passado deixa de existir.

"Passei a minha vida inteira contando às pessoas que essa é a verdade sobre o Tempo, e que os relógios dos Aalim mentem. Então, naturalmente os Aalim são meus inimigos mortais, o que está muito bem, porque na verdade eu sou inimigo mortal deles."

A Transmutante Gyara-Jinn parou de galopar, baixou a velocidade para passo, então parou completamente e começou a mudar de forma. O gigantesco cavalo de oito patas começou a ficar menor; o couro peludo desapareceu e foi substituído por uma superfície brilhante; o cheiro de cavalo se dissipou e as narinas de Luka se encheram do cheiro bem menos palatável de um chiqueiro. Finalmente, as oito pernas se tornaram quatro, de modo que Luka, Urso e Cão escorregaram de suas amarras e despencaram de uma altura que era bem pequena acima do chão realmente pedregoso. A transformação única na vida de Gyara-Jinn em Rei dos Cavalos havia se encerrado, e ela era uma porca de lata outra vez. Mas Luka não estava prestando atenção na dramática Transmutação, porque estava de boca aberta diante do panorama de tirar o fôlego que ele tinha vindo de muito longe para ver. Estava parado no sopé do vasto maciço da Montanha do Conhecimento, e a poucos metros, lambendo a encosta da Montanha, estava o próprio Lago da Sabedoria, sua água límpida, pura e transparente à luz pálida, prateada, da Aurora dos Dias, que nunca clareava, nunca virava manhã. Sombras frescas estendiam-se sobre a água, como sempre acariciantes e tranquilizadoras. Era uma cena fantasmagórica, ao mesmo tempo assombrada e assombrosa, e era fácil imaginar música no ar, uma tilintante melodia de cristal: a legendária Música das Esferas que tocou quando o Mundo nasceu.

A descrição que o Xá do Blá-blá-blá fazia do Lago e de seus habitantes, que Luka tinha ouvido tantas vezes a ponto de saber de cor, mostrou-se surpreendentemente precisa. Abaixo da superfície viam-se brilhantes cardumes de peixargutos, assim como coloridos espertoris e os astutos menos coloridos, de águas profundas. Voando baixo sobre a superfície da água estavam os pássaros caçadores, os grandes escolários de bicos de pelicano, os barbudos gurus de bicos compridos. Ondulando nas profundezas, viam-se os longos tentáculos da planta do fundo do lago chamada sagacidade e Luka reconheceu também os pequenos grupos de ilhas do Lago, as Teorias com sua vegetação bravia, improvável, as florestas emaranhadas e as torres de marfim das Filosofilhas, e os Fatos nus e crus. À distância estava o que Luka havia muito queria ver, a Torrente de Palavras, o milagre dos milagres, a grande cascata que descia das nuvens e ligava o Mundo da Magia à Lua do Grande Mar de Histórias lá no alto.

Tinham escapado dos caçadores e chegado à notória Face Sul do Conhecimento sem ser capturados, mas pairando sobre Luka havia um obstáculo muito mais ameaçador do que ele podia ter imaginado, a mera encosta rochosa da Montanha, uma parede áspera de pedra negra na qual nenhuma planta conseguia encontrar apoio. "Se uma planta não consegue, como eu vou conseguir?", Luka se perguntou, desanimado. "Que tipo de montanha é essa, afinal?"

Ele sabia a resposta. Era a Montanha Mágica e ela sabia como se proteger. "O conhecimento é ao mesmo tempo um prazer e um campo minado explosivo; ao mesmo tempo uma liberação e uma armadilha", Rashid costumava dizer. "Os modos do Conhecimento mudam e se transformam à medida que o mundo se transforma e muda. Um dia ele é aberto e disponível a todos, no dia seguinte é fechado e protegido. Alguns saltam essa Montanha como se fosse uma ladeira no gramado de um parque. Para outros é uma Muralha intransponível." Luka coçou a cabeça, do jeito que seu pai fazia. "Acho que eu sou um dos Outros", pensou, "porque nunca vi nenhuma ladeira de gramado assim." Com toda a franqueza, a Montanha parecia impossível de escalar sem equipamento confiável de montanhismo, para não falar de treinamento adequado, e Luka não tinha nada disso. Em algum lugar acima dele, no topo daquele mundo de pedra, o Fogo da Vida brilhava num templo, e não havia jeito de saber onde seria a caverna ou como descobri-la. Os principais conselheiros de Luka não estavam mais a seu lado. A Rainha Soraya de Ontt não havia atravessado a Ponte Arco-Íris e o muito menos digno de confiança (mas inacreditavelmente bem informado) Ninguémpai havia evidentemente decidido, *sabe-se lá por que razão, e não, essa não!*, retirar seu apoio.

"Permita que eu lembre", disse a voz de Nuthog, num tom gentil, "que você ainda tem ajuda à disposição e que essa ajuda possui, se posso dizer, asas."

Nuthog, Badlo e Sara ainda estavam em modo dragão e Jinn depressa se dragonizou também. "Com quatro dragoas rápidas a seu serviço, você deve chegar ao Templo do Fogo bem depressa", disse Nuthog. "Principalmente se essas quatro rápidas dragoas sabem onde, lá no topo, fica realmente o Templo."

"Sabem aproximadamente", interveio Badlo, bem mais modesta.

"Achamos que sabemos, pelo menos", disse Sara, e isso não soou nada convincente.

"De qualquer forma", Jinn acrescentou, mais prática, "antes de irmos, talvez fosse uma boa ideia você apertar... *aquilo ali*."

Aquilo ali era um botão prateado encravado na parede de pedra da Face Sul. "Parece um botão de Salvar", Luka disse depressa, "mas por que prateado e não dourado?"

"O botão dourado fica no Templo", disse Nuthog. "Mas pelo menos você pode salvar tudo o que fez até aqui. E tome cuidado. De agora em diante, cada erro seu vai custar cem vidas."

Isso era alarmante, Luka pensou ao apertar o botão prateado. Não deixava quase margem para erros. Quatrocentas e sessenta e cinco vidas permitiam quatro deslizes, no máximo. Além disso, se por um lado a oferta de Nuthog de levá-lo voando até seu objetivo era sem dúvida generosa e prática também, Luka se lembrava claramente das palavras de seu pai sobre a Montanha do Conhecimento. "Se alguém quiser chegar ao pico da Montanha e encontrar o Fogo da Vida, tem de fazer a subida final sozinho. Só se atinge a Elevação do Conhecimento se você conquista esse direito. Você tem de fazer o trabalho duro. Não pode trapacear no caminho para o Topo." Ele tinha dito alguma outra coisa depois disso, e Luka se lembrava de ter pensado que essa última parte era a parte realmente importante, mas não conseguia lembrar o que era. "Esse é o problema", ele pensou, "de escutar todas essas coisas à noite, quando a gente já está morto de cansaço e quase dormindo."

"Muito obrigado", Luka disse a Nuthog, "mas acho que eu tenho de resolver esse enigma e chegar lá sozinho. Voar nas suas costas... bom, simplesmente não seria direito."

Por alguma razão, essa ideia, *ser direito*, grudou na cabeça dele. As palavras ficavam se repetindo e repetindo, como se seus pensamentos tivessem empacados, como um disco riscado, ou presos em algum tipo de anel. *Direito. Direito.* O que seria uma coisa se ela não fosse direita? Bom, sim, *errada*, é o que maioria das pessoas diria, mas podia ser também que...

"Esquerda", disse em voz alta. "Essa é a resposta. Eu fui para a direita e caí no Mundo da Magia. Agora, talvez se eu for de algum jeito *para a esquerda*, eu encontro a passagem."

Luka lembrou dos muitos conselhos provocadores do irmão mais velho, Haroun, lá em sua casa em Kahani, que nesse momento parecia mesmo bem longe. "*Só tome cuidado para não pegar a Senda da Mão Esquerda.*" Era o que Haroun tinha dito. "Mas eu não gosto de provocação", Luka lembrou a si mesmo, "então talvez eu deva fazer o contrário do que ele falou. É! Só desta vez não vou ouvir o conselho do meu irmão, porque gente que pensa Direito nunca consegue entender de verdade o que é estar na Esquerda, e esse Caminho escondido é exatamente o Caminho que vai me levar aonde eu tenho de ir."

Afinal de contas, sua mãe Soraya estaria do seu lado. "*Talvez você tenha razão em achar que o lado esquerdo é o lado direito, e que todos nós não fazemos nada direito, estamos sempre errados.*" Ela havia dito isso, e era mais que suficiente para ele.

"Eu vou com você", disse Urso, o cão, lealmente.

"Eu vou também", disse Cão, o urso, sem tanto entusiasmo.

E então Luka lembrou da parte realmente importante do que Rashid Khalifa tinha lhe dito sobre a Montanha: "Para escalar o Monte Conhecimento, você tem de saber quem você é". Luka com sono, Luka na hora de dormir muito longe no tempo e no espaço, não tinha entendido direito. "Isso todo mundo sabe, não sabe?", ele perguntara. "Quer dizer, eu sou só eu, certo? E você é você?" Rashid acariciara seu cabelo, o que sempre acalmava Luka e o deixava letárgico. "As pessoas pensam que são uma porção de coisas que não são", ele havia dito. "Elas pensam que são talentosas quando não são, pensam que são poderosas quando são apenas agressivas, pensam que são boas quando são ruins. As pessoas se enganam o tempo todo e não sabem que são bobas."

"Bom, eu sou eu, de qualquer jeito; e é só isso, mais nada", Luka dissera ao adormecer.

"Lá vai ele! Lá vai o Ladrão do Fogo! Lá vai ele!"

"É o Coiote! Está com uma brasa entre os dentes!"

"Olhem só! Como ele dribla e desvia!"

"Parem esse Coiote! Ah, ninguém pega esse aí! Parem! Ah, ele é igual a um relâmpago peludo! Parem o ladrão! Parem o Ladrão do Fogo!"

Luka despertou de sua divagação e viu o Coiote saindo das sombras ao pé do Monte Conhecimento com fogo brilhando na boca, correndo em torno da Montanha na direção do lado oposto, correndo mais depressa que Luka pensou fosse possível um coiote correr. Ele seguia para o chão de pedras do lado oposto à Ponte Arco-Íris, levando seus perseguidores deliberadamente para o lado oposto à provável rota de fuga de Luka, para dentro do Sertão Perdido que existe além do Lago. Era uma área semideserta, mais propriamente conhecida como Perda de Tempo, uma grande expansão de terra árida que tinha sido tomada, muito tempo antes, por uma virulenta proliferação de Preguiceira. Essa praga de rápida propagação, antes desconhecida no Mundo Mágico, tinha inicialmente sufocado e destruído toda a vida vegetal — a não ser por uns poucos cactos mais resistentes — e depois, estranhamente, se autodestruído, como se não tivesse ideia do que fazer consigo mesma, e sem nenhuma vontade de descobrir. Simplesmente ficara lá, apática, no chão, até murchar, deixando para trás aquele deserto amarelo pontilhado com os crânios de criaturas mortas havia muito. Cobras serpenteavam de debaixo de pedras e bútios voavam em círculo no alto, e era bem sabido que os deuses, acostumados como estavam com o luxo e a opulência, não tinham vontade de entrar naquela zona, onde, como Rashid Khalifa contara a Luka, o ar se mexia devagar, a brisa soprava sem nenhum senso real de direção e havia naquele vento alguma coisa que induzia ao descuido, à preguiça e ao sono. Poucas divindades guardiãs que tinham atendido ao Alarme de Fogo se dispuseram a ir atrás do Coiote no Sertão, e sua perseguição parecia mais lenta, mais cambaleante e menos determinada do que deveria ser. O Coiote, porém, parecia imune à contagiante letargia no ar. “O Sertão Perdido é o hábitat natural dele”, Luka pensou. “Ele vai dar uma boa carreira naqueles deuses.” E posicionados a intervalos ao longo da rota que o Coiote havia escolhido estavam o Leão, o Urso Grande, o Urso Pequeno, o Lobo, o Esquilo e o Sapo. Será que a Perda de Tempo ia afetá-los, Luka se perguntou, ou o Coiote teria descoberto um antídoto? Não era importante. A corrida de distração tinha começado.

Ele ouviu a voz do Coiote na cabeça, dizendo: "*Ponha seu melhor pé à frente e dê a sua corrida gloriosa*". E a toda a volta dele dragoas excitadas, um cachorro latindo, um urso rugindo e Nuthog dizendo: "É agora ou nunca, jovem Luka, e se não conseguir encontrar o caminho da Esquerda, como diz, então é melhor deixar a gente levar você voando lá para cima e assumir o risco. Vá! É a hora da Verdade!".

"Quem são os monstros que estão perseguindo o Coiote?" Luka precisava saber. "Se você não agir depressa", Nuthog pigarreou, em pânico, "eles vão perseguir é você, logo logo. Saturno está lá, selvagem e violento como qualquer imortal. E ele come crianças. Já fez isso antes, com os próprios filhos. E o cara barbudo com a cobra enrolada no corpo é Zurvan, o Deus do Tempo persa; você não quer aquela cobra a distância de um bote, garanto! E lá está o Dagda, olhe, aquele cara irlandês maluco com o porrete enorme! E Xiuhtecutli também, se bem que ele geralmente sai à noite, e até Ling-pao T'ien-tsun — esse tiraram da Biblioteca das Teias de Aranha, para variar! Parece que estão querendo mesmo pegar o Ladrão do Fogo, e quando no fim descobrirem que o fogo na boca do Coiote é falso — é só fogo comum, não o Fogo da Vida —, eles vão saber que ele era só uma isca e vão partir com toda a sua fúria atrás do verdadeiro Ladrão do Fogo. Então, se você sabe escalar essa Montanha com suas próprias forças, seria boa ideia começar a se mexer."

Decidir fazer uma coisa decididamente não é a mesma coisa que fazer de fato essa coisa, Luka entendeu depressa. Ele realmente não tinha ideia do que devia fazer para dar a viradinha para a esquerda que o transportaria para a Dimensão Anti-Horária na qual o mundo inteiro, inclusive o Mundo da Magia, se transmutaria em Planeta Ladoerrado, morada dos canhotos, variação sinistra do Planeta Terra. Ele experimentou cair, pular e rolar para a esquerda; tentou tropeçar no próprio pé; pediu a Urso e Cão para derrubá-lo; e finalmente, fechando os olhos, tentou sentir o Mundo Esquerdo empurrando seu ombro esquerdo de forma que, empurrando de volta, ele pudesse atravessar a fronteira invisível e chegar aonde queria. Nada disso funcionou. Suas muitas quedas o deixaram arrebentado, com contusões no ombro e no quadril, e uma perna dolorida e arranhada.

"Não consigo", admitiu, quase desesperado.

"O negócio da Senda da Mão Esquerda", Nuthog disse, delicadamente, "é que você tem de acreditar que ela está lá."

Nesse instante, um toque triunfante do Alarme de Fogo anunciou a captura do Ladrão do Fogo, seguido de dois toques de redobrada angústia que anunciavam que a perseguição continuava. Nuthog saiu ventando para investigar assim que ouviu o primeiro toque, e voltou para contar que depois que o fogo de mentirinha passara do Coiote para o Leão, e de um em um do time até chegar ao Sapo, esse valente anfíbio o tinha engolido e mergulhara no Mar Circular; diante disso, o enfurecido Verme Comerrabo acabara com a *carrera de distracción* engolindo o Sapo de um bocado só. Quatro segundos depois, Comerrabo havia cuspido o Sapo coberto de saliva e vociferado com toda a força para anunciar a todo o Mundo Mágico que aquele Ladrão do Fogo era uma Fraude Comum.

"Agora eles vêm todos para cá", Nuthog disse, ofegante, "e, para ser franca, estão um inferno de loucos, então, se não deixar que a gente leve você voando daqui, ao menos saia correndo. Corra pela vida."

"É, acho que eu devo começar a correr", Luka pensou. "Afinal de contas, eu estava correndo quando tropecei aquela primeira vez e dei aquele passo mágico para a direita." Era difícil ter certeza das leis da Física Mágica; a física comum já era bem difícil. Mas como era mesmo que Rashid dizia? "*O Tempo não é apenas Ele Mesmo, mas é um aspecto do Movimento e do Espa-*

ço." Era isso, não era? "Então, hummm, éééé", Luka pensou, "se T é alterado por M e E, então, ahn, portanto, segue que — não é? — E, que quer dizer 'Espaço', inclusive o espaço entre as Dimensões Esquerda e Direita, deve — provavelmente, certo? — ser um aspecto de T e M, isto é, 'Tempo' e 'Movimento'. Ou, arrgghh, para falar em não fisiquês, faz diferença o quanto você demora para se mover ou, em outras palavras, o quanto você corre."

O chão começou a tremer. "É um terremoto?", Luka gritou.

"Não", disse Nuthog, tristemente. "Muito pior que isso. É o som de várias centenas de deuses furiosos correndo a toda. É preciso muito mais que quatro dragoas para parar essa turma."

Cão, o urso, deu um passo à frente com súbita determinação. "Vá você", disse a Luka. "Vá neste minuto. Vá, *bhag jao*, já, agora. Vá e faça o que tem de fazer. Urso e eu damos conta deles por um bom tempo."

"Como?", Nuthog perguntou, cética.

"Fazendo o que nós fazemos melhor", disse Cão, o urso. "Está pronto, Urso?"

"Pronto", disse Urso, o cão.

Luka sabia que não havia tempo para discutir o assunto. Virou-se para a esquerda, baixou um pouquinho o ombro esquerdo, pôs o pé esquerdo à frente e partiu a galope como se sua vida dependesse disso. De fato dependia.

Correu sem olhar para trás. Ouviu um barulho às suas costas, já forte, chegando mais perto, ficando muito mais forte e se tornando ensurdecedor, como o som de mil motores a jato rugindo junto a seus ouvidos; sentiu o chão debaixo dos pés, que já estava tremendo, começar a sacudir como se tomado por um terror incontrolável; viu o céu escurecer e raios brancos cortarem as nuvens negras. "Tudo bem, então eles sabem armar um show, esses deuses", disse a si mesmo, para manter a coragem, "mas lembre que eles não são mais deuses de lugar nenhum nem de ninguém. São apenas animais de circo, ou criaturas enjauladas num zoológico." Mas uma voz menos confiante sussurrou em seu ouvido direito: "Pode até ser, mas mesmo num zoológico você não devia pular no meio da cova dos leões". Ele sacudiu para longe esse pensamento, baixou a cabeça e deu uma esticada mais rápida. A única coisa em sua cabeça era o conselho de Nuthog. "*O negócio da Senda da Mão Esquerda é que você tem de acreditar que ela está lá.*" Então, de repente, o barulho pareceu parar, a terra não tremia mais, ele sentiu que estava flutuando em alta velocidade em vez de correr, e foi quando viu o abismo.

"Atrás da Montanha do Conhecimento", Rashid Khalifa costumava dizer, "se você tiver muito azar, vai encontrar o Poço Sem Fundo conhecido como Abismo do Tempo. E isso, por sinal, é uma rima. Você pronuncia '*abimo*', que rima com '*rimo*', que rima com '*átimo*', que é um mínimo de tempo. Mas se você cai nesse Abismo rimado não é com a rima que você tem de se preocupar."

Nesse meio-tempo, a horda trovejante de ex-deuses chegou ao Monte Conhecimento e encontrou dois dos astros mais brilhantes do Grandes Ringues de Fogo, o circo defunto do Capitão Aag, esperando por eles calmamente, artistas experientes que eram, gesticulando com cortesia para sossegar a gigantesca plateia. Urso, o cachorro cantor, e Cão, o urso dançarino, tinham de início assumido seus postos ao lado do coro de cantoras, as Transmutantes, um quarteto de gigantescas porcas metálicas. A imagem era estranha o bastante para deter as divindades rejeitadas. Ra o Supremo levantou a mão e todas as alas de antigos deuses, egípcios, assírios, noruegueses, gregos, romanos, astecas, incas e o resto, estacaram ruidosa e desajeitadamente, cheias de guinchos, colisões e xingos. Os ciclopes acidentalmente se acotovelaram no olho uns dos outros, os Deuses do Fogo com suas espadas chamejantes queimaram o cabelo das ninfas-tesouros, o basilisco olhou para um grifo e acidentalmente o transformou em pedra. As Deusas da Beleza, Afrodite, Hathor, com orelhas de vaca, e as outras eram as que reclamavam mais alto. Parecia que as entidades sobrenaturais de nível mais baixo estavam se aproveitando da multidão de imortais para apalpar o traseiro das Beldades, sem querer querendo. Além disso, por que exatamente os minotauros estavam pisando nos pés das Lindas Damas? E, não, as Beldades absolutamente *não* apreciavam que as divindades com cabeça de cobra das tradições mitológicas rivais espiassem por baixo de seus trajes. Um pouco de espaço, por favor, elas exigiam, um pouco de respeito. E shh, por sinal, chiavam elas. Havia artistas ali e estavam prontos para começar.

“🏱&♋⍓”, disse Ra, “⧫♒♓⬧ ♒♋♎ ♌♏⧫⧫♏❒ ♌♏ ♑□□♎📫.”

“O que é que foi *isso*?”, perguntou Urso, o cão.

“Ele está falando em hieroglifos,” disse Nuthog, “e o que disse foi: ‘Tudo bem, é melhor que seja bom’.”

“Comece a dançar”, Urso, o cão, murmurou para Cão, o urso. “E dance como você nunca dançou antes.”

“E você, comece a cantar”, rosnou Cão, o urso, para Urso, o cão. “Cante como se a sua vida dependesse disso.”

“Coisa que, de fato, é verdade”, concordaram Nuthog, Sara, Badlo e Jinn. “E as nossas também, por sinal”, Nuthog acrescentou. “Mas sem pressão. Merda para nós, como dizem no teatro.”

Então, Cão, o urso, começou a dançar, primeiro um arrasta-pé, depois um ritmo de sapateado, e depois uma Dança da Bota de Borracha Africana. Quando se aqueceu, ele atacou de Estilo Broadway e finalmente sua especialidade de parar o show, a Juba Caribenha, o sapateado mais enérgico de todos. A plateia foi à loucura. Ele tinha todos na palma da mão; quando seus pés batiam no chão, os dos deuses batiam também; quando suas mãos batiam palmas, os deuses refugados acompanhavam; e quando ele rodopiou o Rodopio Juba, bom, aquelas relíquias antigas descobriram que ainda conseguiam sacudir o esqueleto. Ra o Supremo batia palmas junto com todo mundo. “✡□◆ ❍♋&♏ ❍⍓ □♋■◆⬩ ⬩♋■◆ ◆□ ♑♏◆ ◆□ ♋■♎ ♎♋■♍♏📪”, ele rugiu, e Gyara-Jinn traduziu: “Ele disse: ‘Vocês fazem minha calça sentir vontade de levantar e dançar’ ”. Cão, o urso, sacudiu a cabeça, assombrado. “Mas ele não está usando calça nenhuma”, apontou. “Só aquela fraldinha, que por sinal não cobre muita coisa”, concordou Urso, o cão, “mas não vamos discutir.”

“Sua vez, agora”, disse Cão, o urso, para Urso, o cão, e o cachorro murmurou de volta: “Vamos tentar uns elogios diretos. Afinal, faz um bom tempo que ninguém adora esses caras direito”. Ele então pigarreou e partiu para uma uivada melodia, cantando uma série de melosas odes aos deuses da Babilônia, Egito, Asgard, Grécia e Roma, improvisada a partir de melodias menos especificamente reverenciais:

“Cantando para Shiva”, “Além do arco, Ísis”, “Anúbis é rebelde”, e assim por diante. O show parecia estar indo bem, e ele partiu para o grande final, as porcas metálicas fazendo uuuhhuu e clang atrás dele.

“*Sois di-vinos*”, cantou Urso, o cão, e as Clangorosas fizeram coro.

“*Uuh(clang),uuh(clang),uuh(clang).*”

“*Sois Nível Nove*”, cantou Urso, o cão.

“*Uuh(clang),uuh(clang),uuh(clang).*”

“*Ó belos deuses meus,*
Só quero amar-vos, eu!

Louvar vosso apogeu!
Honrar-vos lá no céu
Sois tão belos, deuses meus..."

"*Uuh(clang), uuh(clang), uuh(clang).*"

"*Doces deuses.*"

"*Uuh(clang), uuh(clang), uuh(clang).*"

"*Ó, meus deuses.*"

O Urso foi interrompido por um furioso rugido e uma explosão dourada de luz. Ra o Supremo quebrou o encanto da música, subiu ao céu, brilhando furiosamente, e partiu como uma bala para o cume do Monte Conhecimento. Todos os outros ex-deuses voaram atrás dele, parecendo a maior queima de fogos de artifício da história do mundo. Urso, o cão, mostrava-se desconsolado. "Perdi minha plateia", disse, triste. Cão, o urso, o consolou. "Não foi você. Aconteceu alguma coisa lá", disse. "Talvez seja alguma coisa boa. Vamos esperar que a gente tenha conseguido algum tempo para o jovem Luka."

Um enorme cavalo branco de oito pernas galopou na direção deles, rosnando ferozmente. "Vamos embora ver se conseguiram, sim?", disse ele. "Com isso, quero dizer que estão os dois presos." Esse era o verdadeiro Esquivo o Rei dos Cavalos, e não parecia nada contente de encontrá-los. "E quanto a você e suas irmãs", disse ele para Gyara-Jinn e as outras Transmutantes, "deviam se considerar detidas também. Vamos decidir mais tarde o que fazer com vocês, mas traição, se posso lembrar a vocês, não é um crime pequeno."

Quando Luka viu o rimado Abismo do Tempo à sua frente, não diminuiu o ritmo, porque agora, finalmente, podia sentir uma pressão fantasmagórica no ombro esquerdo que lhe dizia que a

Dimensão Esquerda estava *bem ali, bem a seu lado*, de forma que correu ainda mais depressa e então, na beirinha do Abismo, atirou-se para a esquerda...

...e caiu no Poço Sem Fundo. Enquanto mergulhava no negrume, fragmentou-se em um milhão de pequenas partículas brilhantes. Quando voltou a si, seu contador de vidas tinha subtraído cem e ele estava correndo para o Abismo outra vez; e se atirando mais uma vez para a esquerda naquela área de pressão macia; e de novo caindo na escuridão e se desintegrando.

E na terceira vez a mesma coisa aconteceu *de novo*. Dessa vez, quando os fragmentos brilhantes dele se reconstituíram e ele viu que um total de trezentas vidas havia evaporado naqueles poucos instantes, deixando-o com apenas cento e sessenta e cinco, perdeu a paciência. "É patético, Luka Khalifa, para falar a verdade", ralhou consigo mesmo. "Se não conseguir fazer as coisas a sério agora, depois de chegar tão longe, então merece o Permanentermínio que está para receber."

Justo nesse momento, um esquilo vermelho atravessou seu caminho da direita para a esquerda, bem na beira do Abismo, e simplesmente desapareceu no ar. "Ah, minha nossa", Luka pensou, "eu nem sei se existe uma coisa como um esquilo canhoto — de mãos ou de patas? —, mas, se existe, esse com certeza era um, e é incrível a facilidade com que ele atravessou para a Senda da Mão Esquerda sem nem pensar. É claro que quando você realmente, verdadeiramente acredita que ele está ali, você atravessa sem a menor dificuldade, a hora que sente que é preciso." Diante disso, seguindo o exemplo do esquilo, Luka Khalifa simplesmente virou à esquerda e deu um passo, e, sem precisar nem tropeçar, entrou para a versão canhota do Mundo Mágico...

...onde a Montanha era completamente diferente! Na realidade, não era mais uma Montanha, mas uma elevação baixa, verdejante, pontilhada de carvalhos, olmos e plátanos, e grupos

de álamos, e arbustos floridos em torno dos quais abelhas melíferas zuniam, beija-flores esvoaçavam e cotovias cantavam melodiosamente, enquanto poupas de crista alaranjada se empinavam como princesas na grama; e havia um lindo caminho com curvas para a esquerda, um caminho que dava a impressão de que ia levar Luka até lá em cima.

"Eu sempre soube que o mundo canhoto ia ser muito mais fácil para mim do que o destro, se eu conseguisse encontrar o caminho para lá", Luka pensou, contente. "Aposto que se houvesse uma maçaneta de porta por aqui, ela ia girar para a esquerda. Parece que até mesmo o Conhecimento não é uma Montanha tão imensa e assustadora quando o mundo está arranjado para servir a nós, canhotos, para variar um pouco."

Era uma esquila vermelha que estava esperando por ele num toco de árvore baixo, mordiscando uma bolota de carvalho. "Saudações da Rainha Soraya", disse ela, fazendo uma reverência formal. "Meu nome é Ratatat. Ah, sim. Sua Majestade a Insultana achou que você apreciaria certa orientação."

"Ela tem mesmo amigos em toda parte", Luka se deslumbrou.

"Nós, ruivos, temos de nos apoiar", disse Ratatat, se arrepiando toda de prazer. "E alguns de nós (não quero me gabar, mas é a verdade) somos Lonttras Honorárias há muito tempo — oh, sim! —, membros da muito confidencial Lista Lonttra, o esquadrão de emergência secreto da Insultana — agentes dormentes, se quiser, à espreita em nossas Camas de Ontt e disponíveis para a senhora vinte e quatro horas por dia, sete dias por semana, em sua Ontt Linha pessoal, para o caso de ela precisar nos ativar. Mas por mais que goste de parar e conversar sobre esses Ontt Tópicos, acredito que você deve estar com certa pressa. Então", ela continuou rápido, notando que Luka tinha aberto a boca para responder e obrigando-o a fechá-la de novo, "vamos Ontt subir essa tal Montanha enquanto podemos."

Luka quase saltou a ladeira, tão grande era sua determinação e alegria. Ele tinha dado o Salto para a Esquerda de uma Montanha de Dificuldade para uma Ladeira de Facilidade, e o Fogo da Vida estava a seu alcance. Logo ele estaria correndo para casa o mais depressa possível, para despejar o Fogo na boca de seu pai, e então Rashid Khalifa certamente despertaria, e haveria novas histórias contadas, e Soraya, sua mãe, cantaria... "Você sabe", disse Ratatat, a esquila, "que haverá guardas?"

"Guardas?" Luka estacou, a palavra saiu quase como um guincho, porque de alguma forma ele não esperava encontrar mais nenhum obstáculo — não ali na Dimensão Canhota, certamente! A felicidade escorreu de dentro dele como sangue de uma ferida.

"Você não esperava que o Fogo da Vida ficasse desprotegido, não é?", perguntou Ratatat, severa, como se estivesse dando uma lição a um aluno um pouco burrinho.

"Existem Deuses do Fogo neste Mundo Mágico também?", Luka perguntou, e então se sentiu tão bobo que até ficou vermelho. "Bom, claro, acho que devem existir — mas eles não estão todos em algum outro lugar agora, guardando a Ponte Arco-Íris ou procurando por... bom, por mim, será?"

"Assim como Deuses do Fogo", disse Ratatat, "existem Guardas do Fogo. Ah, sim."

Hoje em dia, a esquila explicou, a tarefa de guardar o Fogo da Vida tinha sido entregue aos mais poderosos Guardas Espirituais de todas as religiões mortas do mundo, ou seja, as mitologias. O malhado Cérbero, o cão de cinquenta cabeças da Grécia e ex-porteiro do Mundo Subterrâneo; Anzu, o demônio sumério com rosto e patas de leão e garras e asas de águia; a cabeça decapitada mas ainda viva do gigante nórdico Mimir, que guardava o Fogo havia tanto tempo que tinha se transformado no próprio Monte Conhecimento, passara a fazer parte dele; Fafnir, o superdragão, do tamanho das quatro Transmutantes juntas e cem vezes mais poderoso; e Argos Panoptes, o pastor com cem olhos, que via tudo e não perdia nada, eram os cinco guardas designados, cada um mais feroz que o outro.

"Ah", disse Luka, chateado consigo mesmo. "É, eu devia ter pensado nisso. Então, já que você sabe tudo, pode me dizer como eu vou conseguir passar por esses aí?"

"Astúcia", disse Ratatat. "Você tem? Porque a recomendação é uma boa dose disso aí. Hermes, por exemplo, uma vez enganou Argos com astúcia, cantando para ele canções de ninar até que os seus cem olhos se fecharam e ele adormeceu. Ah, sim. Para roubar o Fogo da Vida, você tem de ser do tipo astuto, ardiloso, sorrateiro, manhoso, excepcionalmente dissimulado. Será por acaso que esse é o tipo do seu tipo?"

"Não", disse Luka, desconsolado, e sentou-se no gramado íngreme. "Sinto muito dizer que não sou desse tipo, não."

Enquanto ele falava, o céu escureceu; nuvens de tempestade, negras e iluminadas por raios, engrossaram no alto. "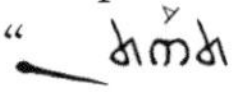 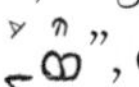", disse uma voz aterrorizante emanando do coração das nuvens, "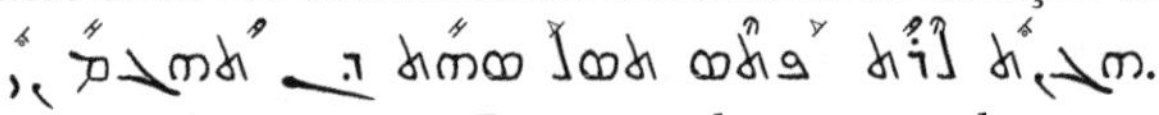"

"Nesse caso", a pequena Ratatat traduziu entre dentes que batiam de medo, "você vai achar esta última etapa um tanto dura."

Quando os deuses subiram como um enxame de vespas para o topo do Monte Conhecimento, o Alarme de Fogo soou o toque de tudo calmo, anunciando a captura do Ladrão do Fogo a todo o Coração da Magia. Urso, o cão, e Cão, o urso, que estavam sendo carregados às costas do Rei dos Cavalos, ouviram as notas triunfantes da sirene e mergulharam em melancolia. Nuthog e suas irmãs estavam voando ao lado deles com os rabos bem entre as pernas. "Acabou a brincadeira, sinto dizer", Nuthog disse a Urso e Cão, confirmando seus temores. "Está na hora de arcar com as consequências."

Nesse instante, todo o enxame de deuses mudou bruscamente para a esquerda e, para a surpresa de Urso e Cão, rasgou de verdade o próprio céu azul, como se fosse feito de papel, e penetrou num outro céu, que estava cheio de nuvens de tempestade. O Rei dos Cavalos e seus prisioneiros seguiram o enxame através do rasgo gigantesco para o Mundo Canhoto, e Urso e Cão viram pela primeira vez a versão transformada do Monte Conhecimento; os dois acharam, imediatamente, que era a encosta verdejante mais linda do mundo, mesmo com o céu escuro e ameaçador, e num momento tão desconsolado. No pico do Conhecimento havia um prado pontilhado de flores, coroado por um lindo freixo muito copado. Apesar da beleza da árvore, porém, seu nome era Árvore do Terror, e debaixo de seus galhos estava Luka Khalifa com uma esquila vermelha no ombro e o Lonttra Pote pendurado do pescoço, vigiado por seu captor, Anzu, o demônio do trovão sumério com seu corpo de leão e cabeça de águia, que parecia mal se controlar para não dilacerar o menino com suas garras enormes. O restante dos Guardas do Fogo, o Cérbero de muitas cabeças; Mimir, a cabeça sem corpo; Fafnir, o superdragão; e Argos Panoptes, com seus cem olhos, também estavam zangadamente alertas. E ao lado da grande árvore havia um pequeno templo de mármore com colunas esguias, pouco maior que um humilde barracão de jardim. Dentro do templo havia uma luz que brilhava com intensidade quase chocante, enchendo o ar em torno do templo de calor, esplendor e uma crepitação de energia, mesmo na atmosfera trovejante daquele momento de fracasso, cativeiro e iminente julgamento; e acima da colunata de entrada do templo havia uma bola dourada, o Botão de Salvar daquele impossível Nível Final. "Esse brilho é do Fogo da Vida", Cão, o urso, rosnou baixinho para Urso, o cão. "Que casa simples ele tem, ao final de uma jornada tão grandiosa; e como chegamos perto, e como é triste não termos..." Urso, o cão, o interrompeu, duro. "Não diga isso", latiu. "Ainda não acabou." Mas em seu coração ele acreditava que tinha acabado, sim.

O julgamento começou. "💣♋♋⧫✏", rugiu Ra o Supremo, que parecia ter assumido o controle da situação.

"*Maat!*", a multidão de deuses repetiu — o que quer dizer rugiu, gritou, gorjeou ou chiou, dependendo do deus em questão.

"💣♋♋⧫ ♒♋⬧ ♌♏♏■ ♎♓⬧❒◆❒♌♏♎ ♋■♎ ❍◆⬧⧫ ♌♏ ❒♏⬧⧫□❒♏♎✏", bradou Ra.

"*Maat foi perturbado e tem de ser restaurado*", ecoou o batalhão divino.

"❄♒♏❒♏♐□❒♏ ●♏⧫ 💣♋♋⧫ ♌♏ ♎□■♏📪", Ra gritou.

"*Então, que se faça Maat.*"

"O que é Maat?", Luka perguntou a Ratatat, a esquila.

"Han-han", pigarreou Ratatat levantando as sobrancelhas e remexendo os bigodes com ar professoral. "É uma referência à música divina do Universo — ah, sim! — e à estrutura do Mundo, e à natureza do Tempo, a mais básica de todas as Forças, com a qual é crime interferir."

"Em resumo?", Luka pediu.

"Ah", disse Ratatat, parecendo um pouco decepcionada. "Bom, então, em resumo, Ra está dizendo que a ordem foi perturbada e que é preciso fazer justiça."

Luka descobriu imediatamente que estava se sentindo muito chateado. Como aquele batalhão de deuses que já eram tinha a ousadia de julgá-lo? Quem eram eles para dizer que ele não devia tentar salvar a vida de seu pai? Nesse momento, ele viu seus companheiros chegando à cena, e a visão de seus queridos cachorro, urso e as quatro leais Transmutantes, todos presos, aumentou sua irritação. Aqueles aposentados sobrenaturais tinham muita audácia, pensou. Ia ter de mostrar a eles como eram as coisas.

"⚐■♍♏ ♋■♎ ♐□❒ ♋●●📪", gritou Ra o Supremo, "💣♏❍♌♏❒⬧ □♐ ⧫♒♏ ☼♏♋● 🕈□❒●♎ ❍◆⬧⧫ ♌♏ ⬧♒□⬥■ ⧫♒♋⧫ ⧫♒♏⍓ ♋❒♏ ■□⧫ ◻♏❒❍♓⧫⧫♏♎ ⧫♒♏ ◆⬧♏ □♐ ⧫♒♏ ☞♓❒♏ □♐ ☹♓♐♏📬 ✋⧫ ♍♋■■□⧫ ❒♏❖♓❖♏ ⧫♒♏ 👎♏♋♎📪 ♐□❒ ⧫♒♏⍓ ♒♋❖♏ ♏■⧫♏❒♏♎ ⧫♒♏ 👌□□🙵 □♐ ⧫♒♏ 👎♏♋♎ ♋■♎ ♋❒♏ ■□ ●□■♑♏❒ ♌♏♓■♑⬧📪 ♌◆⧫ □■●⍓ ⬥□❒♎⬧📬 👌◆⧫ ⧫□ ⧫♒♏ 👎⍓♓■♑ ♓⧫ ♑♓❖♏⬧ ■♏⬥ ●♓♐♏📪 ♋■♎ ♓■ ⧫♒♏ ♒♏♋●⧫♒⍓ ♓⧫ ♍♋■ ♓■♎◆♍♏ ♑❒♏♋⧫ ●□■♑♏❖♓⧫⍓📪 ♏❖♏■ ♓❍❍□❒⧫♋●♓⧫⍓📪 ⬥♒♓♍♒ ♌♏●□■♑⬧ ⧫□ ◆⬧ ♑□♎⬧ ♋●□■♏📬 ❄♒♏ ☞♓❒♏ □♐ ☹♓♐♏ ❍◆⬧⧫ ■□⧫ ♍❒□⬧⬧ ⧫♒♏ ♌□◆■♎♋❒⍓ ♋■♎ ♏■⧫♏❒ ⧫♒♏ ☼♏♋● 🕈□❒●♎📪 ♋■♎ ⍓♏⧫ ♒♏❒♏ ♓⬧ ♋ ☞♓❒♏ ❄♒♓♏❖ ⬥♒□ ◻●♋■⬧ ◻❒♏♍♓⬧♏●⍓ ⧫□ ⧫♋🙵♏ ♓⧫ ♋♍❒□⬧⬧ ⧫♒♋⧫ ♐□❒♌♓♎♎♏■ ♐❒□■⧫♓♏❒📬 ✌■ ♏⌧♋❍◻●♏ ❍◆⬧⧫ ♌♏ ❍♋♎♏📬"

"Tenho de traduzir isso tudo?", perguntou Ratatat, relutante.

"Tem, sim", Luka insistiu.

"Felizmente para você", disse Ratatat, suspirando um pouco, "tenho excelente memória e também uma natureza cordata.

Mas você não vai gostar de ouvir. 'De uma vez por todas, membros do Mundo Real têm de aprender que não lhes é permitido o uso do Fogo da Vida. Ele não pode reviver os Mortos, porque eles já entraram no Livro dos Mortos e não são mais seres, mas apenas Palavras. Porém aos Moribundos ele dá nova vida, e nos sadios pode produzir grande longevidade, até mesmo imortalidade, que pertence aos deuses apenas. O Fogo da Vida não deve atravessar a fronteira e penetrar o Mundo Real, e no entanto aqui está um Ladrão do Fogo que planeja exatamente levá-lo através dessa fronteira proibida. Devemos tornar este caso exemplar.'"

"Ah, é mesmo?", disse Luka. Um fogo próprio surgiu em seu peito e brilhou em seus olhos. Uma estranha força interna que o dominara depois do desaparecimento de Ninguémpai cresceu outra vez e deu-lhe o poder de que precisava. "Por acaso", compreendeu, "sei exatamente o que dizer." Então ele falou bem alto para os ex-deuses reunidos pararem de rugir, chiar, gorjear, relinchar e fazer todos os outros barulhos estranhos que faziam, e ficassem quietos e ouvissem.

"É minha vez de falar agora", Luka bradou para os Seres Sobrenaturais ali reunidos, "e, podem acreditar, tenho muita coisa a dizer sobre toda essa conversa fiada e é melhor vocês ouvirem com cuidado, prestarem bastante atenção, porque seu futuro depende disso tanto quanto o meu. Vejam bem, eu sei de uma coisa que vocês não sabem sobre o Mundo da Magia... *ele não é de vocês!* Não pertence aos Aalim, sejam eles quem forem, estejam onde estiverem espreitando agora. *Este Mundo é do meu pai.* Tenho certeza de que existem outros Mundos Mágicos sonhados por outras pessoas, Países das Maravilhas, Nárnias, Terras Médias e sei lá o quê mais — e talvez, não sei, existam Mundos assim que sonharam a si mesmos, acho que é possível, e não vou discutir com vocês se disserem que é —, mas este aqui, deuses e deusas, ogros e morcegos, monstros e coisas visguentas, é o Mundo de Rashid Khalifa, o bem conhecido Oceano de Noções, o fabuloso Xá do Blá-blá-blá. De começo a fim; do Nível Um ao Nível Nove e de trás para a frente; de alto abaixo; de cabo a rabo, é dele.

"Ele é que montou este Mundo assim, que deu sua forma e suas leis, e ele que trouxe vocês todos para povoar isto aqui, porque ele aprendeu sobre vocês, ensinou sobre vocês e até sonhou com vocês a vida inteira. Este Mundo é como é porque, Canhoto ou Destro, Mundo de Ninguém ou Mundo do Nada, este Mundo está dentro da cabeça dele! E eu conheço este Mundo, provavelmente por isso é que fui capaz de tropeçar para a direita e dar um passo à esquerda e chegar até aqui — porque eu ouvi falar dele a minha vida inteira, na forma de histórias na hora de dormir e sagas no café da manhã e contos à mesa de jantar, e histórias contadas por toda a cidade de Kahani e no país de Alefbay, e também na forma de pequenos segredos que ele cochicha no meu ouvido, só para mim. Então, de certo modo, ele é agora meu Mundo também. E a simples verdade é que, se eu não levar o Fogo da Vida para ele antes que seja tarde demais, não é só ele que vai chegar ao fim. Tudo aqui desaparecerá também; não sei o que será de vocês exatamente, mas, no mínimo, vocês não vão mais ter este Mundo confortável para viver, este lugar onde vocês podem continuar fingindo que ainda são importantes, quando na verdade ninguém dá a mínima para vocês. E na pior das hipóteses vocês vão desaparecer completamente, puf!, como se nunca tivessem existido, porque, vamos falar francamente, quantas pessoas além de Rashid Khalifa se dão de fato ao trabalho de conservar a história de vocês hoje em dia? Quantas pessoas ainda sabem da Salamandra que vive no Fogo ou do Squonk tão triste por ser tão feio que na verdade se dissolve em lágrimas?

"Acordem e sintam o cheiro do café, seus antiquados! Vocês estão extintos! Faleceram! Como deuses e criaturas maravilhosas, vocês cessaram de existir! Vocês dizem que o Fogo da Vida não deve passar para o Mundo Real? Pois eu estou dizendo que se ele não chegar a um membro específico do Mundo Real bem depressa, vocês todos estão acabados. Seus ovos de ouro vão fritar, e sua galinha mágica vai para o forno."

"Uau", Ratatat, a esquila, sussurrou em seu ouvido, "você agora prendeu mesmo a atenção deles."

O exército inteiro de divindades descartadas tinha levado um choque e estava num silêncio perplexo. Debaixo da Árvore do Terror, Luka sabia que não podia deixar que nada quebrasse o encanto. E, além disso, tinha muito mais a dizer.

"Devo dizer quem são vocês?", gritou. "Bom, primeiro vou lembrar quem vocês não são. Vocês não são mais realmente deuses de lugar nenhum nem de ninguém. Vocês não têm mais poder de vida e morte, de salvação e condenação. Não podem se transformar em touros e raptar moças da Terra, nem interferir em guerras, nem jogar nenhum daqueles jogos que costumavam jogar. Olhem só para vocês! Em vez de Poderes de verdade, vocês têm Concursos de Beleza. É meio tipo fraco, para falar a verdade. Escutem aqui: só através das Histórias é que vocês conseguem sair para o Mundo Real e ter algum tipo de poder outra vez. Quando a história de vocês é bem contada, as pessoas acreditam em vocês; não do jeito que acreditavam antes, não com adoração, mas do jeito que as pessoas acreditam em histórias: alegres, animadas, querendo que nunca terminem. Vocês querem imortalidade? Só o meu pai e gente como ele podem dar imortalidade a vocês agora. Meu pai pode fazer as pessoas esquecerem que elas esqueceram vocês e começarem a adorar vocês de novo, se interessarem por tudo o que vocês andaram aprontando, desejando que vocês nunca acabem. E vocês estão querendo me impedir? Deviam estar me implorando para terminar a tarefa que vim cumprir aqui. Deviam estar me ajudando. Deviam estar pondo o fogo no meu Lonttra Pote, garantindo que ele acenda as minhas Lonttra Batatas e depois me escoltando até a minha casa. Quem sou eu? Eu sou Luka Khalifa. Eu sou a única chance de vocês."

Era o maior discurso que ele tinha feito na sua vida de artista, pronunciado no palco mais importante em que podia pisar; e tinha usado cada grama de habilidade e paixão em seu corpo, era verdade — mas conquistara a plateia? "Talvez sim", pensou, preocupado, "talvez não."

Urso, o cão, e Cão, o urso, ainda nas costas do Rei dos Cavalos, estavam gritando em apoio: "É assim que se fala!" etc., mas o silêncio dos deuses ficou tão denso, tão opressivo, que no fim até mesmo Urso calou a boca. Aquele horrendo silêncio continuou engrossando, como uma neblina, e o céu escuro ficou mais escuro, até que a única luz que Luka conseguia enxergar era o brilho do Templo do Fogo, e naquela irradiação oscilante viu os lentos movimentos de sombras gigantes em torno dele, sombras que pareciam estar se fechando em torno da Árvore do Terror e do menino cativo debaixo dela com o demônio da tempestade sumério como guarda. Mais e mais perto chegavam as sombras, assumindo a forma de um grande punho que se fechava em torno de Luka, e a qualquer momento, agora, espremeria a vida de dentro dele como água de uma esponja. "Então é isso", ele pensou. "Meu discurso não funcionou, eles não compraram meu peixe, então é o fim de tudo." Ele quis poder abraçar seu cachorro e seu urso mais uma vez. Quis que as pessoas que amava estivessem ali para segurar sua mão. Quis poder escapar daquela confusão com um desejo. Quis...

A Montanha do Conhecimento começou a se sacudir violentamente, como se algum colosso invisível estivesse pulando para cima e para baixo em sua encosta. O tronco da Árvore do Terror rachou de alto a baixo, e a Árvore caiu em ruínas ao chão, os galhos por pouco não acertam Luka e o demônio. Um galho caiu em cima do Mimir o Cabeça e ele soltou um berro de dor. Das fileiras de deuses e monstros vieram muitos gritos mais, de angústia, de confusão e de medo. Então se deu o acontecimento mais terrível de todos. Por instantes, muito breves, frações de segundo, *tudo desapareceu completamente*, e Luka, Urso e Cão, os três visitantes do Mundo Real, se viram suspensos em uma *ausência* estarrecedora, sem cor, sem som, sem movimento, sem lei, sem nada. Então o Mundo Mágico voltou, mas uma terrível compreensão estava baixando sobre tudo e todos ali: o Mundo da Magia estava com problemas. Seus fundamentos mais profundos estavam abalados, sua geografia estava ficando incerta, sua própria existência havia começado a ser uma coisa intermitente, liga/desliga. E se os momentos "desliga" começassem a ficar mais longos? E se começassem a durar mais que os momentos de "liga"? E se os momentos de "liga", os períodos de existência do Mundo, diminuíssem a frações de segundo, ou desaparecessem inteiramente? E se tudo que o Ladrão do Fogo acabara de dizer a eles fosse a verdade nua e crua, em que eles até agora tinham se recusado a acreditar, vestidos como estavam com os farrapos de sua antiga glória divina e os restos de seu orgulho? Seria esta a verdade nua e sem enfeites: que a sobrevivência deles estava amarrada à vida declinante de um homem doente e moribundo? Essas perguntas estavam atormentando os habitantes do Mundo Mágico, mas na cabeça de Luka, acelerada, em pânico, havia uma pergunta mais simples, mais horrorizante.

Rashid Khalifa estava morrendo?

Anzu, o demônio do trovão, caiu de joelhos e começou a implorar a Luka com voz macia, dolorida: "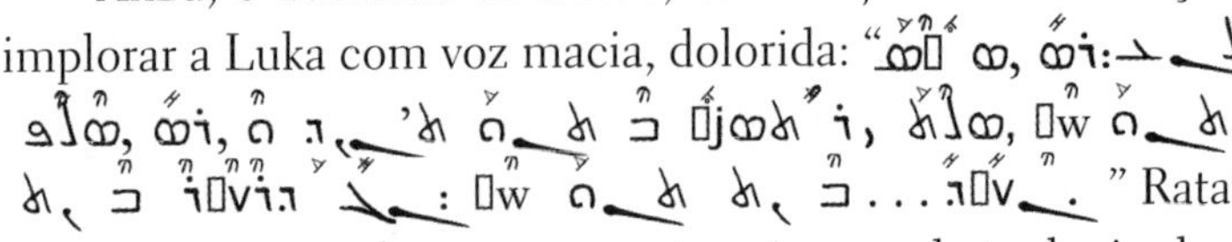 " Ratatat estava tão apavorada que sua voz tremia quando traduziu do sumério: "Salve-nos, senhor! Por favor, senhor, nós não queremos ser apenas contos de fadas. Queremos ser reverenciados de novo! Queremos ser... divinos".

"Senhor, é?", Luka pensou. "Isso é que mudar de tom." Sentiu uma onda de esperança atravessar seu corpo, lutando contra o desespero; ele juntou todas as suas energias num último esforço e disse, com toda a intensidade que conseguiu: "É pegar ou largar, vocês todos. É a melhor oferta que vão ter".

A escuridão parou de se fechar em torno dele; a ira dos deuses oscilou; dominada pelo medo, rompeu em pedaços e se dissipou completamente, para ser substituída por um terror abjeto. As nuvens da raiva se abriram, a luz do dia voltou, e todos puderam ver que o rasgo no céu por onde o enxame de deuses tinha entrado estava dez vezes maior que antes; que na realidade havia rasgos percorrendo o céu de horizonte a horizonte; e que o exército de figuras mitológicas estava se deteriorando, envelhecendo, rachando, se apagando, enfraquecendo, diminuindo e perdendo a habilidade de ser. Afrodite, Hathor, Vênus e as outras Deusas da Beleza olharam a pele enrugada de suas mãos e braços e gritaram: "Quebrem todos os espelhos!". E a figura imensa da Divindade Suprema Egípcia com cabeça de falcão caiu de joelhos, como Anzu, seu corpo começando a cair aos pedaços feito um monumento antigo; e todos os outros deuses seguiram o exemplo de Ra — pelo menos, todos os que tinham joelhos. Em voz baixa, respeitosa, assustada, Ra o Supremo disse: "⌖♏⌧●● ♦♋&♏ ♓♦📭".

"O que ele disse?", Luka perguntou a Ratatat, que tinha começado a pular para cima e para baixo em seu ombro, gritando alto.

"Disse que eles aceitam — a sua oferta, eles aceitam", guinchou Ratatat, com uma voz ao mesmo tempo aliviada e apavorada. "Pode levar o Fogo agora. Depressa! O que está esperando? Salve seu pai! Salve todos nós! Não fique parado aí! Ande!"

Sombras correram no céu acima de suas cabeças. "Olhem só isso!", disse a bem-vinda voz da Insultana de Ontt. "Achei que estava levando minha Força Aérea Lonttra para uma tentativa de resgate frustrada mas galante de um incompetente, só que estranhamente gostável, rapazinho, porque, apesar de sua temeridade, pensando bem eu não podia ficar parada e deixar você à própria sorte com apenas a minha Lonttra Honorária Ratatat para me representar; mas vejo, para minha considerável surpresa, considerando o menino bobo que você é, que conseguiu se virar muito bem sozinho." Lá no céu outra vez limpo de nuvens, mas também decadente acima da Montanha do Conhecimento, toda a FAL em seus tapetes voadores, com grandes quantidades de vegetais podres e aviões de papel carregados com pó de mico, e a Rainha Soraya à frente, a bordo do *Resham*, o Tapete Voador do Rei Salomão o Sábio, junto com o Coiote, corredor de distração, as Aves Elefantes ("Nós viemos também!", gritaram para baixo. "Não queremos só lembrar das coisas! Queremos *fazer* coisas também!") e um estranho de muita idade e tamanho improvável que estava completamente nu, com a barriga cheia de cicatrizes...

Luka não teve tempo de responder a ninguém, nem de perguntar quem era o estranho nu, nem mesmo de abraçar Urso e Cão, que pularam das costas do Rei dos Cavalos e correram para seu lado. "Tenho de chegar ao Fogo", ele gritou. "Cada segundo conta." Urso, o cão, reagiu imediatamente, entrou a toda a velocidade no Templo do Fogo, e voltou segundos depois com um pedaço de madeira em brasa entre os dentes, com o fogo mais brilhante, mais alegre, mais atraente, mais esperançoso que Luka já tinha visto; e Cão, o urso, escalou as colunas do Templo do Fogo e com uma grande pata bateu com toda força na bola dourada acima da entrada. Luka ouviu o conhecido *ding*, viu o número do canto superior direito de seu campo de visão mudar para 8, agarrou a madeira em brasa da boca de Urso e enfiou no Lonttra Pote, onde imediatamente as pequenas Lonttra Batatas começaram a brilhar com a mesma alegria cálida e otimista do pedaço de pau.

"Vamos!", Luka gritou, pendurando o Pote no pescoço outra vez. Seu calor era reconfortante e Soraya mergulhou para permitir que Luka, Urso e Cão saltassem para o Tapete do Rei Salomão. "Não existe meio de transporte mais rápido em todo o Mundo Mágico", ela gritou. "Faça suas despedidas e vamos embora." Então Nuthog e suas irmãs e a esquila Ratatat gritaram: "Não há tempo para isso! Adeus! Boa sorte! Vão embora!". E eles foram. O Tapete de Soraya passou depressa pelo rasgo no céu. "Você entrou pelo Mundo Destro, então é por aí que vai ter de voltar", ela disse. O restante da Força Aérea Lonttra vinha atrás, mas o Tapete do Rei Salomão voava à sua maior velocidade e os outros logo ficaram para trás.

"Não se preocupe", disse Soraya com sua voz mais decididamente alegre. "Vai chegar a tempo. Afinal de contas, você tem todo o nosso Mundo para salvar além do seu pai."

8. A corrida contra o tempo

O céu estava caindo. Estavam voando através do buraco no céu, e partes do céu caíam e despencavam para o Coração da Magia lá embaixo. Luka (mais uma vez aconchegado no cobertor encantado de Soraya) não podia sentir o vento dentro da bolha protetora que Soraya havia produzido em torno do Tapete Voador, mas podia ver seus efeitos no mundo lá embaixo. Árvores inteiras haviam sido arrancadas e voavam pelo ar como se tivessem sido sopradas de imensas flores de dentes-de-leão; ferozes dragões de asas de couro eram atirados para cá e para lá como brinquedos de criança; e o Céu de Tela de Teia, a área mais frágil do Coração da Magia, feito de cinquenta camadas de cintilantes teias, fora esfarrapado. O "Grande Reino Puro", a legendária Biblioteca de Ling-pao T'ien-tsun, que sobrevivera milhares de anos na Tela de Teia, não existia mais. Seus volumes antigos haviam sido lançados ao espaço, as páginas rasgadas batendo como asas. "Os Ventos da Mudança estão soprando", gritou o Pato Elefante, e a Pata Elefante lamentou: "Nosso pequeno conhecimento não conta para nada quando se compara com a sabedoria que está sendo destruída hoje". Era quase impossível para Luka ouvir o que estavam dizendo porque havia um uivo no vento que parecia, assim, *vivo*. Foi o Coiote, com os pelos arrepiados, que explicou que "*os Uivos do Vento estão à solta e quando eles dão de uivar, nossa!, a criação inteira chega a ponto de se despedaçar*". Luka decidiu que não queria perguntar quem ou o que seriam os Uivos do Vento.

Luka, junto com o Coiote, as Aves Elefantes, Urso, o cão, e Cão, o urso, estavam sentados, tensos, perto da borda frontal do Tapete Voador, observando o turbulento Mundo passar como um relâmpago. Atrás deles, no centro do Tapete, Soraya estava parada com os olhos fechados e os braços estendidos, forçando o *Resham* a ganhar velocidades que nunca experimentara antes; e atrás dela, com as mãos em seus ombros, emprestando-lhe sua força, ajoelhado, o gigantesco velho nu que Luka nunca encontrara antes. "*É ele*", o Coiote chiou no ouvido de Luka. "*O Velho Garotão. Primeiro e maior de todos. Ouviu falar da sua corrida e veio dar uma força. O Velho Garotão. Depois de todo esse tempo. É uma boa, garoto. Uma honra para todos nós.*"

Voaram para fora do Coração da Magia e os Caminhos que Se Bifurcam estavam debaixo deles, suas águas fervendo, saltando no ar para formar paredes líquidas, depois caindo de novo em torrentes. "Então isto é o Nível Nove", Luka ouviu a si mesmo dizendo, e Soraya respondeu, sombria: "Não, isto é o Fim do Mundo".

O Redemoinho Inescapável e a armadilha temporal El Tiempo estavam girando cada vez mais depressa, sugando matéria para suas bocas com força cada vez maior, e Soraya teve de levar o Tapete Voador a uma altitude perigosa, mais de cem quilômetros acima da superfície, a menos de dois quilômetros da linha Kármán, mas ainda houve um momento em que Soraya teve de levar o Tapete Voador a uma altitude perigosa, mais de cem quilômetros acima da superfície, a menos de dois quilômetros da linha Kármán, mas ainda houve um momento em que Soraya teve de levar o Tapete Voador a uma altitude perigosa, mais de cem quilômetros acima da superfície, a menos de dois quilômetros da linha Kármán, mas ainda houve um momento em que Soraya teve de levar o Tapete Voador a uma altitude perigosa, mais de cem quilômetros acima da superfície, a menos de dois quilômetros da linha Kármán, mas ainda houve um momento em que Eles quase foram pegos e então se libertaram e voaram como um míssil do estilingue de um menino numa direção que Soraya não conseguia controlar. O Tapete Voador estava rodando e rodando como uma moeda, e seus passageiros se agarraram uns aos outros, temendo pela própria vida. Luka não notou a Grande Estagnação lá embaixo, e depois vieram as Brumas do Tempo. As Brumas também estavam com problemas: grandes buracos e rasgos tinham aparecido no que antes era uma impenetrável parede cinzenta. Dentro delas o Tapete ainda girava e as Aves da Memória choraram com medo do Esquecimento, e o Coiote uivou, e as coisas podiam ter ficado insuportáveis se o "Velho Garotão", o Titã Prometeu, não tivesse se posto de pé e falado pela primeira vez, usando palavras de Força. "*Khalo!*", ele rugiu para o agitado fog do nada. "Eu não escapei à Ave de Zeus para perecer num fog! *Dafa ho!* Desapareça, imunda Cortina, e deixe-nos seguir nosso caminho." E imediatamente o Tapete Voador emergiu das Brumas e Luka pôde ver onde estavam.

Não era uma visão alegre. Tinham sido soprados para longe do Rio. A Cidade dos Sonhos estava abaixo deles agora e, enquanto Soraya lutava para manter o Tapete Voador na direção correta, Luka pôde ver as torres da Cidade dos Sonhos despencando como castelos de cartas, as casas ruindo, sem teto, e ele viu também muitos Sonhos desabrigados, que só floresciam detrás de cortinas fechadas no escuro confortável, cambaleando por ruas luminosas até caírem e murcharem na luz. Pesadelos galopavam às cegas pelas ruas da Cidade e apenas uns poucos cidadãos pareciam incólumes; mas mesmo esses vagavam sem rumo, sem prestar atenção ao caos à sua volta, como se vivessem em mundos próprios. "Devem ser os Sonhos Acordados", Luka adivinhou.

O colapso do Mundo da Magia o aterrorizava, porque só podia significar que a vida de Rashid Khalifa estava descendo sua última ladeira e, portanto, enquanto Luka olhava horrorizado o desmoronar de campos e fazendas na Terra do Conteúdo Perdido, enquanto via a fumaça subindo dos incêndios florestais no Montes Azuis da Lembrança, enquanto assistia ao colapso da Cidade da Esperança, tudo o que conseguia pensar era: "*Me leve de volta a tempo, por favor, não deixe que seja tarde demais, só me leve de volta a tempo*".

Então, ele viu a Fortaleza da Nuvem de Baadal-Garh vindo na direção deles em alta velocidade, suas maciças fortificações intactas, a Nuvem sobre a qual ela estava fervendo e borbulhando como um filme acelerado de si mesma, e com o coração apertado compreendeu que sua batalha final ainda estava por vir. Na mão esquerda apertava o Lonttra Pote pendurado no pescoço e aquele calor lhe dava certa força. Engatinhou pelo Tapete Voador até chegar perto de Soraya — era impossível andar ereto naquele tapete ondulante, veloz, sacudido pelo vento — e perguntou, já sabendo as respostas. "Quem é o encarregado da Fortaleza? Eles querem nos prejudicar?" O rosto e o corpo de Soraya se encheram de tensão. "Preferia não estar tão à frente da Força Aérea Lonttra", ela disse, quase para si mesma. "Mas, seja como for, a Força não seria de muita valia contra este inimigo." Então, ela se virou tristemente para Luka e respondeu: "No fundo do meu coração, eu sabia que isto ia acontecer. Não sabia onde, como ou quando, mas sabia que eles não iam recuar. São os Aalim, Luka, os Guardiães do Fogo, os senhores do Tempo: Jo-Hua, Jo-Hai, Jo-Aiga. Trindade mais dura você nunca verá. E com eles, bem como eu desconfiava, está um traidor e vira-casaca. Olhe, lá em cima da muralha. Aquela camisa vermelhona. Aquele chapéu-panamá surrado. Aquele é um patife, nas fileiras de nossos mais mortais inimigos".

Sim, era Ninguémpai, não mais um espectro transparente, e sim parecendo tão sólido quanto qualquer homem. Raiva e tristeza lutavam entre si no coração de Luka, mas ele reagiu. Era uma situação para mentes tranquilas. A Cidade Fortaleza de Baadal-Garh estava acima deles e, ao se aproximarem, cresceu. A Nuvem sobre a qual estava expandiu-se em torno do Tapete Voador do Rei Salomão o Sábio e circundou-os, assim como as longas paredes da Fortaleza. Estavam numa prisão no céu, Luka percebeu, e mesmo que o ar acima deles estivesse transparente, ele tinha certeza de que alguma barreira invisível impediria sua passagem se tentassem escapar. Eram prisioneiros do Tempo e o Tapete Voador parou bem abaixo da muralha onde a criatura que Luka conhecera por Ninguémpai estava parada, olhando de cima para eles, com desdém.

"Olhem para mim", ele disse. "Como podem ver, já é tarde demais."

Luka teve de lutar por seu autocontrole, mas conseguiu gritar de volta: "Não pode ser verdade, senão você não estaria mais por aqui, não? Se estava dizendo a verdade quando falou do que acontece quando seu trabalho está completo, então você teria feito aquela coisa oposta ao Bang, você teria, seja lá como chamou aquilo, *des virado*, e você me disse que não queria fazer isso...".

"*Des-ser*", Ninguémpai corrigiu. "Já devia conhecer a terminologia agora. Ah, e quando foi que eu disse que não queria fazer isso? Eu menti. Por que uma criatura não iria querer fazer a coisa para a qual foi criada? Se você nasceu para dançar, você dança. Se você nasceu para cantar, você não fica sentado de boca fechada. E se você veio a ser a fim de devorar a vida de um homem, então terminar a tarefa e Des-ser quando ela está completa é a realização suprema, o clímax absolutamente satisfatório. É, sim! Uma espécie de êxtase."

"Parece que você está apaixonado pela morte, para falar a verdade", disse Luka, e então entendeu o sentido do que tinha dito.

"Bastante", disse Ninguémpai. "Agora você entendeu. Confesso de fato certa dose de autoamor. E essa não é uma qualidade nobre, admito prontamente. Mas repito: *êxtase*. Ainda mais num caso como este. Seu pai lutou comigo com toda a sua força, admito a você. Meus cumprimentos a ele. Ele sente claramente que tem poderosas razões para ficar vivo e talvez você seja uma dessas razões. Mas eu estou com a mão na garganta dele agora. E você tem razão: quando eu disse que era tarde demais, menti de novo. Olhe."

Ele levantou a mão direita e Luka viu que estava faltando metade do dedo médio. "Só resta a ele este tanto de vida", disse Ninguémpai. "E enquanto nós conversamos, ele está se esvaziando e eu me enchendo. Quem sabe? Talvez você ainda esteja por aqui para assistir ao grande acontecimento. Pode esquecer essa história de chegar em casa a tempo para salvar seu pai, mesmo que tenha de fato o Fogo da Vida nesse Lonttra Pote pendurado no pescoço. Meus parabéns por ter chegado tão longe. Nível Oito! Uma realização e tanto. Mas agora, não vamos esquecer, o Tempo está do meu lado."

"Você acabou se revelando uma figura bem horrenda, sem dúvida", disse Luka. "Que bobo eu fui de me deixar levar por você." Ninguémpai deu uma risada fria. "Ah, mas se você não tivesse vindo comigo, não teria tido toda essa diversão", disse ele. "Você fez a espera ficar tão mais divertida. Eu realmente lhe devo meus agradecimentos."

"Para você tudo não passou de um jogo apenas!", Luka gritou, mas Ninguémpai balançou o dedo pela metade para ele. "Não, não", disse, reprovando. "Nunca *um jogo apenas*. É uma questão de vida ou morte."

Cão, o urso, se pôs sobre as patas traseiras e rosnou: "Não aguento mais esse sujeito. Deixe eu partir para cima dele". Mas Ninguémpai estava fora do alcance de Cão lá no alto da muralha e parecia não haver jeito de subir. Então, com sua voz muito, muito profunda, o Titã falou, o próprio Velho Garotão. "Deixe ele comigo", disse, e se levantou da posição de joelhos atrás de Soraya; levantou-se; e levantou-se; e levantou-se. Quando um Titã fica totalmente ereto, o universo estremece. (O universo tenta também desviar os olhos, porque a nudez ampliada a esse tamanho é muito, muito maior que uma nudez de tamanho normal e mais difícil de ignorar.) Muito tempo antes, o tio do Velho Garotão tinha se erguido assim e destruído o próprio céu. Depois disso, a batalha dos deuses gregos contra os Doze Titãs havia sacudido a Terra quando os colossos lutavam e caíam. O Velho Garotão, veterano e herói daquela guerra, que desprezava roupas como os heróis gregos e antigos sempre haviam desprezado, se ergueu e ficou tão grande que Soraya teve de ampliar depressa o Tapete Voador até seu tamanho máximo, antes que fossem todos derrubados para fora pelos pés do Titã, que não paravam de crescer. Luka gostou de ver o ar de medo na cara de Ninguémpai quando o herói estendeu uma enorme mão esquerda, agarrou-o e o segurou com força. "Me solte", ganiu Ninguémpai, a voz agora soando inumana, Luka pensou. Era demoníaca, como a voz de um ogro, e nesse momento preciso era assustadora.

"Me solte", guinchou Ninguémpai. "Você não tem o direito de fazer isso!"

O Velho Garotão sorriu um sorriso do tamanho de um estádio. "Ah, mas tenho um esquerdo", ele disse, "e nós, canhotos, nos ajudamos uns aos outros, sabe."

Então ele pôs a mão para trás até onde alcançava, com Ninguémpai chutando e guinchando, e depois atirou a horrenda, enganadora criatura sugadora de vida muito, muito longe, para o alto do céu, uivando até o limiar da atmosfera e além da linha Kármán, onde o mundo terminava e o negrume do espaço exterior começava.

"Ainda estamos presos aqui", Cão, o urso, observou queixoso, porque se sentia um pouco diminuído pelo esforço titânico do Titã. Então, muito alto, e de um jeito muito provocador, acrescentou: "Onde estão esses Aalim, afinal? Eles que apareçam, se não estiverem apavorados demais para enfrentar a gente".

"Cuidado com o que pede", disse Soraya depressa, mas era tarde demais.

"*Não se sabe*", dissera Rashid Khalifa, "*se os Aalim têm forma física real. Talvez eles tenham corpos, ou talvez possam simplesmente assumir formas corporais quando precisam, e em outros momentos ser entidades incorpóreas, que se espalham no espaço — porque o Tempo está em toda parte, afinal; não existe lugar que não tenha seus Ontens, que não viva num Hoje, que não tenha esperança de um bom Amanhã. De qualquer forma, os Aalim são conhecidos por sua extrema relutância em aparecer em público, preferindo trabalhar em silêncio e nos bastidores. Quando foram vistos de relance, estavam sempre escondidos debaixo de capas com capuzes, como monges. Ninguém nunca viu seus rostos e todo mundo tem medo de sua passagem, a não ser umas poucas crianças específicas...*"

"Umas poucas crianças específicas", Luka disse em voz alta, lembrando, "capazes de desafiar o poder do Tempo só por nascer e nos tornar todos jovens outra vez." Fora sua mãe quem tinha dito isso primeiro, ou alguma coisa assim — ele sabia disso porque ela fizera questão de lhe contar —, mas logo a ideia passara a fazer parte do inesgotável depósito de histórias de Rashid. "É mesmo", ele tinha admitido para Luka com um sorriso sem-vergonha, "eu roubei isso de sua mãe. Não esqueça: se vai ser ladrão, roube coisa boa."

"Bom", pensou Luka, o Ladrão do Fogo da Vida, "eu segui seu conselho, pai, olhe o que roubei e onde isso me levou agora."

As três figuras encapuzadas paradas na muralha da Fortaleza da Nuvem de Baadal-Garh não eram grandes nem imponentes. Seus rostos eram invisíveis e elas estavam de braços cruzados, como se tivessem bebês no colo. Não diziam nada, mas não precisavam dizer. Era evidente pela expressão de Soraya, pelo ganido agudo do Coiote ("*Madre de Dios, se eu não estivesse num tapete no céu ia sair correndo agorinha mesmo e arriscava*") e pelo tremor das Aves Elefantes ("Tudo bem, talvez a gente não queria fazer coisas, afinal! Talvez a gente só queira viver e lembrar de coisas, como é nosso dever!") que a mera aparição deles despertava terror no povo do Mundo Mágico. Até mesmo o grisalho Velho Garotão, o próprio grande Titã, estava todo agitado, nervoso. Luka sabia que estavam todos pensando em Sniffelheim, cheios de medo de serem presos para sempre em sólidos blocos de gelo. Ou talvez estivessem preocupados com aves que comem fígados. "Hummm", ele pensou, "parece que nossos Amigos Mágicos não vão ajudar muito nesta situação. Vai depender da turma do Mundo Real resolver isto aqui de algum jeito."

Então, os Aalim falaram, em uníssono, três vozes graves, do outro mundo, cuja tripla frieza parecia de aço, como espadas invisíveis. Mesmo a corajosa Soraya estremeceu com o som. "Nunca pensei que seria forçada a ouvir as Vozes do Tempo", ela gritou e cobriu os olhos com as mãos. "Oh, oh! É insuportável! Não aguento isso!", e caiu de joelhos, cheia de dor. Os outros seres mágicos estavam igualmente aflitos e tremiam em cima do Tapete Voador em evidente agonia, exceto o Velho Garotão, cuja tolerância à dor era evidentemente muito grande depois daquela eternidade à mercê da grande Ave de Zeus comedora de fígado. Cão, o urso, parecia indiferente, porém, e Urso, o cão, com os pelos do pescoço eriçados, mostrava os dentes num esgar irado.

"*Vocês nos afastaram do nosso Tear Manual*", disseram as macias vozes de espada. "*Somos tecelões, nós três, e no Tear dos Dias nós tecemos as Tramas do Tempo, tecendo o todo do Porvir na trama do Ser, o todo do Conhecimento no pano do Conhecido, o todo do Fazer no traje do Feito. Agora vocês nos afastaram de nosso Tear e as coisas estão desordenadas. A desordem nos desagrada. Desagrado nos desagrada também. Portanto estamos duplamente desagradados.*" E então, depois de uma pausa: "*Devolvam o que roubaram e talvez poupemos suas vidas*".

"Olhe o que está acontecendo em volta de vocês", Luka gritou de volta. "Podem ver? A calamidade de todo este Mundo? Não querem salvar isso tudo? É isso que estou tentando fazer, e tudo o que vocês têm a fazer é sair da minha frente e me deixar ir para casa."

"*Não há consequência para nós se este Mundo vive ou morre*", veio a resposta.

Luka ficou chocado. "Vocês não se importam?", perguntou, incrédulo.

"*Nosso negócio não é Compaixão*", replicaram os Aalim. "*As eras passam impiedosamente, as pessoas queiram ou não. Todas as coisas têm de passar. Só o Tempo em si perdura. Se este Mundo termina, outro continuará. Felicidade, amizade, amor, sofrimento, dor são ilusões passageiras, como sombras numa parede. Os segundos marcham e se transformam em minutos, os minutos em dias, os dias em anos, sem sentimentos. Não existe 'importar-se'. Só esse conhecimento é Sabedoria. Só essa sabedoria é Conhecimento.*"

Os segundos estavam realmente marchando e em casa, em

Kahani, a vida de Rashid Khalifa estava se esgotando. "Os Aalim são meus inimigos mortais", ele havia dito, e eram mesmo. Dentro de Luka irrompeu uma paixão, e um grito de amor furioso escapou dele. "Então amaldiçoo vocês, como amaldiçoei o Capitão Aag!", ele gritou aos Três Jos. "Ele prendia e tratava com crueldade seus animais e vocês são exatamente do mesmo jeito, para falar a verdade. Pensam que têm todo mundo em sua jaula então podem nos ignorar e nos atormentar e fazer de nós o que quiserem, e não se importam com nada além de si mesmos. Bom, eu amaldiçoo vocês, os três! O que vocês são, afinal? Jo-Hua, o Passado já foi e nunca mais vai voltar, e se ele continua vivendo é em nossa memória e na memória das Aves Elefantes, claro, e com certeza não parado aí em cima da muralha dessa Fortaleza na Nuvem, usando esse capuz idiota. Quanto a você, Jo-Hai, o Presente praticamente não existe, até um menino da minha idade sabe disso. Ele desaparece no Passado cada vez que eu pisco os olhos e nada tão, ahn, *temporário* assim tem muito poder sobre mim. E Jo-Aiga? O Futuro? Dá um tempo! O Futuro é um sonho e ninguém sabe como vai ser. A única coisa certa é que nós, Urso, Cão, minha família, meus amigos e eu, *nós* faremos seja lá o quer for, bom ou ruim, alegre ou triste, e com toda certeza não precisamos de vocês para nos dizer o quê. O Tempo não é uma prisão, seus impostores. É só a estrada onde eu estou, e agora estou com muita pressa, então saiam da minha frente. Todo mundo aqui viveu com medo de vocês durante tempo demais. Pois eles que percam o medo e... e... ponham *vocês* no gelo, só para variar. Parem de me amolar agora. Eu... eu estalo os dedos para vocês."

Então foi isso. Ele desafiou o poder do Tempo, assim como sua mãe (e, depois, seu pai) tinham dito que era capaz, e tudo o que ele possuía no fim da coisa era sua capacidade recém-adquirida de estalar os dedos com força. Não era uma grande arma, na verdade. Mas era interessante, não?, que os Aalim tivessem estacado diante de sua maldição, juntado as cabeças e se posto a cochichar e murmurar de um jeito que Luka achou que parecia *desamparado*. Seria possível? Será que eles eram impotentes diante do famoso Poder de Amaldiçoar de Luka Khalifa? Será que sabiam que ele era uma das Crianças Especiais que não eram vítimas do Tempo? Será que sabiam que, se esse era o Mundo Mágico de Rashid Khalifa, então os Aalim eram sua criação também e, portanto, sujeitos às suas leis? Muito decidido, como um feiticeiro que lança um encantamento, Luka levantou a mão direita bem acima da cabeça e estalou os dedos com toda a força.

Na deixa exata, a Fortaleza da Nuvem de Baadal-Garh começou a se sacudir em volta deles como um cenário de teatro vagabundo e, enquanto os prisioneiros no Tapete Voador assistiam, perplexos, grandes porções das muralhas daquela prisão aérea começaram a rachar e cair. "Está sob ataque do exterior", Luka gritou, e todo mundo no Tapete Voador começou a dar vivas enquanto os Aalim sumiam de vista para enfrentar o ataque inesperado. "Quem é?", Soraya perguntou, reunindo forças e parecendo extremamente envergonhada por seu momento de fraqueza. "É a Força Aérea Lonttra? Se for, temo que estejam em missão suicida." O Titã nu sacudiu a cabeça e um lento sorriso dominou seu rosto imenso. "Não são as Lonttras", ele disse. "São os deuses, revoltantes."

"Bom, no geral nós concordamos que os deuses são difíceis", disseram as Aves Elefantes, "mas não precisa ser rude."

"Eu quis dizer", o Velho Garotão deu um suspiro, "que os deuses estão se revoltando."

E estavam mesmo. Mais tarde em sua vida, quando Luka pensava nesses acontecimentos, ele nunca teve certeza se a Revolta dos Deuses tinha sido provocada por seu discurso debaixo da Árvore do Tormento, quando tentara convencer as divindades esquecidas de que sua sobrevivência dependia de seu pai; ou se tinha sido conjurada por sua Maldição, cujo propósito havia sido derrubar o domínio dos Aalim sobre os assuntos de ambos os mundos, o Real e o Mágico; ou se os imortais aposentados tinham resolvido que já bastava, e Luka e seus amigos simplesmente estavam lá na hora certa para assistir às consequências. Qualquer que fosse a razão, o enxame de ex-deuses do Coração da Magia voou pelo rasgo no céu e baixou em fúria sobre a Fortaleza da Nuvem de Baadal-Garh. Bastet a Deusa Gata, do Egito, Hadadu o Deus do Trovão acádio, Gong Gong o Deus das Enchentes da China, cuja cabeça era tão forte que conseguia rachar a Coluna do Céu, Nyx a Deusa da Noite grega, o selvagem Lobo Fenris nórdico, Quetzalcoatl a Serpente Emplumada, do México, e uma variedade de Demônios, Valquírias, Rakshasas e Goblins podiam ser vistos reunidos em torno dos chefões, Ra, Zeus, Tlaloc, Odin, Anzu, Vulcano e os outros todos, queimando a Fortaleza da Nuvem, mandando tsunamis contra suas muralhas, explodindo raios contra ela, batendo com a cabeça e, no caso de Afrodite e das outras Deusas da Beleza, reclamando em voz alta contra a Devastação do Tempo em seus rostos, em seus corpos, em seus cabelos.

Se havia um campo de força protegendo a Fortaleza da Nuvem, o Ataque da Magia* foi demais para ele. E enquanto o poderio conjunto de todas as antigas divindades demolia a fortaleza Aalim e se ouvia um som alto, estranho, guinchado, miado, Luka gritou para Soraya: "É a nossa chance!", e imediatamente o Tapete Voador subiu alto no céu e levou seus passageiros a toda a velocidade.

* Ou, para dar o título completo do evento, a Derrubada da Ditadura dos Aalim pelos Habitantes do Coração do Mundo Mágico, e Sua Substituição por Uma Relação Mais Sensata com o Tempo, Permitindo Sonhar Acordado, Atrasar, Vagabundear, Protelar, Relutar e a Generalizada Antipatia por Envelhecer.

A escapada não foi fácil. Os Aalim estavam jogando sua última cartada; sua era estava terminando, mas eles ainda podiam convocar servidores leais. Soraya tinha acabado de determinar o rumo para o Dique, o aterro no rio Silsila onde Luka teria de saltar de volta para o Mundo Real, quando um esquadrão de bizarras aves de uma pata só, os fabulosos Shang Yang ou Aves da Chuva da China, atacaram de cima o Tapete Voador. Os Shang Yang levaram rios inteiros em seus bicos e despejaram em cima do *Resham* na tentativa de apagar o Fogo que brilhava no Lonttra Pote em torno do pescoço de Luka. O Tapete deu uma guinada de lado e mergulhou debaixo do peso das avalanches de água que caíam; mas então, mostrando incrível poder de recuperação, endireitou-se e voou em frente. O ataque das Aves da Chuva continuou; cinco, seis, sete vezes as enchentes caíram do céu, e os passageiros caíram, colidiram uns com os outros e rolaram perigosamente perto da beira do Tapete. Mas a bolha defensora resistiu firmemente. Por fim, o suprimento de água dos Shang Yang secou e eles bateram as asas mal-humorados e foram embora. "É, foi bom ter resistido ao ataque, mas não é o fim dos problemas", Soraya alertou o alegre Luka. "Os Aalim fizeram mais uma tentativa desesperada de impedir que o Fogo da Vida atravesse para o Mundo Real. Você ouviu aquele horrível, lamentável som de miado que encheu o ar quando saímos da Fortaleza da Nuvem? Eram os Aalim jogando sua cartada final. Sinto dizer que aquele barulho era a Convocação de libera os mortais Gatos de Chuva."

Os Gatos de Chuva — pois é hora, afinal, de falar de coisas traiçoeiras! — logo começaram a cair do céu. Eram Gatos grandes, chuvatigres e chuvaleões, chuvajaguares e chuvachitas, Felinos d'Água com todas as pintas e listras. Eram feitos da própria chuva, chuva encantada pelos Aalim e transformada em Gatos Selvagens de dentes de sabre. Caíam como caem os gatos, ágeis, destemidos, e quando batiam na bolha protetora invisível do Tapete Voador enfiavam nela suas garras e seguravam. Logo havia Gatos de Chuva em cima de toda a bolha, centenas deles, depois milhares, e suas garras eram longas e fortes, e rasgavam a bolha com grande e danoso resultado. "Temo que eles consigam romper o escudo", Soraya gritou, "e são tantos para combatermos."

"Não, não são! Desçam aqui, Gatos Covardes! Que nós mostramos para vocês!", Urso, o cão, latiu bravamente para os arranhadores e rasgadores Gatos de Chuva acima dele, e o Velho Garotão se preparou para crescer de novo a seu pleno tamanho, mas Luka sabia que aquilo tudo não passava de bravata vazia. Milhares de ferozes felinos encantados sem dúvida dominariam até mesmo o grande Titã, e Urso e Cão (e talvez até mesmo o Coiote) lutariam com todo o empenho, e sem dúvida Soraya tinha muitos truques na manga, porém não poderia haver, no fim, vitória contra inimigos tão desiguais. "Toda vez que penso que nós conseguimos", Luka pensou, "aparece mais um obstáculo impossível no meu caminho." Pegou a mão de Soraya e a apertou. "Só tenho mais cento e sessenta e cinco vidas, e acho que não vão ser suficientes para me fazer superar este último teste", disse. "Então, se perdermos aqui, quero agradecer a você, porque eu nunca chegaria nem na metade sem a sua ajuda." A Insultana de Ontt apertou a mão dele também, olhou para trás e abriu um amplo sorriso. "Não precisa ficar sentimental comigo ainda, menino bobo", ela disse, "porque você não está só fazendo muitos inimigos, embora pareça que inimigo é coisa que não lhe faz falta. Olhe para trás. Você adquiriu também uns amigos bem poderosos."

Enormes blocos de nuvens tinham se formado atrás do Tapete Mágico do Rei Salomão o Sábio; mas Soraya apontou, exultante, que não eram meras nuvens. Eram os Deuses do Vento do Mundo Mágico, todos reunidos. "E a presença deles aqui", ela disse, tranquilizadora, "quer dizer que os deuses estão definitivamente decididos a mandar você para casa para fazer o que tem de fazer."

Então Luka viu os rostos dos Deuses do Vento dentro dos blocos de nuvens, rostos de nuvem com as bochechas infladas e soprando com toda a força. "*Três* Deuses do Vento chineses ali", Soraya disse, muito excitada, "Chi Po, Feng-Po-Po e Pan-Gu! E está vendo aquele bando de Ventoleões, os Fong-shih-ye do arquipélago Kinmen de Taiwan? Os chineses geralmente se recusam a falar deles, ou sequer a aceitar que existem, mas aí estão eles, trabalhando juntos! É mesmo incrível como todos se reuniram por você! Fujin veio do Japão, e ele nunca vai a *lugar nenhum*. Olhe ali, todos os deuses americanos, a divindade iroquesa Ga-Oh e Tate, dos sioux, e, veja, o feroz Espírito do Vento cherokee, Unawieh Unggi, lá! Olhe, os sioux e os cherokees nunca foram aliados e se juntaram com a Confederação Iroquesa, nossa! E até Chup o Deus do Vento da tribo chumash da Califórnia parou de tomar sol e apareceu; ele está sempre numa boa demais para soprar mais que uma leve brisa. E os africanos também estão aqui — aquela é Iansã a Deusa do Vento ioruba! E da América Central e do Sul, Ecalchot, dos índios niquiran, e os Pauahtuns maias, e Unáhsinte, dos índios zuni, e Ghabancex, dos caribenhos... são tão velhos, estes, que francamente achei que tinham desaparecido no ar, mas parece que ainda têm muito fôlego! E o gordo Fa'atiu, de Samoa, está ali, e o inchado Buluga, das ilhas Andaman, está lá, e Ara Tiotio o Deus Tornado, da Polinésia, e Paka'a, do Havaí. E Ays o Demônio do Vento armênio, e as Vila, as deusas eslavas, e o gigante alado norueguês Hraesvelg, que produz vento simplesmente batendo as asas, e a deusa coreana Yondung Halmoni — estaria soprando melhor se não tivesse enchido a boca com bolos de arroz, a gulosa! —, Mbon, da Birmânia, e Enlil."

"Pare, por favor, pare", Luka implorou. "Não importa como eles se chamam — o que estão fazendo é mais que suficiente." O que eles estavam fazendo era o seguinte: estavam soprando os Gatos de Chuva, para afastá-los. Com muitos rugidos e uivos os Gatos de Chuva iam soltando as garras da bolha em torno do Tapete Voador e saíam voando para lugar nenhum, rodando no vento para as profundezas do céu quebrado. Um grande grito de felicidade eclodiu de todos a bordo do *Resham*, e então os Deuses do Vento continuaram soprando e o Tapete começou a viajar na velocidade mais incrível. Até mesmo Soraya, com toda a sua habilidade, não teria conseguido ir tão depressa. O Mundo Mágico abaixo deles e o céu acima viraram um borrão. Tudo o que Luka conseguia ver era o próprio Tapete e a massa de Deuses do Vento atrás dele, a soprá-lo de volta para casa. "*Me façam chegar a tempo*", ele pensou, ardentemente, mais uma vez, "*por favor, não deixem que seja tarde demais, só me façam chegar a tempo.*"

O vento parou, o Tapete pousou, os Deuses do Vento desapareceram, e Luka estava em casa: não à margem do Silsila, como ele esperava, mas em sua própria alameda, em frente a sua própria casa, no lugar exato onde tinha ouvido Cão e Urso falarem pela primeira vez, quando encontrara Ninguémpai e embarcara naquela grande aventura. As cores do mundo ainda estavam estranhas, o céu ainda era muito azul, a terra marrom demais, as casas muito mais rosa e verde do que de costume; não era normal também um Tapete Voador estar estacionado ali, com uma Sultana do Mundo Mágico, um Titã, um Coiote e duas Aves Elefantes a bordo, todos parecendo nitidamente pouco à vontade.

"A verdade é que aqui, a Fronteira, não é o nosso lugar", disse Soraya, quando Luka, Cão, o urso, e Urso, o cão, desceram do *Resham* para a alameda empoeirada. "Então, se tem de ir, vá depressa, para a gente poder ir embora também. Vá para a outra Soraya que mora naquela casa, e quando soltar essa Lonttra Batata na boca de seu pai não se esqueça de que foi a Insultana de Ontt quem deu para você. E depois, quando crescer e virar um homem, pense nesta Insultana às vezes, se não esquecê-la de uma vez."

"Nunca vou me esquecer de você", disse Luka, "mas, por favor, posso fazer uma última pergunta? Posso pegar a Lonttra Batata com a mão nua? E se puser dentro da boca do meu pai, não vai queimar tudo?"

"O Fogo da Vida não machuca quem o toca", disse Soraya de Ontt. "Ao contrário, ele cura feridas. Você vai ver que esse vegetal brilhante não está quente demais para pegar. E só vai fazer bem a seu pai. São seis Lonttra Batatas nesse Pote, por sinal", ela concluiu, "uma para cada um de vocês, se você resolver assim."

"Adeus, então", disse Luka, e então voltou-se para o Velho Garotão e acrescentou: "E eu queria dizer que sinto muito pelo que aconteceu com o Capitão Aag, porque ele era seu irmão e tudo". O Velho Garotão deu de ombros. "Não tem por que sentir nada", disse. "Eu não gostava mesmo dele." Depois, sem mais delongas, a Insultana Soraya levantou os braços e o Tapete Voador do Rei Salomão o Sábio subiu para o céu e desapareceu com apenas uma suave *uuush* de despedida.

Luka olhou a porta de casa e viu, parado no degrau, brilhando à primeira luz do dia, um grande globo dourado: o Botão de Salvar o fim do Nível Nove, o fim do "jogo" que não tinha sido jogo nenhum, mas, como havia dito Ninguémpai, uma questão de vida e morte. "Venham", ele gritou para Cão e Urso. "Vamos para casa!" Correu para o Botão de Salvar e assim que chegou nele tropeçou, como sabia que ia acontecer; conseguiu chutar o botão com a perna esquerda ao se retorcer desajeitadamente para a direita; ouviu, pela última vez, o característico *ding* que confirmava que tinha conseguido; viu todos os números desaparecerem de seu campo de visão; ficou estranhamente tonto por um momento; depois recuperou o equilíbrio e viu que o globo dourado tinha desaparecido, as cores do mundo tinham voltado ao normal. Ele entendeu que tinha deixado para trás o Mundo da Magia e que estava de volta onde precisava estar. "E parece que é exatamente a mesma hora em que eu saí", maravilhou-se. "Então nada disso aconteceu, só que, claro, aconteceu, sim." O Lonttra Pote ainda estava pendurado em seu pescoço e ele sentia seu calor no peito. Respirou fundo e correu para dentro, subiu a escada o mais depressa que pôde, e Urso, o cão, e Cão, o urso, o acompanharam.

Os doces aromas de casa lhe deram as boas-vindas: o perfume de sua mãe, os mil e um mistérios da cozinha, o frescor dos lençóis limpos, as fragrâncias acumuladas de tudo o que tinha acontecido entre aquelas paredes durante todos os anos de sua vida, e os aromas mais antigos, mais obscuros, que tinham ficado no ar desde antes de ele nascer. E no alto da escada estava seu irmão Haroun, com uma estranha expressão no rosto. "Você andou por algum lugar, não foi?", Haroun perguntou. "Você andou aprontando alguma. Dá para ver na sua cara." Luka passou depressa por ele, dizendo: "Não tenho tempo para explicar agora, para falar a verdade", e Haroun virou-se e correu atrás dele. "Eu sabia", ele disse. "Você teve a sua aventura! Então vamos lá, conte aí! E o que é isso pendurado no seu pescoço?" Luka saiu correndo sem responder, e Urso, o cão, e Cão, o urso, empurraram Haroun para passar enquanto Luka corria para o quarto do pai. Eles tinham participado da aventura também e não pretendiam perder a cena final.

Rashid Khalifa estava deitado em sua cama. Dormindo com a boca aberta, exatamente como Luka tinha visto pela última vez, e ainda havia tubos ligados a seu braço, e o monitor ao lado da cama mostrava que o coração ainda batia, mas muito, muito fraquinho. Ele parecia feliz, porém, ainda parecia feliz, como se estivesse escutando uma história que adorava. E, parada ao lado da cama, a mãe de Luka, Soraya, com as pontas dos dedos nos lábios, e Luka entendeu, no momento em que entrou correndo no quarto e a viu, que ela estava para beijar os dedos e depois tocar a boca de Rashid, porque estava se despedindo.

"O que pensa que está fazendo correndo feito um maluco?", Soraya perguntou, e então Urso, o cão, Cão, o urso, e Haroun entraram correndo também. "Parem com isso, vocês todos", ela ordenou. "O que significa isso? Um parque de diversões? Um circo? O quê?"

"Por favor, mãe", Luka implorou, "não dá tempo de explicar — por favor, só deixe eu fazer o que eu tenho de fazer." E sem esperar a resposta da mãe, ele pegou uma Lonttra Batata, brilhando com o Fogo da Vida, e a pôs dentro da boca aberta de seu pai; onde, para sua surpresa, ela se dissolveu instantaneamente. Luka, olhando fixo entre os lábios do pai, viu pequenas línguas de fogo mergulharem para as entranhas de Rashid e então desaparecerem, e, por um instante, nada aconteceu, e o coração de Luka quase parou. "Aah", sua mãe estava reclamando, "o que foi que você fez, menino bobo...?" Mas então as palavras de zanga morreram em seus lábios porque ela e todos no quarto viram a cor voltar ao rosto de Rashid; depois, um brilho de saúde espalhou-se por suas faces, quase como se ele estivesse envergonhado; e o monitor ao lado da cama começou a martelar uma batida de coração firme e regular.

As mãos de Rashid começaram a se mexer. A mão direita se esticou sem aviso e começou a fazer cócegas em Luka, e Soraya ficou de boca aberta ao ver, em parte com prazer, o milagre que era aquilo, em parte com certo medo. "Pare de me fazer cócegas, pai", Luka disse, contente, e Rashid Khalifa disse, sem abrir os olhos: “Não estou fazendo cócegas em você — Ninguém está”, e ele então se virou de lado para atacar Luka com a mão esquerda também. “Você, você está me fazendo cócegas”, Luka riu, e Rashid Khalifa, abrindo os olhos e um sorriso enorme, disse, inocentemente: “Eu? Fazendo cócegas em você? Não, não. É Nada”.

Rashid sentou-se, espreguiçou-se, bocejou e olhou para Luka de um jeito engraçado, inquisitivo. “Eu estava tendo um sonho muito estranho com você”, disse ele. “Vamos ver se consigo lembrar. Você estava se aventurando pelo Mundo da Magia, acho que era, e o lugar todo estava caindo aos pedaços. Humm, e havia Aves Elefantes e Respeito-Ratos e um Tapete Voador de verdade mesmo, e depois havia um probleminha de virar Ladrão do Fogo e roubar o Fogo da Vida. Você não sabe nada sobre esse sonho, sabe, meu pequeno Luka? Será que por um acaso poderia preencher as partes que faltam?”

“Talvez sim, talvez não”, Luka disse, tímido, “mas você devia já saber, pai, porque, para falar a verdade, parecia que você estava lá comigo o tempo todo, me aconselhando e me ensinando, e eu estaria perdido sem você.”

“Seríamos dois, então”, disse o Xá do Blá-blá-blá, “porque eu estaria perdido agora mesmo se não fosse pela sua pequena expedição, isso com certeza. Ou sua não tão pequena expedição. Ou, na verdade, sua supercolossal ultraexpedição. Não que eu queira que você fique muito orgulhoso nem nada. Mas o Fogo da Vida. *Realmente*. É um feito e tanto. Humm, humm, Lonttra Batatas, é? E essa coisa aí pendurada no seu pescoço poderia ser de fato um Lonttra Pote verdadeiro?”

“Não sei do que vocês dois estão falando”, disse Soraya Khalifa, toda contente, “mas é muito bom ouvir essas bobagens nesta casa outra vez.”

Isso não foi o fim da história, porém. Quando Luka estava

relaxando, certo de que sua tarefa estava terminada afinal, ele ouviu um desagradável som borbulhante subindo num canto do quarto de seu pai e ali, para seu horror, estava uma Criatura que ele achou que tinha visto pela última vez quando o Velho Garotão a jogara para as profundezas do espaço. Não estava mais usando a camisa safári vermelhona nem o chapéu-panamá; era sem cor e sem cara, porque Rashid Khalifa tinha voltado para si mesmo, e, embora aquela desprezível coisa mortífera estivesse claramente tentando assumir algum tipo de forma humana, só conseguia parecer uma gosma pegajosa, horrível e retorcida, como se fosse feita de cola. "Você não se livra de mim assim tão fácil", ele chiou. "Você sabe por quê. *Alguém tem de morrer.* Eu disse no começo que tinha um preço e era esse. Uma vez invocado, não vou embora sem engolir uma vida. Sem discussão, está bom? Alguém tem de morrer."

"Vá embora!", Luka gritou. "Você perdeu. Meu pai está ótimo agora. Vá borbulhar para onde quer que tenha de ir."

Rashid, Soraya e Haroun olharam para ele, perplexos. "Com quem você está falando?", Haroun perguntou. "Não tem nada nesse canto, sabe?" Mas Urso, o cão, e Cão, o urso, enxergavam a criatura muito bem, e antes que Luka pudesse dizer qualquer outra coisa foi Urso quem interrompeu. "Que tal", perguntou à Criatura, "se um ser Imortal desistir da Imortalidade?"

"Por que Urso está latindo desse jeito?", Soraya perguntou, intrigada. "Não entendo o que está acontecendo."

"Lembra?", Urso perguntou a Luka, aflito. "'*Eu sou Barak dos It-Barak, mil anos, mais até, é a minha idade.*' Transformado em cachorro por uma praga chinesa? Você não gostou muito quando eu disse isso, porque queria que eu fosse seu cachorro e mais nada. Bom, agora é só isso mesmo que eu quero ser. Depois de mil anos, quero dizer. Para o inferno com o Passado! E quem quer viver mais mil anos? Já basta disso tudo! Quero ser só o seu cachorro, Urso."

"É um sacrifício muito grande", disse Luka, deslumbrado com a lealdade e coragem altruísta de seu cachorro. "Não posso pedir que faça isso."

"Não estou pedindo que me peça", disse Urso, o cão.

"Esse cachorro está bem mais barulhento do que eu me lembrava", disse Rashid. "Luka, não consegue fazer esse cachorro ficar quieto?"

"Uma Imortalidade", disse a Criatura no canto, esfaimada. "Mmm! Sim, sim! Engolir uma Imortalidade! Sugar a Imortalidade do Imortal e me encher com ela, deixando para trás um ex-Imortal em forma mortal! Ah, sim. Isso podia ser muito doce mesmo."

"Ahn", disse Cão, o urso, de repente. "Tem uma coisa que eu gostaria de confessar." Nesse momento, Luka pensou, Cão parecia um carneiro, não um urso. "Sabe a história que contei — que eu era um príncipe que podia fiar ouro do ar? E do Bulbul Dev, o ogro com cabeça de pássaro e tudo?"

"Claro que me lembro", Luka disse.

"Veja, marido, agora o urso está rosnando e o menino está falando com ele", Soraya disse, confusa. "Esses bichos — e nosso filho também — estão realmente ficando fora de controle."

"Não era verdade", admitiu Cão, o urso, baixando a cabeça de vergonha. "A única coisa que eu fiei do ar foi essa trama, essa mentira do cão — ou mentira do urso, eu talvez devesse dizer. Eu achei que devia contar uma boa história. Achei que esperavam isso de mim naquela hora, principalmente depois que Urso cantou aquela história sobre ele mesmo. Eu inventei para ser bacana. Não devia ter feito isso. Desculpe."

"Não se preocupe", disse Luka. "Esta casa é de um contador de histórias. Você já devia saber como é. Todo mundo aqui inventa histórias o tempo todo."

"Então está combinado", disse Urso, o cão. "Só um de nós

tem uma vida Imortal para entregar e esse alguém sou eu." E sem esperar maiores discussões, saiu correndo para o canto onde a Criatura estava agachada e saltou; e Luka viu a Criatura abrir uma espécie de boca inacreditável de grande e viu Urso ser engolido por aquela boca; e então Urso foi ejetado de novo, parecendo igual, só que diferente, e a Criatura tinha assumido a forma de Urso também: Ningurso em vez de Ninguémpai. "Ahh", gritou a Criatura. "Ahh, que êxtase, que êxtase!" E houve uma espécie de relâmpago para trás, como se a luz fosse sugada para um ponto em vez de explodir de um ponto, e a criatura Urso implodiu, *uuummpppfff*, e de repente não estava mais ali.

"Au", disse Urso, o cão, abanando o rabo.

"O que você quer dizer com 'au'?", Luka perguntou. "O gato comeu sua língua?"

"Ghrrau", disse Cão, o urso.

"Ah", Luka disse, entendendo. "A parte mágica realmente acabou agora, não é? E de agora em diante vocês são só o meu cachorro comum e o meu urso comum, e eu sou só eu comum."

"Au", disse Urso, o cão, e pulou em cima de Luka e lambeu seu rosto. Luka o abraçou com força. "Depois do que você acaba de fazer", disse ele, "nunca mais vou deixar ninguém achar que cachorro é bicho de má sorte, porque foi um dia de muita sorte para nós todos quando você ficou sendo meu cachorro."

"Alguém pode, por favor, me dizer o que está acontecendo?", Soraya perguntou, desacorçoada.

"Tudo bem, mãe", disse Luka, abraçando-a com toda a sua força. "Fique calma. A vida finalmente voltou ao normal outra vez."

"Não tem nada de normal com você", a mãe respondeu, beijando o alto de sua cabeça. "E vida normal? Nesta família, nós sabemos que isso não existe."

No telhado plano da casa Khalifa, nessa noite fresca, a mesa de jantar foi arrumada debaixo das estrelas — sim, as estrelas tinham aparecido outra vez — e comeu-se um banquete, um banquete de deliciosas carnes assadas devagar e vegetais fritos depressa, de picles ácidos e doces doces, suco de romã gelado e chá quente, mas também de comidas e bebidas mais raras — sopa de felicidade, animação ao curry, e sorvete grande alívio. Bem no centro da mesa, em seu pequeno Lonttra Pote, estavam as cinco Lonttra Batatas restantes, brilhando suavemente com o Fogo da Vida. "Então essa outra Soraya de quem você ficou gostando tanto", Soraya Khalifa disse a Luka, só um pouquinho doce demais, "ela falou que se uma pessoa saudável comer uma dessas pode conseguir longa vida, e talvez até mesmo viver para sempre?"

Luka sacudiu a cabeça. "Não, mãe", disse ele, "não foi a Insultana de Ontt quem disse isso. Foi Ra o Supremo."

Apesar de ter passado uma vida com o fabuloso Xá do Blá-blá-blá, Soraya Khalifa nunca havia aceitado inteiramente essa história de invenção, que agora tinha de aguentar dos dois filhos, além do marido contador de histórias. Nessa noite, porém, ela estava fazendo um esforço de verdade. "E esse Ra...", começou a dizer, e Luka terminou a frase para ela, "...me disse isso pessoalmente, falando em hieroglifos, que eram traduzidos por uma esquila falante chamada Ratatat."

"Ah, não importa", disse Soraya, desistindo. "Tudo está bem quando acaba bem, e quanto a essas tais de Lonttra Batatas, deixe que eu guardo na despensa e algum outro dia podemos resolver o que fazer com elas."

Luka estivera pensando como seria se ele, seu irmão, sua mãe e seu pai pudessem viver para sempre. A ideia parecia-lhe mais assustadora que excitante. Talvez seu cachorro Urso tivesse razão e fosse melhor se livrar da Imortalidade, ou mesmo da possibilidade dela. Sim, talvez fosse melhor Soraya esconder as Lonttra Batatas em algum lugar, de forma que os Khalifa pudessem ir devagar se esquecendo de sua existência; e então, talvez, elas, as Batatas em seu Pote, acabassem se cansando de esperar para serem comidas e escorregassem de volta pela Fronteira do Mundo da Magia, e o Mundo Real seria Real outra vez, e a vida seria apenas isso, a vida, e seria mais que o suficiente.

O céu da noite estava cheio de estrelas. "Como se sabe", disse Rashid Khalifa, "às vezes as estrelas começam a dançar e então qualquer coisa pode acontecer. Mas em certas noites é bom ver tudo em seu devido lugar, de modo que a gente possa relaxar."

"Relaxar uma ova", disse Soraya. "As estrelas podem não estar dançando, mas nós vamos dançar, sim."

Ela bateu palmas e imediatamente Cão, o urso, se pôs nas patas traseiras e começou a bater os pés na Dança da Bota de Borracha Africana, e Urso, o cão, pulou e começou a uivar uma música da Parada de Sucessos, e então a família Khalifa se pôs de pé e começou a dançar com muita energia, e a cantar junto com o cachorro também. E vamos deixá-los aí, o pai resgatado, a mãe amorosa, o irmão mais velho e o menino mais novo de volta para casa depois de sua grande aventura, junto com seu cachorro sortudo e seu urso fraterno, no terraço do telhado de sua casa numa noite fresca debaixo das estrelas paradas, mudas, cantando e dançando.

1ª EDIÇÃO [2010] 1 reimpressão

ESTA OBRA FOI COMPOSTA PELO GRUPO DE CRIAÇÃO EM ELECTRA E
IMPRESSA PELA GEOGRÁFICA EM OFSETE SOBRE PAPEL PÓLEN SOFT DA SUZANO
PAPEL E CELULOSE PARA A EDITORA SCHWARCZ
EM AGOSTO DE 2010